MICHAEL GERWIEN

Isarbrodeln

MORD!, MÜNCHEN!, MAFIA? Der Münchener Exkommissar Max Raintaler und seine Teilzeitfreundin Monika sitzen anlässlich ihres Geburtstagsessens im »Da Giovanni«, ihrem Lieblingsitaliener und Stammlokal nicht weit von Thalkirchen auf der anderen Seite der Isar. Beide sind seit Jahren mit Wirt Giovanni befreundet, Max und er spielen darüber hinaus gemeinsam beim FC Kneipenluft, dem besten Hobbykickerverein im Münchner Süden. Doch die Feier wird gestört, als der Italiener an der Bar mit zwei jungen Männern in Streit gerät. Max eilt seinem Freund zu Hilfe und wirft die beiden hinaus. Am nächsten Tag finden er und Monika Giovanni erschlagen auf den nagelneuen Terrakottafliesen seines Kneipenbodens. Die Polizei nimmt unter der Führung von Hauptkommissar Franz Wurmdobler die Ermittlungen auf. Aber auch Max macht sich umgehend auf die Suche nach dem Täter …

© privat

Michael Gerwien lebt in München. Er arbeitet dort als Autor von Kriminalromanen, Thrillern, Kurzgeschichten und Romanen. Seine Lesungen begleitet er selbst mit Musik.

MICHAEL GERWIEN

Isarbrodeln

DER ZWEITE FALL
FÜR MAX RAINTALER

GMEINER

Immer informiert

Spannung pur – mit unserem Newsletter informieren wir Sie
regelmäßig über Wissenswertes aus unserer Bücherwelt.

Gefällt mir!

Facebook: @Gmeiner.Verlag
Instagram: @gmeinerverlag
Twitter: @GmeinerVerlag

Besuchen Sie uns im Internet:
www.gmeiner-verlag.de

© 2012 – Gmeiner-Verlag GmbH
Im Ehnried 5, 88605 Meßkirch
Telefon 0 75 75 / 20 95 - 0
info@gmeiner-verlag.de
Alle Rechte vorbehalten
6. Auflage 2022

Lektorat: Claudia Senghaas, Kirchardt
Herstellung: Mirjam Hecht
Umschlaggestaltung: U.O.R.G. Lutz Eberle, Stuttgart
unter Verwendung des Fotos aboutpixel.de / Der Eisbach ist gnadenlos,
© Andi Streidl
Druck: Custom Printing Warschau
Printed in Poland
ISBN 978-3-8392-1234-9

Sakrischen Dank an
Lilli und Patrick
Johan de Blank
und vor allem an Claudia Senghaas, die beste
Lektorin, die ich kenne.

1

»Hey, Giovanni! Bringst du uns noch zwei Grappa?« Der Münchner Exkommissar Max Raintaler und seine hübsche Freundin Monika saßen gemütlich im ›Da Giovanni‹, ihrem Lieblingsrestaurant gleich beim Tierpark. Kerzenlicht, weiße Tischdecken, dunkles Holz, riesige Sonnenblumen in verzierten Tonvasen und stilvolle, italienische Landschaftsbilder verbreiteten romantisches, südliches Ambiente. Monika feierte heute, wie immer am vierten Mai, ihren Geburtstag. Und natürlich hatten sich die beiden dem besonderen Anlass zuliebe in Schale geworfen. Der blonde Max steckte, statt wie gewöhnlich in Jeans und Lederjacke, in seinem neuen, dunkelblauen Cordanzug und die dunkelhaarige Monika machte eine hinreißende Figur in ihrem kleinen Schwarzen. Ihr Menü war wie jedes Mal ein Gedicht gewesen. Erst hatte es verschiedene Antipasti gegeben, anschließend Pasta mit Trüffeln und danach für Monika Brodetto, eine Suppe mit ausgesuchten Meeresfischen, sowie für Max einen Rinderbraten in Barolo. Jetzt wollten sie den bislang mehr als gelungenen Abend noch angemessen mit Giovannis hervorragendem, italienischem Traubenschnaps ausklingen lassen.

»Zwei Grappa. Natürlich. Kommt sofort, Max. Nur einen kleinen Moment. Ich fliege.« Der gut aufgelegte Wirt aus Pesaro lächelte breit zum Tisch seiner Freunde hinüber. Er freute sich, dass Monika ihr Wiegenfest auch dieses Jahr wieder bei ihm beging. Max und sie kamen ansonsten eher sporadisch zum Essen und Trinken vorbei. Je nach Lust und Laune. Ihre ganz persönlichen Events jedoch fanden prinzipiell bei ihm statt. Immer. Es sei denn, einer von ihnen fiel wegen Krankheit aus. Doch selbst für diesen seltenen Ausnahmefall existierte ein Plan B. Die versäumte Feierlichkeit wurde dann einfach zu einem anderen Zeitpunkt nachgeholt.

Das alles hatte natürlich Gründe. Zum einen beschäftigte Giovanni einen begnadeten jungen Koch, Paolo. Dann waren seine Essens- und Getränkepreise für Münchner Verhältnisse schwer in Ordnung. Und die feurige Pizza, nach dem vom Chef eisern gehüteten Geheimrezept seiner Großmutter, war einfach unschlagbar lecker. Wenn er sich eigenhändig an den Teig und die Zutaten vom Sugo machte, durfte sich niemand außer ihm in der Küche aufhalten. Sogar Paolo schickte er so lange auf einen Espresso nach vorne ins Lokal. Ja, und dann kannten sich Max und Giovanni fast seit einer halben Ewigkeit. Sie waren echte Freunde. Und spielten außerdem auch noch seit Jahren gemeinsam beim FC Kneipenluft, einer der besten Hobbyfußballmannschaften des Münchner Südens.

»So, zweimal Grappa, bitte sehr.« Giovanni stand in seine übliche, fast bodenlange weiße Schürze gekleidet, mit einem kleinen Tablett vor ihrem Tisch. »Ich habe mir auch ein Gläschen mitgebracht. Und der Champagner für Monika liegt schon auf Eis. Den bringe ich dann gleich noch. Im Übrigen geht der Abend für meine Freunde heute auf meine Rechnung. Okay?«

»Aber Giovanni. Das geht doch nicht.« Monika lächelte verlegen, aber auch ein kleines bisschen geschmeichelt und dankbar.

»Aber natürlich geht das, liebe Kollegin. Wie oft hast du mich denn schon in deinem Lokal eingeladen? In ›Monikas kleiner Kneipe‹? Eh? Na also. Prost!«

Sie hoben alle drei ihre Gläser und ließen den edlen Tresterbrand genussvoll die Kehlen hinunterrinnen.

»Außerdem darf Geld unter Freunden kein Thema sein«, fuhr Giovanni fort. »So! Und jetzt hole ich euch erst noch ein paar schöne Profiteroles und den Espresso, und dann köpfen wir zusammen ein paar leckere Flaschen. Auf 46 Jahre schöne Monika. Ihr habt doch noch ein bisschen Zeit, oder?«

»Ja, sicher haben wir Zeit, Giovanni«, antwortete Max. »Ich als Frühpensionär sowieso und ›Monikas kleine Kneipe‹ hat, wie du weißt, morgen ihren Ruhetag, wie jeden Montag.«

»Na also. Super. Dann können wir ja die ganze Nacht lang feiern.« Giovanni lachte kurz übermütig auf und ließ sie wieder alleine.

Max dachte daran, wie er ihn kennengelernt hatte. Es war in seinen Anfangsjahren bei der Kripo gewesen. Giovanni hatte damals in einem kleinen Pizzastand in Schwabing gearbeitet und vergessen, Max die Salami auf seine Pizza zu legen. Der hatte sich natürlich darüber beschwert. Aber Giovanni hatte so getan, als hätte Max die Pizza genau so bei ihm bestellt, wie sie zwischen ihnen lag. Ohne Salami. Max hatte daraufhin, obwohl er seit zwei Stunden außer Dienst war, seinen Polizeiausweis gezückt und ihm damit gedroht, die Bude zu schließen, wenn er nicht sofort seine Salami bekäme. Plus eine Entschuldigung. Als Giovanni ihm beides mit dem Hinweis darauf, dass Max selbst schuld wäre, wenn er nicht anständig bestellen könne, trotzig verweigerte, warf der wutentbrannt seine salamilose Pizza an die hintere Wand des kleinen Verkaufsraums. Daraufhin entstand zuerst ein Riesentumult, gespickt mit den fantasievollsten Beschimpfungen auf beiden Seiten. Wobei das Italienische dem Bayrischen in nichts nachstand. Und dann geschah es. Während einer kurzen Gefechtspause lief Giovanni zu seinem Ofen, holte fünf unbelegte warme Pizzen heraus, stapelte sie auf dem Verkaufstresen übereinander, knallte noch eine ganze Salami am Stück daneben hin und forderte Max lautstark auf, sich seine bescheuerte Pizza doch gefälligst selbst zu machen. Der sah den tobenden Pizzabäcker zuerst mit offenstehendem Mund an. Dann konnte er einfach nicht mehr anders. Er musste lachen. Immer lauter. Giovanni stimmte nach einer Weile ein. Dann zauberte er von irgendwo eine Flasche Grappa hervor und sie tranken, bis sie leer war. Seitdem waren Max und sein Kollege Franz damals beinahe täglich bei Giovanni vorbeigekommen, um sich eine Pizza Salami zu holen. Und all ihren anderen Kollegen hatten sie den kleinen Pizzastand auch empfohlen. Das Weitere ergab sich zwingend. Giovannis Umsatz stieg und Max und er wurden dicke Freunde.

Etliches hatten sie seitdem miteinander erlebt. Nicht nur beim FC Kneipenluft und beim gemeinsamen Ausgehen. Auch in zahlreichen gemeinsamen Urlauben oder beim Bergwandern. Und wenn Max irgendwo in und um München seine Auftritte als Country- und Bluessänger hatte, war sein musikvernarrter, fünf Jahre älterer Freund aus dem Süden so oft er konnte dabei. Auch zuhause bei Giovanni und seiner früheren Frau Maria nahe Pesaro waren Max und Monika des Öfteren zu Gast gewesen. Der Wirt besaß dort eine wunderschöne Villa mit riesigem Pool unter Olivenbäumen und Palmen. Ein einziger Traum. Das Haus lag kurz vor Urbino, auf dem Gipfel eines Weinbergs mitten in den weitläufigen Hügeln der Marken. Jedes Mal gab es tolles Essen, tollen Wein und tolles Wetter. Einfach herrlich.

Übermorgen würde Max für ein paar Tage mit Giovanni an den Walchensee zum Angeln fahren. Er freute sich schon auf ihren kleinen Männerurlaub. Normalerweise wurde dabei nur geschwiegen und Bier getrunken. Traumhaft.

Von Maria hatte sich Giovanni vor einigen Jahren getrennt, nachdem sie mit einem jungen Kellner aus Rom fremdgegangen war. Doch seit zwei Jahren gab es eine neue Liebe an seiner Seite. Clara, eine sehr hübsche, temperamentvolle Sizilianerin, die ihn schon nach kurzer Zeit wie eine Gouvernante in seinem eigenen Lokal herumkommandierte. Giovanni hatte sie gleich vom Fleck weg geheiratet. Besser Feuer unterm Hintern als alleine bis ins Grab, hatte er zuvor einmal beim Bier zu Max gesagt. Da könntest du recht haben, hatte der ihm damals geantwortet und dabei leicht resigniert an Monikas standhafte Weigerung, ihn zu heiraten, gedacht. Er hatte sie schon mehrmals gefragt, aber sie wollte ihre Freiheit einfach nicht aufgeben.

»Verschwindet endlich. Idioten!«, hörten Max und Monika jetzt die Stimme ihres Freundes laut vom Tresen her.

»Du bist der Idiot, Giovanni. Nur du!«, erwiderte eine andere Stimme mindestens genauso laut.

Sie drehten sich überrascht um und sahen Giovanni mit zwei jungen Burschen streiten. Der Größere mit den kurz geschorenen, schwarzen Haaren hatte einen Baseballschläger in der rechten Hand und klopfte damit bedrohlich in die offene Innenfläche seiner linken. Der kleine, langhaarige Lockenkopf neben ihm lehnte provozierend lässig mit den Händen in den Hosentaschen an der Wand.

»Haut schon ab!« Giovanni streckte den Arm aus und wies ihnen ärgerlich die Tür. Doch sie dachten gar nicht daran zu gehen. Ganz im Gegenteil. Der mollige Kleinere blieb stehen, wo er stand, und der schmale Größere trat sogar noch einen Schritt näher an die Theke heran.

Hey, Burschen, das reicht jetzt aber wirklich, dachte Max. »Ich glaube, ich schau da mal hin, Moni. Oder?« Er sah das Geburtstagskind fragend an.

»Tu das, Max«, sagte sie.

»Aber was, wenn es Verwandte sind, die ich noch nicht kenne? Dann störe ich doch nur.«

»Mag sein. Aber du kannst ja auf jeden Fall mal freundlich fragen, was los ist.«

»Da hast du natürlich recht.« Er stand auf, rollte kurz seine Schultern in den Gelenken, drückte sein Kreuz durch und machte sich auf den Weg. »Gibt es irgendein Problem?«, fragte er höflich, aber bestimmt, als er vor den drei Streithanseln am Tresen stand.

»Die beiden hier sind das Problem, Max.« Giovanni zeigte rot vor Zorn im Gesicht auf die fast noch jugendlichen Unruhestifter.

»Also, meine Herren. Raus damit. Was wollt ihr von meinem Freund?« Max setzte einen strengen Expolizistenblick auf. Seine stahlblauen Augen funkelten dabei gefährlich.

»Verpiss dich, Mann! Was willst du überhaupt? Das hier geht nur uns was an. Kapiert?« Der kurzhaarige Jüngling mit dem Baseballschläger und dem italienischen Akzent in der Stimme zeigte sich nicht sonderlich beeindruckt. Er holte drohend zum Schlag aus.

»Aber, aber«, entgegnete ihm Max kalt lächelnd. »Darf man so mit Erwachsenen reden?« Und noch ehe der vorlaute Bursche bis drei zählen konnte, hatte er ihm seinen Prügel aus der Hand gerissen. Dann drehte er ihm den Arm auf den Rücken und zerrte ihn an Handgelenk und Haaren in Richtung Tür.

»Brauchst du Hilfe, Max?«, rief ihm Monika von ihrem Tisch aus zu und stand vorsichtshalber auf. Immerhin hatte sie den zweiten Dan in Selbstverteidigung und war dem durchtrainierten Exkommissar, wenn es ums Raufen ging, auf jeden Fall ebenbürtig.

»Danke, Moni. Das hier schaffe ich gerade noch alleine.«

Draußen angekommen verpasste Max dem respektlosen Jungspund einen kräftigen Tritt ins Hinterteil, so dass der mit einer missglückten Hechtrolle laut schreiend über die steinernen Stufen vor dem Lokal auf die spärlich beleuchtete Straße hinunterrollte. Dann lief der blonde Exkommissar mit dem erbeuteten Schlagholz in der Hand zurück zur Theke, um sich den zweiten Unruhestifter vorzunehmen. Doch der kleine Lockenkopf hob nur abwehrend die Hände, brüllte laut um Hilfe und rannte, wie vom Leibhaftigen gejagt, davon.

»Lasst euch bloß nie wieder hier blicken!«, rief ihm Giovanni, die Faust schüttelnd, hinterher. »Wie ihr seht, habe ich gute Freunde!«

»Alles okay mit dir?«, erkundigte sich Max, als er schwer atmend wieder neben Giovanni stand. Natürlich waren das viele Essen und der Wein daran schuld. Nicht etwa sein zunehmendes Alter und die damit verbundene nachlassende Kondition. Logisch.

»Alles okay. Danke, Max. Diese Idioten wollten Schutzgeld von mir. Aber ich bezahle nicht.« Giovanni wedelte beim Sprechen wild mit den Händen durch die Luft. Sein Gesicht leuchtete nach wie vor rot vor Aufregung.

»Musst du auch nicht. Schutzgelderpressung ist in Bayern verboten.« Auch wenn er bereits pensioniert war, mit dem Gesetz kannte sich Max nach wie vor bestens aus. Herrschaftszeiten, dachte er. Das Ganze hätte auch saudumm ausgehen können. Mit so einem Baseballschläger kannst du locker jemandem den Schädel einschlagen.

»Was du nicht sagst. Glaubst du denn, das interessiert diese schlechten Vögel …?«

»… schrägen Vögel, Giovanni!«

»Na gut. Schrägen. Egal. Viele italienische Lokale in München müssen bezahlen. Sonst bekommen sie Ärger.

Und wenn du zur Polizei gehst, sagen die dort, dass sie Beweise brauchen. Oder einen richtigen Verdacht. Sonst könnten sie nichts tun. So sieht es aus. Man ist diesen Gangstern regelrecht abgeliefert.«

»... ausgeliefert, Giovanni. Außerdem hast du doch mich. Und Franzi Wurmdobler, mein alter Freund und Exkollege bei der Kripo, interessiert sich bestimmt auch für ungesetzliche Mafiamethoden in seinem Revier. Die Burschen haben keine Chance. Glaube mir.« Max sprach im vollsten Brustton der Überzeugung und blickte seinem Freund mit einem zuversichtlichen Lächeln auf den Lippen geradewegs ins Gesicht.

»Na gut. Wenn du das sagst, Max.«

»Was ist los, caro mio?« Clara, die gerade am anderen Ende des Gastraumes die letzten Gäste abkassiert hatte, war bei ihnen angelangt. Sie sah besorgt und ängstlich drein. Natürlich hatte sie den Krawall mitbekommen.

»Ach nichts, Bellissima. Nur wieder diese blöden Idioten mit dem Schutzgeld.« Giovanni winkte genervt ab.

»Was? Schon wieder? Soll ich vielleicht doch mal meinen Vater in Palermo anrufen? Der hilft uns sicher gerne. Du weißt ja, er kennt viele Leute ...« Die dunkelhaarige Schönheit aus dem sonnigen Süden blinzelte ihn vielsagend an.

»Nein, Bellissima. Ist schon in Ordnung,« wehrte Giovanni ab, der wusste, dass sie auf die guten Verbindungen ihres Vaters zu ein paar wichtigen Herren in den oberen Etagen der Mafia anspielte. »Max hat die Kerle verjagt. Vergessen wir sie am besten einfach. Lasst uns lieber alle zusammen Monikas Geburtstag feiern. Ich sperre die Tür zu und hole den Champagner. Die anderen Gäste sind sowieso schon weg. Was meint ihr?«

»Ich habe ganz sicher nichts dagegen«, antwortete Max. »Und Moni hat, wie gesagt, auch Zeit. Stimmt's, Moni?«

»Absolut!« Das Geburtstagskind nickte in bester Feier-
laune.

»Gut, dann machen wir es jetzt so, wie ich sage, Giovanni.
Sperr du zu und setz dich schon mal mit der Flasche zu unseren Freunden«, ordnete Clara an. Sie gab ihrem Angetrauten
ein geschwindes Küsschen auf die Wange. »Und ich gehe
kurz nach hinten und mache uns noch ein paar feine kleine
Häppchen dazu«, fuhr sie dann fort. »Na los! Hopp, hopp!«

»Einer feschen Sizilianerin widerspricht man besser nicht,
mein Freund. Also komm lieber mit«, klärte Max Giovanni
auf und grinste Clara breit ins Gesicht.

Die grinste mindestens genauso breit zurück und verschwand in der Küche. Hoffentlich kommen diese miesen
Kerle nicht zurück, um sich zu rächen, dachte sie, während sie frischen Hummersalat, jungen Pecorino und den
edlen Parmaschinken für ganz besondere Gelegenheiten
aus dem Kühlschrank nahm. Max kann ja nicht die ganze
Zeit auf uns aufpassen.

2

»Na, das war doch mal wieder eine notte italiana vom Feinsten.« Max schaufelte mit einem großen Esslöffel Unmen-
gen von Monikas selbst gemachter Erdbeermarmelade auf

seine Semmel. Er war gestern mit zu ihr gegangen und hatte nach längerer Zeit mal wieder hier übernachtet. Schließlich musste ja irgendwer das reichlich angeheiterte Geburtstagskind ins Bett bringen. Und dann waren ihm die restlichen zwei Kilometer bis zu seiner Wohnung wegen seines eigenen Suri einfach zu weit gewesen.

»Stimmt«, erwiderte Monika, die ihm gegenüber an ihrem kleinen, weißen Küchentisch saß. »Und meine Kopfschmerzen sind auch vom Feinsten. Wie viele Flaschen Champagner haben wir eigentlich geleert?« Sie legte stöhnend ihre Stirn in Falten.

»Keine Ahnung. Aber vier oder fünf waren es bestimmt. Wie es sich für einen ordentlichen Geburtstag gehört. Für alle Fälle habe ich heute Morgen schon mal eine halbe Blutdrucktablette mehr genommen. Wer weiß, was sonst noch passiert.« Max blickte wichtig drein und bediente sich immer weiter fleißig aus ihrem Marmeladentopf.

»Alter Paniker. Erst zu viel bechern, und dann soll am nächsten Tag auf einmal das Herz in Gefahr sein.« Sie verdrehte die Augen. Warum musste ich damals eigentlich ausgerechnet an den König der Hypochonder geraten, dachte sie.

Max sah das anders. »Ich bin halt einfach vorsichtig, Moni«, sagte er. »Da ist doch nichts dabei. Unser Heimweg war auf jeden Fall ziemlich lustig. Ich denke da nur an das Eingangsschild vom Tierpark, das du mit deinem Lippenstift beschmiert hast.«

»Was habe ich …?« Sie sah ihn ungläubig an.

»Nichts Schlimmes«, beruhigte er sie. »Du hast bloß ein fröhliches Grinsgesicht drauf gemalt. Und keine Angst. Ich bin ja nicht mehr bei der Polizei.«

»Vor dir hab ich auch keine Angst. Aber hoffentlich hat uns sonst niemand gesehen. Mensch, und Giovanni hat alles spendiert. Wahnsinn! Sollten wir später nicht kurz bei ihm vorbeischauen und uns noch mal bedanken?«

»Logisch, Moni. Wie du meinst.« Er wusste, dass das keine Frage war, sondern eine Feststellung. Die Sache war so oder so beschlossen. Egal, was er geantwortet hätte. Also konzentrierte er sich auf das Nächstliegende und hievte voller kindlicher Vorfreude die Semmelhälfte mit dem riesigen Marmeladenberg darauf mit der rechten Hand von seinem Teller hoch.

»Hoffentlich kann der sein Lokal heute überhaupt pünktlich aufmachen. Er wird doch sicher auch einen dicken Kopf haben, so ausgelassen, wie er gestern drauf war.« Monika stöhnte erneut. Ihr eigener dicker Kopf schien auch nicht gerade von schlechten Eltern zu sein.

»Stimmt«, bestätigte er. »Ich kenne seit letzter Nacht bestimmt sämtliche Arien aus allen italienischen Opern, die jemals geschrieben wurden.«

Die Semmelhälfte stand dabei nahezu freischwebend vor seinem Mund. Wie die Palette auf einer Gabelstaplergabel kurz vor dem Einschub ins Regalfach. Dann knickte sie ab. Einfach so. Ohne Vorwarnung. Ganz hinten. Genau dort, wo er sie die ganze Zeit über mit Daumen und Mittelfinger gehalten hatte. Er versuchte, die unaufhaltsam heruntertriefende Marmelade eilig von der Seite her mit der Zunge aufzufangen. Zum Teil gelang ihm das auch recht gut. Das meiste der klebrigen, roten Masse jedoch landete allen Rettungsversuchen zum Trotz auf dem Tisch und dem neuen japanischen Seidenmorgenmantel, den er vor einem Monat für den Fall einer Übernachtung hier bei Monika gebunkert hatte. »Herrschaftszeiten, noch mal!«, fluchte er laut. »Verdammter Mist! Schau dir doch bloß diese Sauerei an. Der reinste Erdbeertsunami. Warum muss so was eigentlich immer mir passieren?«

»Weil kein anderer Mensch auf dieser Welt so viel Marmelade auf seine Semmel packen würde«, erwiderte Monika und schüttelte lachend ihre lange, dunkle Lockenpracht.

»Alles klar. Ich gehe duschen. Dann können wir los. Den Morgenmantel lege ich zu deiner Wäsche. Wenn den jemals irgendwer wieder sauber bekommt, dann bist du es. Bis gleich.« Er stürmte eilig aus der Küche, noch ehe ihn Monika zum vierhundertdreiundzwanzigsten Mal genervt auffordern konnte, seine Wäsche gefälligst selbst zu waschen. Hundertprozentig dicht gefolgt von dem vierhundertdreiundzwanzigsten Hinweis darauf, dass er schließlich verdammt noch mal selbst auch eine Waschmaschine habe.

Eine halbe Stunde später standen sie in der Haustür unten in ›Monikas kleiner Kneipe‹, bereit, dem feinen Nieselregen draußen die Stirn zu bieten. Unter Monikas großem Schirm natürlich. Max hatte die Enden seiner neuen, dunkelblauen Anzughose in die hohen, hellgrünen Gummistiefel gestopft, in denen er Monika manchmal bei der Gartenarbeit hinter ihrem Haus half. Und über das fesche neue Jackett hatte er ein altes, durchsichtiges Regencape von Monika gestreift, das ihm genau betrachtet gut zwei Nummern zu klein war. Monika hatte sich längst abgewöhnt, gegen seine beizeiten mehr als unmöglichen Outfits zu protestieren. Es würde sowieso nur Streit geben. Also nahm sie seinen außerordentlich schlechten bis nicht vorhandenen Geschmack mit buddhistischer Gelassenheit hin und dachte sich ihren Teil. Meistens zumindest.

Um die restlichen Katergeister aus ihren Köpfen zu vertreiben, entschlossen sie sich, vor ihrem geplanten Danksagungsbesuch bei Giovanni noch einen kleinen Ausnüchterungsspaziergang zu unternehmen. Und so marschierten sie zunächst durch Matsch und Pfützen isaraufwärts, bis zur Holzbrücke seitlich der Floßlände. Dort überquerten sie den mit braunem Schlamm und Regenwasser angefüllten Fluss, beobachteten eine Weile lang mit staunenden Augen die starke Strömung, in der etliche kahle Äste und sogar ein paar ganze Baumstämme flussabwärts trieben, und liefen dann auf der anderen Seite zurück. Am Tierpark vorbei.

Das erste zarte Grün schmückte schon überall die Büsche und Bäume. Gänseblümchen, Löwenzahn und blühender Bärlauch standen am Wegesrand. Der Winter war endgültig vorbei. Und auch wenn der Himmel im Moment überhaupt nicht danach aussah, der Sommer ließ bestimmt nicht mehr lange auf sich warten. Dann war es endlich wieder so weit. Baden gehen, in den nahe gelegenen Bergen wandern, und die schönen Biergärten in der bayrischen Landeshauptstadt und darum herum besuchen.

Um kurz vor zehn erreichten sie Giovannis Restaurant. Der Eingang war verschlossen.

»Nur noch zwei Stunden bis zum Mittagessen. Sie müssten doch längst da sein«, wunderte sich Monika.

»Wo du recht hast, hast du recht, meine blauäugige Schönheit«, schnurrte Max. »Lass uns zur Rückseite gehen. Da lässt Giovanni meistens auf, wenn er nicht da ist. Damit seine Leute reinkommen.«

»Okay.« Sie grinste erfreut und etwas verlegen zugleich. Wie immer, wenn er ihr seine kleinen Komplimente machte.

Als sie hinter dem Haus bei der weit geöffneten Küchentür ankamen, hörten sie drinnen jemanden leise schluchzen und vor sich hinjammern.

»Hallo, Clara, Giovanni? Seid ihr da?«, rief Max, während er eintrat.

»Hier bin ich. Helft mir doch!«, bekam er jetzt etwas lauter zur Antwort.

Clara, dachte er. Hört sich ganz so an, als wäre sie vorne im Gastraum. Merkwürdig. Was ist nur mit ihr? Ist sie gestürzt und kommt nicht mehr hoch? Aber wo ist Giovanni? Der müsste doch bei ihr sein. Sein Auto ist auf jeden Fall da. Langsam, Raintaler. Hier ist Vorsicht geboten. Das Ganze riecht nach Gefahr. Er bedeutete Monika, leise mit ihm an den sauber geputzten Gasherden, Arbeitsplatten und Vorratsregalen der Küche vorbeizuschleichen. Dann kamen sie hinter dem Tresen an. Und blieben wie angewurzelt stehen. Vor ihnen eröffnete sich ein Bild des totalen Chaos. Etliche Tische und Stühle lagen umgeworfen da. Andere standen noch. Dazwischen waren überall Scherben, Blumen und Kerzenleuchter auf dem Boden verstreut. Mittendrin saß Clara gefesselt auf einem Stuhl. Sie schaute panisch drein und blutete aus einer Wunde am Kopf. Als sie Max erblickte, ging ihr Schluchzen in lautes Geheul über.

»Max, da. Da drüben! Giovanni! Bitte hilf ihm doch. Schnell! Er bewegt sich nicht!« Sie klang heiser. Musste bereits eine Weile lang um Hilfe gerufen haben.

Max, der zuerst gedacht hatte, er sei in einem schlechten Horrorfilm gelandet, löste sich aus seiner Erstarrung, trat eilig hinter der Theke hervor und sah sich weiter im Raum um. Dann entdeckte er seinen Freund. Er lag lang gestreckt auf den neuen Terrakotta-Fliesen vor der Bar, die sie letztes Jahr noch zusammen im Baumarkt besorgt hatten. Sein Kopf war von einer dunklen Blutlache umgeben. Und er bewegte sich tatsächlich nicht.

»Moni, binde du Clara los,« rief er. »Schnell! Ich kümmere mich um Giovanni!«

Er lief zu dem italienischen Wirt hinüber, kniete sich neben ihn und beugte sich hastig über sein Gesicht, um festzustellen, ob er noch atmete. Fehlanzeige. Dann versuchte er Giovannis Puls zu ertasten. Nichts. Herrschaftszeiten, Raintaler. Das sieht nicht gut aus. Da gibt's nur eins: deinen alten Freund und Exkollegen Franzi anrufen. Und die Rettung. Und zwar sofort. Mist, verdammter. Was mag hier bloß passiert sein? Mit zitternden Fingern fischte er hektisch sein Handy aus der Hosentasche und wählte.

»Servus, Franzi. Hier ist Max«, meldete er sich leise, damit Clara möglichst nichts mitbekam. »Wir brauchen dringend einen Notarzt ins ›Da Giovanni‹. Giovanni sieht gar nicht gut aus. Und euch brauchen wir auch. Beeilt euch bitte. Das hier könnte Raub mit schwerer Körperverletzung sein. Oder ein Mordversuch. Vielleicht sogar ein Mord oder Totschlag.«

»Wir sind in zehn Minuten da, Max. Und den Notarzt schicke ich dir jetzt sofort.«

Sie legten auf. So musste es sein. Franzi fragte nicht lange, sondern reagierte prompt. Ein Profi eben. Wie ich früher auch einer war. Und eigentlich immer noch bin, dachte Max.

»Was ist mit meinem Giovanni, Max? Lebt er noch?« Clara war völlig aus dem Häuschen. Sie blickte Hilfe suchend aus tränenüberströmtem Gesicht zu Max herüber, ahnte wohl bereits, dass es sehr schlecht um ihren Mann stand.

»Der Arzt muss jeden Moment hier sein, Clara. Dann wissen wir mehr.«

»Oh, nein! Mein Giovanni ist tot! Oh, mein Gott. Nein!« Sie faltete verzweifelt die Hände und hob sie vor ihr Gesicht.

»Geh bitte mit Clara in die Küche und gib ihr einen Schnaps, Moni!«

So unentschlossen Max manchmal wirken mochte, in Extremsituationen wie dieser wusste er genau, was am besten zu tun war. Sein jahrelanger Polizeidienst hatte ihn gründlich darin geschult.

»Klar, Max. Mach ich. Komm, Clara!« Monika akzeptierte seine momentane Führungsrolle, ohne zu widersprechen, was sie ansonsten für gewöhnlich nicht tat.

»Nein! Ich gehe nicht weg von meinem Giovanni. Nicht, solange der Arzt noch nicht bei ihm war. Auf gar keinen Fall!« Claras Stimme klang fest entschlossen. Sie hatte die Arme jetzt vor der Brust verschränkt, ihre Augen geschlossen und die Lippen fest aufeinandergepresst. So wie es aussah, würde sie im Moment keine Armee der Welt von ihrem Stuhl wegbekommen.

»Na gut«, lenkte Max kurz in ihre Richtung blickend ein und begann dann mit schnellen, rhythmischen Stößen auf Giovannis Brust zu drücken. Jetzt war nicht die Zeit für Diskussionen. Jetzt half nur noch handeln. Und zwar sofort. Wenn überhaupt. Als er dreißig Stöße gezählt hatte, hielt er dem italienischen Wirt die Nase zu und blies ihm durch den Mund Luft in die Lungen. Hoffentlich stecke ich mich mit nichts an, schoss es ihm dabei kurz durch den Kopf. Schmarrn. Er blies noch einmal Luft in seinen leblosen Freund. Dann begann er mit fliegenden Fingern erneut seine Herzmassage.

»Ich hole uns schnell einen Grappa«, flüsterte Monika halblaut, die es nicht aushielt, einfach nur tatenlos zuzusehen, und streichelte kurz die Schulter ihrer Freundin.

»Nein! Ich will keinen Grappa! Ich will meinen Giovanni! Oh, mein Gott.« Clara schrie, röhrte und zappelte auf ihrem Stuhl. Dann begann sie wieder lauthals zu schluchzen. Monika nahm sie fest in den Arm und versuchte, sie zu beruhigen.

Max pustete und massierte hektisch weiter, bis ihm vor Anstrengung und panischer Angst um seinen Freund der Schweiß über das Gesicht lief. Fünf Minuten später betrat der Notarzt den Gastraum. Er untersuchte Giovanni nur kurz.

»Da ist nichts mehr zu machen«, raunte er Max mit belegter Stimme zu. »Tut mir leid. Er hat eine Schädelverletzung, die jeden Elefanten sofort getötet hätte. Ich vermute, dass er mit einem stumpfen Gegenstand brutal erschlagen wurde.«

»Mit einem Baseballschläger vielleicht?«, erkundigte sich Max, der schon die ganze Zeit über an die zwei Burschen von gestern Abend denken musste. Obwohl er ihnen ihren Prügel ja eigentlich weggenommen hatte.

»Kann sein. Oder ein dickes Metallrohr oder etwas Ähnliches. Genaueres kann da aber erst die Forensik feststellen«, erwiderte der junge Mann in der orangefarbenen Jacke.

Dann stand er auf, ging zu Clara hinüber, die inzwischen nur noch starr vor sich hinblickte, gab ihr eine Beruhigungsspritze und ließ sie ins Krankenhaus bringen. Monika versprach ihrer Freundin, so bald wie möglich nachzukommen.

Als Franz mit seinen Kollegen eintraf, berichtete ihm Max, wie sie das Gastwirtpaar vorhin aufgefunden hatten. Er habe Clara noch zu keinen Einzelheiten befragen können. Dazu sei sie zu stark traumatisiert gewesen. Und dass am gestrigen Abend zwei sehr verdächtige Burschen hier gewesen wären, teilte er ihm gleich auch noch mit.

»Alles klar, Max. Wir kümmern uns darum«, versicherte Franz seinem Exkollegen und alten Schulfreund. »Verlass dich drauf. Wer auch immer das getan hat, wir kriegen ihn oder sie. Jetzt ist erst mal die Spurensicherung dran. Und dann sehen wir weiter.«

»Okay, Franzi«, meinte Max mit hängenden Schultern und nahm sich insgeheim vor, sich selbst ebenfalls umzuhören. Du warst mein Freund, Giovanni. Und der Mord an einem Freund gehört aufgeklärt. So oder so. Das schwöre ich dir.

Kurz bevor er und Monika gingen, tauchte Giovannis Koch Paolo auf, um wie jeden Tag seinen Job an den Töpfen anzutreten. Als er hörte, was geschehen war, schlich er wortlos hinter den Tresen und schenkte sich einen dreifachen Grappa ein. Dann setzte er sich an einen der noch aufrecht stehenden Tische im Lokal und stierte düster vor sich hin. Auf Franz' Frage, wo er denn gerade herkäme, antwortete er, ohne aufzublicken.

»Von zu Hause, wie jeden Tag.«

»Kann das jemand bezeugen?«, wollte Franz wissen.

»Natürlich«, erwiderte der Süditaliener ungeduldig mit rauer Stimme. »Meine Frau und die Kinder können das bezeugen. Und ein Freund von mir, bei dem ich mir noch ein Messer für die Arbeit abgeholt habe, kann es auch bezeugen. Glauben Sie etwa, dass ich meinen Chef umgebracht habe?« Er sah Franz einen Augenblick lang stumm und entsetzt an. »Was für eine total verrückte Idee«, fuhr er dann ärgerlich fort. »Ich habe Giovanni geliebt. Er war wie ein Vater zu mir.«

»Wir glauben erst einmal gar nichts. Aber wir befragen jeden, der mit dem Toten zu tun hatte«, entgegnete ihm der kleine, dicke Hauptkommissar und bestellte ihn für den Nachmittag aufs Revier, um dort seine Aussage zu Protokoll zu geben.

Max hatte den beiden zugehört. Er war absolut überzeugt davon, dass der junge Mann mit den wilden Dreadlocks auf dem Kopf unmöglich etwas mit Giovannis Tod zu tun haben konnte. Dazu kannte er Paolo viel zu lange und viel zu gut. Obwohl. Ganz sicher sein konnte man sich nie. Bei den Menschen genauso wie bei allem anderen. Verdammte Scheiße, dachte er. Dabei habe ich mich so auf morgen gefreut. Auf den Angelausflug zum Walchensee mit Giovanni. Wenn er dabei war, haben die Fische immer besonders gut gebissen. Und die Sonne hat jedes Mal heller geleuchtet als sonst.

3

»Grüß Gott. Wo finde ich bitte Frau Clara Vitali? Sie muss vor Kurzem eingeliefert worden sein. Schock und Kopfverletzung.« Monika stand mit ihrem tropfnassen Schirm in der Hand am Empfang der Notaufnahme der kleinen Privatklinik in den Isarauen, in die Clara von den Sanitätern gebracht worden war. Draußen regnete es inzwischen in Strömen. Sie hatte sich vor einer Viertelstunde vor dem ›Da Giovanni‹ von Max verabschiedet und war mit dem Taxi hergefahren. Immer noch von den Ereignissen aufgewühlt.

»Sind Sie eine Verwandte?« Die mollige Schwester hinter dem weißen Tresen blickte gelangweilt von ihrem gemütlich weichen Schreibtischstuhl aus zu ihr hoch.

»Nein, eine Freundin.«

»Dann darf ich Ihnen keine Auskunft geben.«

»Wieso nicht?«

»Ich darf nur Verwandten Auskunft geben.«

Was soll denn der Blödsinn? Ich will ihr doch nichts tun. Ich will sie nur besuchen, dachte Monika. »Ich dachte immer, das gilt nur für die Intensivstation«, fuhr sie fort.

»Eben.«

»Hören Sie! Claras Verwandte sind alle in Italien. Sie hat niemanden hier. Können Sie nicht eine Ausnahme machen? Es geht ihr wirklich schlecht. Ihr Mann wurde vorhin ermordet.« Sie sah die Blondine mit den dicken roten Backen eindringlich an.

»Nein. Leider.« Die Schwester blickte kurz unverwandt zurück, schob sich ein großes Stück Konfekt zwischen die gelblichen Zähne und begann irgendetwas in ihren Computer zu tippen.

»Dann möchte ich jetzt auf der Stelle einen Arzt sprechen.« Monikas Ton verschärfte sich.

»Die machen gerade alle Kaffeepause«, kam es unfreundlich zurück.

Das Maß war voll. Monika lief rot an. Vorschriften hin, Vorschriften her. Diese fette, überhebliche Kröte hier schien wohl ein Herz aus Stein zu haben. Aber sie schien gleichzeitig nicht zu wissen, dass man Steine auch weich klopfen kann. Mit aller Kraft drosch sie ihre flache Hand auf den dunkelbraunen, hölzernen Empfangstresen. »Pass mal auf, Schätzchen!«, zischte sie dann wütend. »Du wirst mir jetzt auf der Stelle sagen, wo meine Freundin liegt oder es passiert was. Haben wir uns verstanden?«

Die Klinikbedienstete sah mit weit aufgerissenen Augen erschrocken zu ihr hoch. So etwas hatte sie anscheinend noch nicht erlebt. Ihre schokoladeverschmierten Lippen begannen zu beben.

»Also gut. Den Flur hinter und dann links ist die Intensivstation … Dort müssen Sie noch mal fragen«, presste sie mit ängstlicher Stimme hervor.

»Danke, sehr. Warum nicht gleich so?« Monika drehte sich um und lief los. »Hat man so einen Schwachsinn schon gehört«, murmelte sie dabei vor sich hin. »Nur Verwandte …

Jeder kann seine Freunde im Krankenhaus besuchen. So eine dämliche Kuh.«

Als sie bei der Intensivstation ankam, erfuhr sie, dass Clara gleich nach ihrer Einlieferung auf die Station im zweiten Stock verlegt worden war. Auf Zimmer zweiundzwanzig.

»Alles halb so wild. Ihre Freundin wurde wohl versehentlich zu uns hierher gebracht«, meinte die, verglichen mit ihrer Kollegin vom Empfang, wesentlich freundlichere, ältere Schwester zum Abschied.

In der zweiten Etage ging Monika den Flur entlang, bis sie vor dem Zimmer mit der Nummer zweiundzwanzig stand. Sie klopfte und trat ein, ohne eine Antwort abzuwarten.

»Monika! Gott sei Dank bist du da.« Clara lag blass wie ihr Kopfkissen auf dem Bett neben dem Fenster. Die ältere Frau, die mit ihr im Zimmer lag, schlief.

»Hallo, Clara. Na, haben sie dich gut versorgt?«

»Ja. Sie sind alle sehr nett hier. Kopfweh habe ich.« Sie klang matt.

Wenigstens zu dir sind sie nett. Na, das wäre auch noch schöner, dachte Monika.

»Oh je. Mein geliebter Giovanni tot. Mein Gott. Ich kann es immer noch nicht fassen.« Die Tränen stiegen Clara in die Augen.

»Ich auch nicht, Clara. Gestern haben wir noch alle zusammen so fröhlich gefeiert und jetzt das.«

Monika setzte sich auf den Bettrand, nahm Claras Hand in ihre Hände und schwieg eine Weile lang mit ihr. Stell dir doch bloß mal vor, Max würde auf einmal sterben, dachte sie. Das wäre doch die reinste Hölle auf Erden. Schlimm, wenn ein geliebter Mensch von uns geht. Und dann auch noch ohne jede Vorwarnung, wie Giovanni. Mein Gott. Das muss doch ein schrecklicher Schock für Clara sein.

»Sie haben mir Beruhigungsmittel gegeben. Aber ich muss trotzdem dauernd an meinen Geliebten denken.« Clara begann zu schluchzen.

»Das glaube ich dir«, erwiderte Monika. »Es muss alles ganz schrecklich für dich sein.«

»Ja. Ist es auch.«

»Aber jetzt mal was ganz anderes, Clara. Max ist auf der Suche nach Giovannis Mörder. Er will den miesen Kerl erwischen. Und da ist natürlich jede noch so kleine Information wichtig. Kannst du dich noch daran erinnern, wie das Ganze passiert ist? Oder hast du den Täter erkannt?«

»Nein. Leider nicht. Ich habe schon die ganze Zeit darüber nachgedacht. Kann mich aber an nichts erinnern. Der Arzt sagt, das sei ganz normal bei einer Gehirnerschütterung.« Sie wischte sich ihre Tränen mit einem Zipfel des Bettlakens aus dem Gesicht. »Ich weiß nur noch so viel«, fuhr sie dann fort. »Giovanni und ich sind kurz vor neun von der Großmarkthalle gekommen. Wir liefen um das Haus herum, um von hinten ins Lokal zu gehen. Wie immer, wenn wir unsere Einkäufe in der Küche verstauen und den Tag vorbereiten wollten. Ich ging voraus, weil Giovanni etwas im Auto vergessen hatte. Dann wurde alles schwarz. Ich bin erst auf dem Stuhl im Gastraum wieder aufgewacht. Und dort lag dann Giovanni vor mir. Ohne sich zu bewegen.« Sie schluchzte kurz laut auf. »Dann rief ich um Hilfe. Aber niemand hat mich gehört. Bis ihr endlich gekommen seid.« Völlig erschöpft schloss sie die Augen.

»Du hast also niemanden gesehen oder erkennen können?«

»Nein, Monika. Ich weiß überhaupt nichts. Nur, dass mein Giovanni tot ist.« Clara begann hemmungslos zu weinen.

Monika beugte sich über sie und nahm sie in den Arm. Ihre Freundin schien wirklich nichts gesehen zu haben. Verflixt. Das würde Max und Franz die Arbeit nicht gerade erleichtern.

4

»Was sagst du? Sie waren in der Großmarkthalle Obst und Gemüse einkaufen und sind dann in ihr Restaurant zurückgefahren?« Max stand telefonierend auf der kleinen Kiesstraße neben dem Isarkanal. Nur noch eine knappe Viertelstunde von seiner Wohnung entfernt. Franz war mit seinen Leuten und der Spurensicherung im ›Da Giovanni‹ geblieben und hatte versprochen, ihm sofort Bescheid zu geben, sobald er etwas über den Mord in Erfahrung gebracht hätte.

»Genau!«, antwortete Monika.

»Und Clara hat den oder die Täter nicht erkannt?«, fragte er weiter.

»So ist es. Sie hat einen völligen Blackout wegen ihrer Gehirnerschütterung. Aber vielleicht hat sie den Schlag auf ihren Kopf ja auch von hinten bekommen.«

»Ja, wer weiß? Alles ist möglich. Danke, Moni. Dann schau ich doch gleich mal dort vorbei. In der Großmarkthalle, meine ich.« Gott sei Dank liegt sie nur fünf Minuten von hier. Bin schon gespannt, was ich da herausfinde. Vielleicht ist den beiden von dort aus jemand gefolgt.

»Okay. Kommst du danach zu mir?«

»Nein, ich muss erst mal nach Hause und nachschauen, ob Post da ist. Und umziehen muss ich mich auch unbedingt. Meine Klamotten sind schon ganz feucht. Trotz deines Regencapes. Ich glaube, es ist undicht. Nicht, dass ich mir noch eine gesalzene Erkältung hole. Wir sehen uns dann heute Abend.«

»Alles klar, Max. Viel Glück. Bis dann.« Monika legte auf.

Max legte ebenfalls auf, steckte sein Handy in die Hosentasche zurück und zog schnell die schmale Plastikkapuze von Monikas Cape wieder über, die er zum Telefonieren vom Kopf gestreift hatte. Selbst wenn sie undicht war, würde sie ihn wenigstens einigermaßen vor der größten Nässe und den damit verbundenen Krankheiten schützen. Denn genau betrachtet war es doch so. Der Frühling zeigte sich zurzeit zwar bereits ab und an in vielversprechendem Gewand, aber die Luft war immer noch reichlich kühl. Gerade hier unten in den Isarauen. Und der Regen tat sein Übriges. Ruck zuck hatte man da den schönsten Schnupfen an der Backe.

Giovanni war nicht mehr da. Er konnte es immer noch nicht fassen. Mit wem sollte er jetzt über Kunst und Politik diskutieren? Wer sollte in Zukunft die Tore für den FC Kneipenluft schießen? Giovanni war ein begnadeter Stürmer gewesen. Den Maradonna vom Tierpark hatte ihn jeder nur genannt. Und wer würde Max in Zukunft auf seine kleinen Konzerte begleiten? Klar hatte er auch noch andere Freunde und Bekannte. Keine Frage. Franz zum Beispiel war sein ältester Freund seit Schulzeiten. Und später hatten sie sogar auch noch den gleichen Job bei der Münchner Kripo gehabt. Viele Jahre davon in derselben Abteilung. Bis diese Geschichte passiert war, wegen der Max gehen musste. Diese Sache, über die er mit niemandem reden durfte. Ja, der Franz. Ein Supertyp und ein sehr guter Freund. Auf jeden Fall. Logisch. Aber seine Freundschaft mit Giovanni war trotzdem immer etwas Besonderes gewesen. Und jetzt war sie vorbei. Endgültig. Wut und Trauer stiegen in ihm auf. Na wartet, ihr Mistkerle, schwor er sich. Ich kriege euch und dann Gnade euch Gott. Wer auch immer meinen Kumpel erschlagen hat, wird dafür büßen. Versprochen. Zieht euch schon mal warm an.

Als er bald darauf im Großmarkt ankam, strebte er sogleich auf Halle 1 mit Obst und Gemüse zu. Obwohl das Hauptgeschäft um diese Zeit längst vorbei war, fanden sich dort immer noch die schönsten exotischen Früchte neben einheimischen Kartoffeln, Zwiebeln, Kohlrabi und Bohnen. Bunte Salatköpfe, verschiedenste Tomaten, Äpfel, Kirschen, Erdbeeren, Gurken und feinste Kräuter. Alles, was das Herz eines Kochs oder einer Köchin begehrt, lag fein säuberlich in aufgestapelten Steigen draußen und drinnen die Gänge entlang aufgereiht. Normalerweise konnte er sich für das riesige Angebot immer begeistern. Heute hatte er keine Augen dafür.

Er steuerte direkt den Stand vom alten Rudi an, bei dem Monika immer ihre Salate und Tomaten holte. Erstens kannte er außer Rudi niemanden hier näher und zweitens war der gemütliche Niederbayer das personifizierte Tagblatt der Markthallen. Er wusste über so gut wie alles und jeden hier Bescheid.

»Servus, Max. Was machst du denn noch so spät hier? Und dann auch noch ganz alleine und in so feschen Gummistiefeln. Kommst du vom Angeln? Ist die Monika krank?« Der grauhaarige Obsthändler betrachtete ihn erstaunt und amüsiert zugleich.

»Nein, Rudi. Ich war nicht beim Angeln. Und mit Moni ist alles in Ordnung. Die kommt morgen wieder. Ich bin aus einem traurigen Anlass hier. Du kennst doch Giovanni? Vom ›Da Giovanni‹, gleich beim Tierpark.«

»Logisch kenn ich den Giovanni. Wieso?«

»Er ist tot. Er wurde heute Vormittag in seinem Restaurant erschlagen.« Max machte ein finsteres Gesicht.

»Was sagst du da? Er war doch heute Morgen noch bei mir und hat Tomaten gekauft. Giovanni tot? Das gibt es doch gar nicht. Aber warum?« Rudi kratzte sich am Hinterkopf und sah ihn ungläubig an.

»Das wüsste ich auch gerne. Deshalb bin ich hier. Es kann nämlich gut sein, dass ihm jemand von hier aus nachgefahren ist. Und vielleicht waren es sogar dieselben Burschen, die ihn gestern Abend bedroht haben. Zwei junge Italiener. Der eine von ihnen hatte einen Baseballschläger dabei. Klingelt da was bei dir?«

»Also, eigentlich nicht …«

»Schade. Dann werde ich mich mal weiter umhören.« Max schickte sich an zu gehen.

»Warte mal, Max …«, Rudi legte seine Stirn in Falten.

»Baseballschläger … Doch. Da gibt es zwei solche Chaoten. Die Lucabrüder. Der eine von denen hat immer so ein Ding dabei. Die könnten das gewesen sein. Ein paar recht wilde Gesellen aus Sizilien, die es mit dem Gesetz nicht so genau nehmen. Sie arbeiten drüben in der Blumenhalle. Bei ihrer Mutter, der Theresa. Aber einen Mord traue ich denen, ehrlich gesagt, nicht zu.« Er schüttelte langsam den Kopf.

»Es kann auch Totschlag im Streit gewesen sein, Rudi. Auf jeden Fall klingt das schon mal ziemlich vielversprechend. Sag mal, hast du zufällig ein Handtuch oder etwas in der Art für mich? Ich würde mir den Kopf gerne etwas abtrocknen, bevor ich noch eine Hirnhautentzündung bekomme. Meine Kapuze ist leider undicht.«

»Ja freilich. Reicht dir das?« Der Obsthändler wickelte einen guten Meter Papier von einer Küchenrolle und reichte es dem nassen Exkommissar.

»Das reicht gut, Rudi«, bedankte der sich und rubbelte etliche kleine weiße Fetzen und Kügelchen in seine Haare. »Und diese Theresa. Kannst du mir sagen, wie ich zu der komme?«

»Karl bringt dich hin, Max … Giovanni tot … Verdammt. Das Leben kann manchmal ganz schön kurz sein. Ja, da legst dich nieder. Servus, Max. Grüße an Monika.« Rudi begann nachdenklich, ein paar herumstehende leere Obstkisten aufeinanderzustapeln.

»Alles klar. Richte ich aus. Servus, Rudi«, verabschiedete sich Max.

Dann lief er eilig Rudis Verkaufshelfer Karl hinterher, der bereits den halben Weg zum Ausgang zurückgelegt hatte. Zieht euch warm an, Burschen, sagte er sich. Ich erwische euch, und dann wandert ihr für den Rest eures Lebens in den Bau.

5

»Was? Giovanni ist umgebracht worden? Sag, dass das nicht wahr ist, Moni! Ich dachte immer, bei uns im Münchner Süden geht es so friedlich zu, wie sonst nirgends auf der Welt.« Anneliese Rothmüller schlug erschrocken die Hände vors Gesicht.

»Das dachte ich bisher auch immer. Aber wie du siehst, macht das Böse selbst vor der schönsten Isaridylle nicht halt.« Monika schenkte beiden Kaffee ein.

Ihre beste Freundin war vor ein paar Minuten mit zwei Stücken Erdbeerkuchen bei ihr aufgetaucht, um ihr nachträglich zum Geburtstag zu gratulieren. Sie hatte natürlich gewusst, dass Monika heute ihren Ruhetag hatte und zu einem Kuchen beim Nachmittagskaffee bestimmt nicht nein sagen würde. Also war sie, wie so oft, ohne sich vorher anzumelden, einfach auf gut Glück hereingeschneit. Jetzt saßen sie zu zweit an Monikas kleinem weißen Küchentisch und tauschten Neuigkeiten aus.

»Mein Gott. Bei diesen Krimis im Fernsehen zittert man schon immer mit. Aber wenn dann so ein echtes Verbrechen in der Nachbarschaft stattfindet, bekommt man richtig Angst. Weiß man denn schon, wer es getan hat? Gibt es eine Spur?«

»Bis jetzt noch nicht. Max hört sich gerade auf dem Großmarkt um. Und Franzi weiß natürlich auch Bescheid.«

»Nicht zu fassen.« Anneliese spießte nachdenklich ein Stück Kuchen auf ihre Gabel. »Übrigens«, fuhr sie fort, »da fällt mir gerade etwas ein, das ich dir schon lange sagen wollte. Meiner Sabine geht es prima. Sie hat ihre Drogen- und Trotzphase endlich hinter sich gebracht und ist jetzt wieder fleißig in der Schule. Sogar mit Volleyball hat sie angefangen.«

Arme Sabine. Monika stöhnte innerlich auf. Annelieses achtzehnjährige Tochter hatte es mit ihrer fordernden Mutter noch nie leicht gehabt. Anneliese war der Meinung, dass ein junger Mensch einzig und allein an seine erfolgreiche und abgesicherte Zukunft denken müsse. Dafür, dass Sabine dieses Ziel erreichen würde, waren in ihren Augen größte Disziplin, unbedingter Fleiß sowie ausschließlich gesellschaftlich relevante Freunde unabdingbare Voraussetzungen. Monika und Max waren seit Langem ganz anderer Meinung. Im Zeitalter von Selbstverwirklichung, Internet, Partys und Freiheit wollten die Kids heute doch in erster Linie ihren Spaß. Und den sollte man ihnen ihrer Meinung nach auch nicht verbieten. Schließlich gehörte er genauso zum Leben wie Ermöglichung und Ausbau der Existenz durch einfachen Broterwerb und diverse Fleißaufgaben.

»Na bestens. Dann wird sie also doch noch die perfekte Sauberfrau, die du so gerne hättest.« Monika setzte einen provozierenden Blick auf.

»Also, jetzt übertreibst du schon wieder, meine Liebe. Ein bisschen Fleiß und Disziplin haben noch keinem geschadet. Schau doch nur mich an«, verteidigte sich Anneliese.

Lieber nicht, dachte Monika, die den schwierigen Charakter ihrer stets vom Schicksal verwöhnten Freundin nur allzu gut kannte.

»Leg die Zügel und den Maulkorb bloß nicht zu eng an, Annie. Du weißt noch vom letzten Winter, wie das ausgehen kann«, sagte sie.

Sie spielte damit auf Sabines Verschwinden aus ihrer Pension in St. Johann an, wo sie diesen Januar mit zwei Freundinnen ihren Skiurlaub verbracht hatte. Mittendrin war sie auf einmal nicht mehr aufzufinden gewesen. Und hatte sich auch nicht mehr zu Hause gemeldet. Erst nach einigen äußerst bangen Tagen und Nächten hatte Anneliese sie mit Max' Hilfe wiedergefunden. Sie hatte damals noch großartig geschworen, nie wieder so streng zu sein. Doch wie es jetzt aussah, hatte sie dabei ihre Finger gekreuzt gehabt. Diesen Verdacht hegte Monika zumindest gerade.

»Du hast ja recht, Moni. Mag sein, dass ich wirklich zu hart zu ihr bin. Aber ich will doch nur das Beste für meine Kleine.«

»Das Beste muss nicht immer das Richtige sein. Aber lassen wir das jetzt. Keinen Streit. Schließlich ist deine erwachsene Tochter deine Sache. Und du ihre. Stimmt's? Das müsst ihr zwei schon untereinander regeln. Reden wir lieber über Giovanni. Noch einen Schluck?«

Als Anneliese dankbar über den Themenwechsel eifrig nickte, schenkte ihr Monika noch einmal Kaffee nach und berichtete ihr dann ausführlich über das Geschehen von gestern Abend und heute Morgen.

»Giovanni tot. Das gibt es doch gar nicht. Wer tut denn nur so was?«, wunderte sich Anneliese mit bleichem Gesicht, als ihre Freundin fertig erzählt hatte. Sie schüttelte langsam ihren blonden Pagenkopf.

»Das frage ich mich auch schon den ganzen Tag lang«, erwiderte Monika. »Ich kann an nichts anderes mehr denken. Vielleicht waren es diese beiden Schutzgelderpresser von gestern Abend. Wer weiß?«

»Vielleicht, Moni. Oder auch nicht, stimmt's? Aber Max wird schon herausfinden, wer Giovanni auf dem Gewissen hat. Er war früher ein guter Kommissar. Und er hat nichts verlernt. Denk nur an St. Johann. Ohne ihn hätte ich Sabine vergangenen Winter bestimmt nicht gefunden.«

»Da hast du recht. So unentschlossen er ansonsten herumtut, aber ein guter Polizist war er wirklich. Das hat man auch heute Morgen im ›Da Giovanni‹ wieder gemerkt. Und stell dir vor, unser allseits geliebter Hypochonder hat bis dato immer noch die höchste Aufklärungsrate in seiner Abteilung! Obwohl er seit Jahren nicht mehr dabei ist.« Monika schenkte sich, nicht ohne den Anflug eines kleinen stolzen Lächelns im Gesicht, selbst auch noch einen Kaffee ein. Dann ließ sie zwei Stück Zucker hineinplumpsen. Keine Milch. Wie immer.

»Das hat mir Franzi neulich einmal unter dem Siegel der absoluten Verschwiegenheit erzählt«, fuhr sie fort. »Und jetzt schau dir Max heute mal an. Manchmal macht er wenigstens noch seinen Sport. Aber am liebsten sitzt er doch irgendwo vor einem Bier und tut gar nichts. Er weiß nicht einmal, wie seine Waschmaschine daheim funktioniert.«

»Männer!«, meinte Anneliese und grinste wissend.

»Aber wirklich. Manchmal habe ich schon das Gefühl, er wird richtig weltfremd. Hoffen wir, dass er den Mörder trotzdem erwischt.«

»Ja, hoffen wir's. Und wenn du mal zufällig irgendwo einen perfekten Mann triffst, sag mir Bescheid. Der wird sofort von der Chefin persönlich verhaftet, nämlich von mir.« Anneliese grinste noch etwas breiter.

Monika lächelte nur kurz wortlos zurück. Im Moment habe ich wirklich andere Sorgen, als deine Beziehungsnöte, gute Frau, dachte sie. Unser Giovanni ist nicht mehr unter uns. Und sein Mörder läuft irgendwo da draußen frei herum.

6

»Da drüben ist Theresa Luca. Und ihre Söhne stehen an dem Stand gleich daneben. Bei den Kakteen. Siehst du sie?«

Sie standen im Eingang der Blumenhalle. Karl zeigte erst auf eine kleine alte Frau in Schwarz, die neben einer Auswahl von Schnittblumen, Pflanzen, Blumentöpfen und Keramikvasen aus Italien saß und dann auf den Stand ein Stück rechts von ihr.

»Alles klar, Karl. Dank dir schön.«

»Passt schon, Max«, sagte Rudis alter Gehilfe. »Übrigens hast du da was in deinen Haaren.« Er deutete auf Max' Kopf.

»Wie? Etwa Schuppen? Oh je, oh je. Das auch noch.«

»Nein, keine Schuppen. Bloß ein paar Fetzen von dem Papiertuch, mit dem du dich gerade abgetrocknet hast.«

»Ach so. Ja, dann noch mal danke, Karl. Also, Servus.« Max rieb sich kurz ein paar der weißen Flusen vom Kopf, die beim Runterfallen, wie von einem Magneten angezogen, an seinem feuchten Regenumhang kleben blieben. Er sah damit aus, als käme er gerade aus einem Schneegestöber. Karl reichte ihm zum Abschied die raue Hand. Dann ging Max geradewegs zu dem Stand mit den Kakteen hinüber. Theresas Söhne waren gerade schon wieder in ein Streitgespräch vertieft. Diesmal mit zwei anderen jungen Italienern. Sie hörten ihn deshalb gar nicht kommen.

»Tschau, die Herren«, begrüßte er sie mit undurchdringlicher Miene, als er schon fast neben ihnen stand. »So sieht man sich wieder.«

Sie zuckten beide sofort im ersten Fluchtreflex. Doch weil sie offenbar keine Möglichkeit sahen, an ihm vorbeizukommen, blieben sie einfach stehen. Und blickten den Mann, der ihnen gestern Abend diese gründliche Lektion erteilt hatte, mit einer Mischung aus Angst, Unbehagen und Neugier an.

»Was wollen Sie denn schon wieder von uns? Und wer sind Sie eigentlich? Wir haben nichts getan.« Der kurzhaarige Bursche im abgetragenen, dunklen Sakko, dem er gestern den Baseballschläger weggenommen hatte, machte große Unschuldsaugen. Dann erblickte er Max' Gummischuhe und grinste frech.

»Was ihr getan habt oder nicht, wird sich zeigen«, erwiderte Max ungerührt. »Mein Name ist Raintaler. Ich habe ein paar Fragen an euch. Zum Beispiel würde ich gerne wissen, wo ihr heute Morgen wart.«

»Das geht Sie gar nichts an. Schließlich ist das ein freies Land hier, genau wie Italien«, maulte der Jugendliche respektlos und verschränkte trotzig die Arme vor der Brust.

»Das mag schon sein. Trotzdem möchte ich wissen, wo ihr euch heute Früh zwischen kurz vor neun und zehn aufgehalten habt. Und eure Namen wüsste ich auch gern«, beharrte Max. »Und glaubt mir. Es ist besser für euch, wenn ihr antwortet.« Er machte mit grimmigem Gesicht einen Schritt auf sie zu.

»Na, hier. Bei unserer Mutter. Wie jeden Tag. Wo sollen wir denn sonst gewesen sein? Wir helfen ihr mit dem Stand. Verkaufen, auf- und abbauen und so weiter. Und mein Name ist Alberto Luca. Dürfen Sie sich gut merken.« Alberto richtete sich zu voller Größe auf und reichte Max dabei immerhin bis zur Nasenspitze.

Will er mir mit seiner schmalen Hühnerbrust etwa Angst einjagen? Max musste innerlich grinsen, obwohl ihm eigentlich nicht danach zumute war. »Den ganzen Morgen über?«

»Ja, klar«, mischte sich jetzt der Kleinere und, wie es aussah, auch Jüngere von beiden ein. »Fragen Sie doch unsere Mutter. Oder jeden anderen hier in der Nähe. Wir waren die ganze Zeit hier. Warum wollen Sie das wissen?«

»Die Fragen stelle ich, Kurzer. Okay? Wie ist dein Name?«

»Alessandro Luca.«

»Also, Alessandro. Es reicht völlig, wenn ihr mir antwortet. Kapiert? Seit wann habt ihr Schutzgeld von Giovanni erpresst? Ging das schon lange so?«

»Wie meinen Sie das, Schutzgeld? Was ist mit Giovanni?« Der größere Alberto antwortete jetzt wieder mit motzigem Ton und setzte dabei einen herausfordernden Blick auf.

»Mit Schutzgeld meine ich Schutzgeld. Ein Wirt bezahlt da zum Beispiel einen bestimmten Betrag, damit ihm nichts passiert. Und wenn er nicht bezahlt, passiert ihm ganz schnell etwas. So meine ich das.« Max' Stimme schnitt wie eine frische Rasierklinge durch die Luft. Er trat noch einen Schritt näher. Sein Gesicht war jetzt nur noch wenige Zentimeter von Albertos Haaransatz entfernt. Er packte ihn mit einem schnellen Griff am Kragen und schüttelte ihn kräftig.

»Hey, hey! Aufhören! So etwas haben wir nie getan«, protestierte der junge Italiener ängstlich und aufgebracht zugleich. »Es war ganz anders. Giovanni hat uns angestellt, damit wir ihn beschützen. Er hat uns gefragt. Nicht wir ihn.«

»Na klar. Und gestern habt ihr dann gestritten, weil er euch ohne Ablöse rausschmeißen wollte. Oder was?« Max ließ ihn wieder los und blickte ihn kalt und arrogant an.

»Genau! Genau so war es. Ich schwöre.«

»Ich schwöre auch!«, rief Alessandro eilig. »Sie haben uns doch gestern selbst rausgeschmissen. Und damit ist die Sache doch erledigt. Oder etwa nicht? Was wollen Sie denn jetzt noch von uns? Außerdem haben Sie was Weißes in den Haaren und an Ihrem Regenmantel.« Er zeigte mit dem Finger auf Max.

»Was habe ich?« Max drehte sich zu ihm um.

»Sie haben etwas Weißes in den Haaren. Und auf Ihrem Mantel. Ganz viel Papier.«

»Ach, so. Ja, ja.« Er rieb beiläufig mit der Hand darüber hinweg.

»Noch mehr.« Der kleine mollige Bursche mit den langen Schmalzlocken glückste amüsiert in sich hinein.

»Findest du das Ganze hier etwa lustig? Meinst du, das ist ein Spaß?« Max ließ Alberto los und ging bedrohlich auf seinen jüngeren Bruder zu.

»Nein. Natürlich nicht. Entschuldigung.« Alessandro duckte sich schnell und hielt sicherheitshalber schützend die Arme über seinen Kopf.

»Also, dann Schluss jetzt mit dem blöden Gegrinse!«, befahl Max und wandte sich dann wieder an alle beide. »Was meint ihr? Wieso glaube ich euch wohl nicht, was ihr mir da erzählt?«

»Weil Sie keine Ausländer mögen? Fragen Sie doch unsere Mutter. Hey, Mama! Komm mal her!«

Alessandro, der Kleine, winkte Theresa zu ihnen herüber und blickte noch einmal kopfschüttelnd auf Max' Haare. Keine zehn Sekunden später stand die rüstige alte Frau neben ihnen.

»Buongiorno, Signore«, grüßte sie freundlich.

»Grüß Gott«, erwiderte Max betont sachlich.

»Was ist? Ist etwas mit meinen Jungs? Was haben sie schon wieder angestellt?« Sie sah mit zusammengekniffenem Mund zu ihm hoch.

»Das weiß man noch nicht so genau. Aber sagen Sie doch mal: Wo waren Ihre Söhne denn heute Morgen?«

»Na, hier. Sie haben mir geholfen. Wie immer.« Mit leicht zitternden Händen rückte sie die goldumrandete, riesige Brille auf ihrer Nase zurecht.

»Den ganzen Morgen über?« Max' Blick war nichts als neutral.

»Ja, den ganzen Morgen. Wieso?«

»Das kann ich Ihnen leider nicht sagen. Nur so viel: Ich ermittle in einer Mordsache.«

»Mord?« Ihre Stimmlage ging schlagartig um eine Oktave hinauf. Sie sah ihn erschrocken an. »Aber was haben meine Jungs denn mit Mord zu tun?«, fuhr sie aufgeregt fort. »Sie sind frech und ungezogen. Das weiß jeder, der sie kennt. Ich habe sie zu sehr verwöhnt. Aber Mord … So etwas würden sie doch nie tun. Niemals! Außerdem waren sie doch hier bei mir.«

Sie begann hektisch mit den Händen herumzufuchteln. Ihre dunklen Augen hinter den verschmierten Brillengläsern bewegten sich unruhig hin und her.

»Das würden Sie natürlich auch bei der Polizei aussagen und zur Not vor Gericht beschwören. Richtig?« Max glaubte ihr nicht. Und ihren beiden missratenen Söhnen erst recht nicht. Er roch förmlich, dass hier irgendetwas faul war.

»Natürlich!« Theresa konnte sich offensichtlich nicht erklären, was um alles in der Welt dieser große blonde Mann nur von ihnen wollte.

»Gut, dann rufe ich jetzt meinen Kollegen von der Kripo und Sie fahren alle drei mit ihm mit aufs Revier«, schlug Max vor. »Er wird Ihre Aussagen dort aufschreiben. Und bis er hier ist, rühren Sie sich nicht von der Stelle. Sie dürfen Ihren Stand schließen. Aber Sie bleiben in der Nähe. Verstanden?« Er zog sein Handy aus der Tasche.

»Wie Sie wollen, Herr Kommissar.« Theresa zuckte nur

mit den Achseln. »Übrigens haben Sie da etwas in Ihren Haaren. Sieht aus wie Papier«, fügte sie dann noch hinzu.

»Ja, ja. Danke.« Er beugte sich nach vorn und rieb sich noch einmal mit beiden Händen über den Kopf. Solange, bis dabei endgültig keine weißen Flusen mehr um ihn herumschwirrten.

»Jetzt ist es gut, Commissario. Ihr Kopf ist sauber. Nur Ihr Mantel ist noch voll.« Die alte Frau lächelte freundlich.

Er lächelte nicht zurück und verzichtete darauf, sie und ihre rotzfrechen Söhne davon in Kenntnis zu setzen, dass er gar kein Kommissar war, sondern lediglich ein Exkommissar im vorzeitigen Ruhestand. Schweigend entfernte er sich ein paar Schritte von ihnen und rief Franz an.

»Servus, Franzi«, brummte er leise, als sein alter Freund und Exkollege abhob. »Ich habe hier in der Großmarkthalle zwei Tatverdächtige aufgetrieben, die am besten gleich abgeführt werden sollten. Diese Jungs, von denen ich dir heute Morgen erzählt habe. Du weißt schon. Die beiden, die gestern Abend mit dem Baseballschläger im ›Da Giovanni‹ waren.«

»Super, Max. Gut gemacht. Wir sind in ein paar Minuten da. Wart auf jeden Fall auf mich. Und pass auf. Nicht, dass die Kerle am Ende noch Reißaus nehmen.«

»Logisch, Franzi. Ganz auf der Brennsuppe bin ich ja auch nicht dahergeschwommen. Obwohl ich nicht mehr bei eurem tollen Haufen bin.« Er schüttelte kurz genervt den Kopf, legte auf, kehrte zu Theresa und ihren Söhnen zurück und baute sich breitbeinig und Furcht einflößend dreinblickend in altbewährter Sheriffmanier vor ihnen auf. »Also gut. In ein paar Minuten werden Sie alle drei abgeholt und für Ihre Aussagen ins Revier gefahren. Schließen Sie jetzt bitte Ihren Stand«, befahl er mit einer Stimme, die keinen Widerspruch zuließ.

»Gut, Commissario. Wie Sie wollen. Aber wir haben nichts getan«, betonte Alessandro noch einmal und sah dabei wie ein wohlgenährter kleiner Erzengel auf Erdenurlaub aus.

»Halt endlich deinen Mund, Bursche, und tu einfach nur, was man dir sagt. Hamma uns verstanden?«

»Okay. Entschuldigung, Commissario.« Alessandro nickte eifrig und schickte sich an, seinen Leuten zu helfen.

Max verriet ihnen nicht, dass er die beiden Jungganoven nach wie vor des Mordes an Giovanni verdächtigte. Er befürchtete, dass sie dann fliehen würden. Stattdessen ließ er sie weiter glauben, dass sie lediglich als Zeugen vernommen würden. Sollte Franz ihnen alles Weitere erklären. Er selbst war schließlich nicht mehr im Dienst.

7

»Grüß Gott, Herr Raintaler.«

»Grüß Gott, Frau Bauer. Sie sollen sich doch nicht immer so viel Arbeit machen.« Max zeigte auf den halben Käsekuchen, den ihm seine schmalgliedrige Nachbarin, in der üblichen blauen Kittelschürze vor seiner Tür stehend, unter die Nase hielt. Er war gerade vom Großmarkt heimgekommen und bis auf Unterhemd und Unterhose bereits zum Duschen ausgezogen.

»Macht keine Arbeit, Herr Raintaler. Wir schaffen bloß nicht mehr so viel. Sie wissen ja. Das Alter. Mein Mann sollte mit seinem Zucker eigentlich gar nichts Süßes essen. Und so ein Junggeselle wie Sie hat doch immer Hunger. Stimmt's?«

Ihrem Blick nach schien sie genau zu wissen, dass sie recht mit dem hatte, was sie sagte.

»Na ja. Ein Stück Kuchen am frühen Nachmittag kann nicht schaden«, räumte Max ein. »Aber was soll ich denn mit dem ganzen Rest? Da kriege ich ja selbst auch noch Zucker.«

»Ach was.« Frau Bauer winkte ab und schüttelte ihren weißhaarigen Kopf. »So ein kräftiges Mannsbild wie Sie doch nicht«, fuhr sie dann mit einem kecken Blick auf seinen athletischen Oberkörper fort. »Da verträgt man schon was. Und so jung bekommt man es schon gar nicht mit dem Zucker. Außer man ist zu dick und bewegt sich nicht. Bringen Sie doch dem Fräulein Monika ein Stück mit. Die mag meinen Käsekuchen doch auch so gerne wie Sie. Gulasch hätte ich übrigens auch noch drüben. Wollen Sie was davon?«

»Was? Ihr geniales Rindergulasch mit den selbst gemachten Bandnudeln?«

»Ja. Es ist eine schöne große Portion davon übrig. Einen allein wohnenden, jungen Herren kann man doch nicht verhungern lassen«, krächzte sie und grinste amüsiert.

Verhungert wäre Max aller Wahrscheinlichkeit nach wohl nicht gleich. Schließlich gab es diverse Lokale gleich ums Eck, in denen er ausreichend mit Nahrung versorgt wurde. Und Monika und Antons Wurstbude waren auch noch da. Aber prinzipiell kam die Befürchtung seiner Nachbarin der Wahrheit doch schon sehr nahe. Da Max nicht mal ein Ei kochen konnte, würde er, wenn er ausschließlich zuhause bliebe, wohl wirklich recht bald wegen chronischer Unterernährung den Löffel abgeben.

»Na gut, Frau Bauer. Bevor ich mich schlagen lasse … Obwohl ich, ehrlich gesagt, gar keinen großen Appetit habe.«

»Wieso denn das? Sind Sie krank?«

»Nein, Frau Bauer. Ich habe heute Morgen einen guten Freund von mir tot aufgefunden. Giovanni, Sie kennen ihn auch. Vielmehr kannten …« Er ließ nachdenklich den Kopf hängen. Die unwirkliche Szenerie in seinem Lieblingsrestaurant hatte ihn den ganzen Tag über nicht mehr losgelassen.

»Was? Ja, um Himmels willen. Der nette Italiener, der immer zu Ihnen zu Besuch kommt?« Frau Bauer riss erschrocken ihre wasserblauen Augen auf.

»Genau der.«

»Was ist ihm denn geschehen?«

»Er wurde höchstwahrscheinlich ermordet.«

»Oh Gott.« Sie reichte ihm immer noch geschockt mit zitternden Händen den Kuchen. »Und jetzt?«, fragte sie, als er ihn entgegengenommen hatte.

»Wie und jetzt?«

»Suchen Sie seinen Mörder?«

»Eigentlich bin ich ja im Ruhestand, wie Sie wissen. Aber ich versuche es trotzdem, Frau Bauer. Habe vorhin schon ein paar sehr verdächtige Burschen erwischt. Die werden gerade bei der Polizei verhört.«

»Und? Waren sie es?«

»Ich denke schon. Aber ganz sicher bin ich mir nicht.« Er hob achselzuckend die Arme.

»Sie finden den Mörder. Wenn ihn jemand findet, dann Sie.« Sie machte eine Faust und schüttelte sie ostentativ vor ihrem dürren Oberkörper.

»Hoffen wir's, Frau Bauer.«

»Ich mache Ihnen trotzdem das Gulasch warm. Sie müssen essen. Auch wenn Sie Sorgen haben. So eine Mörderjagd kostet Kraft.« Kopfschüttelnd und irgendetwas Unverständliches murmelnd, das wohl nicht für seine Ohren bestimmt war, drehte sie sich um und schlurfte langsam auf ihre offenstehende Tür zu.

»Na gut, Frau Bauer. Ich versuche es. Vielen Dank. Sie sollen aber wirklich nicht immer für mich mitkochen.«

»Tu ich doch gerne, Herr Raintaler. Es dauert nicht lange. Ich bringe es Ihnen dann rüber.«

»Ja, gut. Ich dusche derweil und ziehe mir ein paar trockene Sachen an.« Max fror jetzt zusehends. Gänsehaut machte sich überall auf seinen Armen und Beinen breit. Er begann zu schnattern, wie damals als kleiner Junge, wenn er zu lange im kalten Wasser geschwommen war.

»Tun Sie das. Nicht, dass Sie sich noch eine Erkältung einfangen in Ihrer leichten Bekleidung. Es ist noch nicht Sommer! Also, bis gleich.«

Die nette alte Dame betrat ihre Wohnung und der zweiundfünfzigjährige Exkommissar stellte sich endlich unter die heiße Dusche.

»Die gute Frau Bauer«, murmelte er, als er seinen Kopf kräftig mit Shampoo einseifte. »Schon schön, dass es sie gibt.« Seit er in die kleine Eigentumswohnung, die er vor zwei Jahren von seiner Tante Isolde geerbt hatte, gezogen war, kümmerte sich seine Nachbarin rührend um ihn. Schließlich war er der Neffe ihrer einst besten Freundin. Sie kochte für ihn, brachte ihm Schnittblumen aus dem Supermarkt mit und stellte ihm Hustensaft vor die Tür, wenn er erkältet war.

Max, dessen Eltern vor fünf Jahren bei einem Unfall gestorben waren, genoss die mütterliche Zuwendung zwar einerseits. Er ließ sich ja generell gern verwöhnen, sehr gerne auch von Monika, die zu seinem Leidwesen jedoch nur wenig Begeisterung für seinen ausgeprägten Hang zu Muse und Faulheit an den Tag legte. Auf der anderen Seite waren ihm Frau Bauers nett gemeinte Besuche an der Haustür aber manchmal fast schon zu viel. Vor allem am frühen Morgen.

Als er fertig geduscht hatte, kam ihm erneut der Tod seines Freundes in den Sinn. Bestimmt findet Franzi bei der Befragung dieser Lucabrüder etwas heraus. Aber was, wenn ich mich irre? Was, wenn sie es nicht waren? Möglich ist das natürlich auch. Warten wir es ab.

Er trocknete sich ab, ging in sein Schlafzimmer und zog dort frische Socken, Unterwäsche, seinen schwarzen Lieblingspullover und seine weißschwarz gestreifte Jeans mit den kleinen Löchern am Knie aus dem Kleiderschrank. Die T-Shirts und die anderen Pullover, die dabei mit herausfielen, stopfte er kurzerhand, so wie sie auf dem Boden lagen, wieder zurück. Gott sei Dank sieht Moni mich gerade nicht. Die würde mich bloß wieder anschnauzen und erst mal alles fein säuberlich zusammenlegen. Was soll's? Männer und Frauen sind nun mal verschieden. Außerdem, was geht es sie eigentlich an? Doch wohl nicht das Geringste. Oder? Da sich die Tür, aufgrund seiner Schlamperei, nicht mehr richtig schließen ließ, drückte er sie mit aller Gewalt zu und sperrte blitzschnell ab.

»Na also. Geht doch!«, stellte er laut mit sich selbst sprechend fest und rieb sich zufrieden die Hände.

Es klingelte an der Haustür. Er zog schnell seine Unterwäsche an, ging hin und öffnete.

»Mein Gott. Ziehen Sie sich doch wenigstens ein paar Socken an, Herr Raintaler! Sonst erkälten Sie sich wirklich noch. Oder haben Sie neuerdings eine Fußbodenheizung?« Frau Bauer stand mit dem versprochenen Gulasch vor ihm.

»Mach ich, Frau Bauer. Mach ich sofort. Und vielen Dank für das Gulasch. Ich bring den Topf nachher zurück.« Kaum hatte sie das mit der fehlenden Fußbodenheizung erwähnt, spürte Max seine kalten Füße. Sie hatte recht. Der Boden war wirklich nicht besonders warm. Vorsicht! Erkältungsgefahr!

»Das müssen Sie nicht. Ich hole ihn mir morgen. Und abspülen müssen Sie ihn auch nicht. Der kommt bei uns einfach in die Spülmaschine. So, und jetzt guten Appetit. Aber verbrennen Sie sich nicht. Hier.«

»Autsch!« Max zuckte hastig zurück, als er seine Hände um die Henkel schließen wollte. »Zu spät gewarnt, Frau Bauer. Schauen Sie nur!« Er zeigte ihr mit leisem Vorwurf in den Augen seine geröteten Handflächen.

»Ach, das wird schon wieder. Halb so wild. Warten Sie. Ich trage Ihnen den Topf schnell selbst in Ihre Küche. Mit meinen dicken Topflappen tue ich mich da leichter.« Sie trat unaufgefordert näher. Von wegen halb so wild, kochte es in ihm hoch. Das tut verdammt weh, Herrschaftszeiten noch mal. Hoffentlich gibt es keine Brandblasen.

»Na gut. Danke«, grantelte er mit zusammengepressten Lippen. »Dass das Ding aber auch dermaßen heiß ist. Hätte ich nicht gedacht. Mir nach, bitte. Aber Sie kennen sich ja sowieso aus.« Hastig eilte er voraus zur Spüle, drehte schnell das kalte Wasser auf und hielt seine Hände drunter. Jetzt verbrenne ich mir wegen der alten Bauer und ihrem depperten Essen auch noch die Flossen. Dabei habe ich nicht mal Hunger. »Verdammter Mist«, fluchte er leise vor sich hin. Seine Nachbarin, die langsam hinter ihm hergeschlurft war, stellte das Gulasch auf seinem Herd ab.

»So, Herr Raintaler. Jetzt müssen Sie sich nur noch herausnehmen, so viel Sie wollen«, klärte sie ihn auf und sah sich kopfschüttelnd in seiner chaotischen Küche um. »Und wenn Sie mal jemanden brauchen, der Ihnen beim Aufräumen hilft, sagen Sie mir einfach Bescheid. Das haben wir ruck zuck erledigt.«

»Vielen Dank, Frau Bauer. Aber das braucht es nicht. Ich komm schon klar.« Er verzog das Gesicht, als er sich mit einem frischen Geschirrtuch die immer noch leicht geröteten Hände abtrocknete.

»Wie Sie wollen, Herr Raintaler. Das Angebot steht. Also, einen schönen Tag wünsche ich noch. Ich muss meinem Bertram jetzt seine Tabletten geben.«

»Ja, Frau Bauer. Tun Sie das. Ihnen auch einen schönen Tag. Und danke noch mal für das Essen.«

Endlich geht sie wieder, dachte er. Nichts gegen meine liebe Nachbarin. Aber länger als zwei Minuten muss ich die gute Frau auch wieder nicht in der Bude haben. Schließlich ist sie nicht meine Mutter. Obwohl es manchmal fast schon so ausschaut.

»Nichts zu danken. Auf Wiederschauen«, rief sie ihm vom Flur aus zu.

»Auf Wiederschauen.«

Als sie zur Tür hinaus war, holte er zwei dicke Handtücher aus dem Bad, trug den Topf damit in sein unaufgeräumtes Wohnzimmer und stellte ihn auf der Fernsehzeitschrift auf seinem kleinen, hellbraunen Couchtisch ab. Dann nahm er seine Lieblingsgabel aus der Besteckschublade im Küchenschrank, schenkte sich ein Bier ein, setzte sich vor den Fernseher und begann zu essen. Er merkte bald, dass er trotz allem großen Hunger hatte. Mit jedem Bissen schmeckte es ihm besser. Er vergaß völlig die Schmerzen in seinen Händen. Und auch an Giovanni musste er zum ersten Mal an diesem Tag für längere Zeit nicht denken. Als er fertig war, rief er Monika an, um ihr von der Verhaftung der verdächtigen Lucabrüder zu berichten und ihr mitzuteilen, dass er heute Abend noch in die ein oder andere Kneipe schauen werde. Sein persönlicher Giovannigedenkabend sozusagen. Die Kameraden vom FC Kneipenluft kämen auch vorbei. Und dass er es danach nicht mehr wie versprochen bis zu ihr nach Hause schaffen würde, sagte er am Schluss auch noch.

»Das macht überhaupt nichts, Max«, meinte sie. »Ich hau mich heute Abend sowieso so früh wie möglich ins Bett. Das war alles zu viel für mich heute. Mich wundert es bloß, dass du so fit bist.«

Sie klingt, als wäre sie regelrecht froh darüber, dass ich heute nicht bei ihr übernachte, dachte er. Obwohl ich das doch eh so selten tue. Egal. Sie sagt sowieso immer, dass sie keine feste Beziehung will. Er sah das schon immer anders als sie. Auch er musste zwar nicht andauernd mit ihr zusammenkleben. Doch etwas mehr Monika, als er normalerweise bekam, hätte er durchaus vertragen können. Nicht gerade heute. Aber generell eben.

»Ich weiß auch nicht, warum ich so fit bin«, sagte er. »Mir geht es den Umständen entsprechend echt überraschend gut. Ich habe geduscht und Frau Bauer hat mir Gulasch gebracht. Habe sogar alles aufgegessen. Alles bestens. Habe mir nur die Hände am Topf verbrannt.«

»Ach, du Armer. Hast du dir wieder wehgetan? Kannst du die schrecklichen Schmerzen überhaupt aushalten?«

Max merkte natürlich, dass sie ihn auf den Arm nahm. Unverschämtheit. Du hast gut spotten. Deine Hände sind ja auch in Ordnung, blöde Kuh. Außerdem, was soll so was an einem solchen Tag? Im Angesicht des Todes. Ist dir die Sache mit Giovanni etwa gleichgültig, Frau von und zu Schindler? Oder bist du neuerdings generell hartherzig? Man könnte es fast meinen. Herrschaftszeiten.

»Passt schon, Moni. Wird schon wieder«, erwiderte er knapp.

»Alles klar, Max. Also dann, Servus. Schön, dass du die Kerle erwischt hast. Hoffentlich waren sie es auch.«

»Das hoffe ich auch. Servus, Moni. Schlaf gut.«

Er legte auf. Über Frau Bauers Käsekuchen, von dem er ihr eigentlich etwas hätte abgeben sollen, hatte er kein Wort verloren. Der würde morgen ein perfektes Frühstück für ihn abgeben. Selber schuld, wenn sie sich so uninteressiert an ihm zeigte. Da gab es dann halt auch keinen Kuchen.

8

»Hey, Max. Willst du auch noch ein Bier?« Georg Schießler, der neben Giovanni immer der zweite Stürmer des FC Kneipenluft gewesen war, solange der noch gespielt hatte, sah seinen Libero fragend an.

»Logisch, Schorsch. Eins geht immer.« Max war drauf und dran, sich komplett die Kante zu geben. Vor zwei Stunden hatte er seine Vereinskameraden hier im ›Keller in der Au‹ getroffen. Alle waren gekommen, sogar die Ersatzspieler. Und alle waren schockiert und traurig gewesen und hatten gleich wissen wollen, was denn nun genau mit ihrem erfolgreichsten Stürmer geschehen war. Max hatte ihnen berichtet, wie er Giovanni und Clara mit Monika aufgefunden hatte. Und dass der italienische Torjäger wirklich tot sei. Erschlagen. Mehr hatte er nicht verraten. Nichts von den Schutzgelderpressern. Nichts von seinem Verdacht. Das wäre ganz und gar nicht in Franz' Sinne gewesen. Und in seinem eigenen auch nicht. Es hätte nämlich auf jeden Fall nur die Aufklärung erschwert, angenommen der oder die Täter hätten Wind davon bekommen.

»Schon komisch, Max«, meinte der lange Georg, als er Max' Helles zwischen den etlichen leeren Gläsern auf dem kleinen runden Stehtisch abstellte. »Da leben wir die ganze Zeit vor uns hin, als wäre kein Ende in Sicht. Und mit einem Mal ist es aus und vorbei. Und so gut wie niemand hinterlässt dabei irgendwelche Spuren. Fast so, als wäre er nie da gewesen.«

»Glaube ich nicht, Schorsch. Giovanni zum Beispiel hinterlässt jede Menge Spuren«, entgegnete ihm Max mit rauer Stimme. »Ein Lokal mit einwandfreiem Ruf, einen Fußballverein, der es sehr schwer haben wird, einen Ersatz für ihn zu finden, und eine Frau, die ihn sehr geliebt hat. Und seine vielen Freunde natürlich auch.« Er zeigte mit einer ausladenden Handbewegung in die Runde.

»Stimmt auch wieder. Was für eine Scheiße, dass er tot ist! Auf Giovanni.« Georg erhob schwerfällig sein Glas und stieß mit Max und den anderen um sie herum an.

»Ja, Burschen. Keiner lebt ewig«, philosophierte Max nachdenklich an alle am Tisch gewandt weiter, nachdem er getrunken hatte. »Schaut doch bloß mal uns selbst an. Mit knapp über fünfzig sind wir auch nicht mehr die Jüngsten. Jeden Tag kann es einen von uns erwischen. Krankheiten, Unfälle und so weiter. Die Einschläge kommen näher, sage ich euch.«

»Stimmt. Ich habe manchmal schon das Gefühl, dass das Leben sowieso bald vorbei ist.« Josef Stirner, der schnauzbärtige, normalerweise immer lustige Keeper des FC Kneipenluft, der direkt neben Max und Georg stand, meldete sich ungewohnt ernsthaft zu Wort.

»Das sind Anzeichen einer Depression. Kenne ich gut, Josef«, wusste Max kopfnickend. »In meinem Job bei der Kripo kam sogar noch jeden Tag die Angst vor einer Gewalttat dazu. Darüber hinaus bin ich überzeugt davon, dass wir in unserem normalen Alltag alles viel zu selbstverständlich nehmen. Ich sage nur: allgemeiner Überdruss. Wir vergessen doch meistens völlig, dass unser Leben eigentlich ein Geschenk ist.«

»Außer wenn ein Freund oder Verwandter stirbt, Herr Dozent«, nahm Georg den Faden auf und stieß seinen rechten Zeigefinger in die Luft. »Oder wenn wir uns mal ganz bewusst die Hungernden in der Dritten Welt vor Augen führen, wie an Weihnachten. Da merken wir auf einmal wieder, wie wertvoll das alles ist, was wir hier haben. Stimmt's?« Er blickte mit hochgezogenen Brauen, Zustimmung erwartend, in die Runde, während er, bereit für den nächsten Schluck, sein Glas an den Mund hob.

»Stimmt auffallend, Schorsch. Man könnte meinen, du hättest damals Philosophie und Religion fertig studiert.« Auch Max nahm sein Glas vom Tisch. Er und Georg hatten vier Semester lang gemeinsam Philosophie studiert. Bis ihnen das Ganze zu theoretisch wurde. Max hatte mit Musikspielen und seinem Sportstudium begonnen und Georg war in die mathematische Richtung gewechselt.

»Ja mei. Die EDV hat halt doch mehr Aussicht auf Geld versprochen. Wie recht ich damit hatte, weißt du selbst«, triumphierte er jetzt mit einem kleinen, stolzen Lächeln auf den Lippen.

Und wie Max das wusste. Vor zehn Jahren hatte Georg eine Softwarefirma gegründet und seitdem unglaublichen Erfolg damit. Er stellte ein Programm her, das im Internet lief und sich verkaufte wie warme Semmeln. Am Anfang hatte er noch ein winziges Zweizimmerbüro in Schwabing gehabt. Heute arbeiteten 120 Leute für ihn. In einem riesigen Großraumbüro mitten in der Stadt. Und 200 weitere waren weltweit für seine Produkte im Einsatz. Doch wer geglaubt hätte, dass der dünne Schlacks mit dem lichten, dunklen Haupthaar aufgrund seines finanziellen Höhenfluges arrogant und geizig geworden wäre, der täuschte sich. Wenn es zum Beispiel um neue Trikots oder Betriebsausflüge mit dem FC Kneipenluft ging, trug er immer den größten Teil der Kosten. Einfach so. Weil er Lust dazu hatte. Genauso, wie er etliche Hilfsprojekte in Afrika großzügig unterstützte. Egal, wie reich er wurde, Georg blieb immer derselbe, der er früher gewesen war. Und seine damaligen Freunde konnten sich auch heute noch ohne Wenn und Aber seine Freunde nennen.

»Logisch hattest du recht, Schorsch. Du bist der Reichste von uns, wie wir alle wissen. Mit Philosophie oder frommen Sprüchen hättest du das sicher nicht geschafft. Herrschaftszeiten, Männer, wir sind wirklich schon lange beisammen, was?« Max sah sich mit feuchten Augen im Raum um.

Die meisten von ihnen kannten sich seit der Uni. Manche hatten sogar gemeinsam Abitur gemacht, so wie Max, Georg und Josef. Und Franz natürlich. Der hätte eigentlich noch in ihrer Runde gefehlt. Aber der unsportliche, kettenrauchende Hauptkommissar war kein Mannschaftsmitglied des FC Kneipenluft. Vereinsmitglied ja. Das war schließlich Ehrensache. Aber kein Mannschaftsmitglied. Nicht mal als junger Mann. Höchstens ab und zu Zuschauer.

»Lasst uns noch mal auf unseren italienischen Torschützen anstoßen. Hoch lebe Giovanni! Er war der beste Stürmer, den wir je hatten. Wir werden die Meisterschaft dieses

Jahr für ihn holen.« Josef hob sein Glas und alle Anwesenden prosteten sich Zustimmung murmelnd zu.

»Für … das Spiel am nächsten Samstag … besorge ich schwarze Armbinden. Was meint ihr?« Georg musste sich ein paar Mal räuspern, bevor er seinen Satz laut genug herausbrachte.

»Sehr gut, Schorsch. Superidee«, lobte Max. »Was meint ihr? Gehen wir drei noch auf einen Schluck zu ›Rosis Bierstuben‹ in die Lindwurmstraße? Die sperren hier doch gleich zu.« Er blickte Georg und Josef fragend über den Rand seines Glases hinweg an.

»Gerne, Max«, erwiderte Georg. »Rosi interessiert sicher auch, was mit Giovanni passiert ist. Außerdem kann ich jetzt sowieso noch nicht schlafen, nach der ganzen Sache.«

Josef nickte nur zustimmend. Die hochgezwirbelten Enden seines riesigen Schnauzbartes zitterten dabei wie zwei kleine Autoantennen im Fahrtwind.

9

Um halb eins betraten sie ›Rosis Bierstuben‹ durch den schweren Windfang aus Stoff. Wie immer um diese Zeit war das beliebte Nachtlokal nahezu bis auf den letzten Platz besetzt. Die blonde fesche Rosi im fast bodenlangen grünen Dirndl wäre aber nicht Rosi gewesen, wenn sie nicht trotzdem ein Plätzchen für drei ihrer liebsten Stammgäste frei gehabt hätte. Und so fanden sich die inzwischen reichlich angetrunkenen Hobbyfußballer kurze Zeit später an einem gemütlichen Ecktisch neben drei hübschen, vielleicht gerade mal vierzigjährigen Frauen wieder.

»Mein Gott, wie schrecklich«, rief Rosi erschrocken, als Max ihr von Giovannis Tod erzählte. »Das mag man ja gar nicht glauben.«

»Stimmt, Rosi. Das mag man wirklich nicht glauben.«

»Und die Polizei weiß nicht, wer es war?«

»Nein, leider.« Natürlich durfte er auch ihr nichts über den Stand der Ermittlungen verraten.

»Giovanni war doch so erfolgreich mit seinem Lokal. Oh Gott. Und seine hübsche junge Frau. Diese Sizilianerin … Na, die wird jetzt fertig mit den Nerven sein.« Sie schüttelte ungläubig den Kopf. »Es war bestimmt irgendein Neider«, fügte sie dann noch hinzu.

»Ja. Irgend so einer wird es wohl gewesen sein«, raunte Max düster.

»Hoffentlich finden sie den Kerl.« Rosi blickte eine Zeit lang nachdenklich an die Wand hinter Max. Dann atmete sie tief durch und schaltete ihren Ton blitzschnell auf professionell fröhliche Betriebsamkeit um. »Also, ich muss wieder los, Männer. Nix für ungut. Heute geht alles, was ihr bestellt, aufs Haus. Keine Widerrede. Was wollt ihr trinken?«

Es war höchste Zeit für sie weiterzuarbeiten. Trauern würde sie später, wenn sie zu Hause war. Das Leben in ›Rosis Bierstuben‹ ging weiter. Der Rubel musste rollen. So war das nun mal. Max wusste das genauso gut wie seine zwei Freunde.

»Danke, Rosi. Drei Halbe kriegen wir. Stimmt's, Männer?« Er blickte Josef und Georg fragend in die leicht geröteten Gesichter.

»Stimmt«, antworteten die beiden im Chor.

»Kommt sofort, die Herren!«, versprach die attraktive Mittdreißigerin und machte sich geschwind davon.

›Rosis Bierstuben‹ war noch eine der wenigen, echt urigen Münchner Wirtschaften. Ein alter Kachelofen, viel braunes Holz, große stabile Tische und bequeme, feste Stühle mit Sitzpolstern. Eine riesige Eckbank, die sich um den ganzen Raum herumzog. Alte Stiche und Bilder aus der Zeit des heute noch allerorten beliebten Märchenkönigs Ludwig II. an den Wänden. Eine fesche Wirtin im feschen Dirndl, genau wie ihre Bedienungen. Und ein gepflegtes Bier zu Schweinshaxe, Wildschweinbraten oder Rehgulasch. Gekocht wurde bis spät in die Nacht oder bis in den frühen Morgen hinein. Je nachdem, wie man das sehen will. Zahlreiche Touristen verirrten sich hierher, da das Lokal nicht weit von der Stadtmitte entfernt lag. Aber auch viele Anwohner und Stammgäste kamen regelmäßig zu einem leckeren Essen oder auf das ein oder andere Bier vorbei. Es wurde geschmatzt, diskutiert und erzählt. Und so manche Möglichkeit zum Flirt ergab sich bei dem bunt gemischten Publikum natürlich auch.

Als Rosi ihnen ihre Getränke gebracht hatte, tranken die drei Vereinskameraden zuerst noch einmal mit ernsten Mienen auf Giovanni. Die drei Frauen am Tisch sahen ihnen neugierig dabei zu.

»Prost!«, meinte die Blonde im blauen T-Shirt gleich neben Max ein paar Minuten später, während sie ihm ihr Glas hinhielt. Der Aussprache nach schien sie aus Norddeutschland zu kommen. »Ich bin Annika Klingeisen. Und das sind Bärbel Straatmeier und Jutta Bolt. Wir sind diese

Woche auf EDV-Schulung hier bei euch Bayern.« Sie zeigte auf ihre zwei freundlich lächelnden Freundinnen.

»Auch Prost. Ich bin Max«, stellte Max sich vor und stieß mit ihr an. »Und das sind Josef und Georg. Georg kennt sich auch mit EDV aus.«

Seine Freunde grüßten so verbindlich, wie es ihr Alkoholpegel und ihre Trauer zuließen.

»Hallo, Jungs. Die Namen können wir uns bestimmt nicht alle merken.« Annika lächelte freundlich. »Macht nichts. Wir uns eure auch nicht. Namen sind sowieso nur Schall und Rauch«, meinte Georg düster.

»So wie das ganze Leben …«, fügte Josef halblaut mit gesenktem Kopf hinzu.

»Aber solange wir da sind, sollten wir es genießen«, schoss die rothaarige Jutta postwendend in seine Richtung zurück. Sie saß über Eck neben ihm und schien seinen Spruch als Einzige gehört zu haben.

»Stimmt schon«, gab Josef ihr sogleich recht. »Genießen ist wichtig. Und aufgeben sollte man auch nie. Aber das ist nicht immer ganz einfach. Richtig?«

»Richtig. Trotzdem muss man es versuchen.« Sie lächelte fröhlich, nickte aufmunternd mit dem Kopf und stieß mit ihm an.

»Was ist denn mit euch, Jungs?«, wandte sich Annika an Max. »Ihr macht alle so einen traurigen Eindruck. Schöne Lederjacke übrigens.« Sie berührte seine neue schwarze Nappajacke im Sakkostil leicht mit den Fingern.

»Danke«, antwortete er mit abwesendem Blick ins Rund des gut besuchten Lokals. »Und ja, wir haben etwas. Vielmehr fehlt uns was. Einer unserer besten Freunde ist heute Morgen gestorben.«

»Oh, Gott. Das ist ja schrecklich.« Mitfühlend legte sie ihre Hand auf seinen Unterarm. Er registrierte es, und es war ihm nicht unangenehm. »Wie ist das denn passiert?«, fragte sie.

»Wir wissen es noch nicht genau. Aber so wie es aussieht, wurde er umgebracht.« Er sah ihr flüchtig in die Augen.

»Ach, du liebes bisschen!«

»Ja, schlimme Sache.« Er nickte langsam und trank einen Schluck Bier.

»Ein Freund von mir hat sich vor fünf Jahren in Hamburg vom Hochhaus gestürzt. Man ist regelrecht traumatisiert nach so was.« Sie blickte nachdenklich in die Flamme der dicken roten Kerze in der Mitte des Tisches.

»Stimmt! Das ist man.« Max hatte bei der Polizei jahrelang gelernt, den Tod als Bestandteil des Lebens zu akzeptieren. Nicht mehr und nicht weniger. Aber heute fiel es ihm schon den ganzen Tag lang unendlich schwer, die Gedanken an seinen ermordeten Freund bleiben zu lassen. Andauernd blitzte die Szene von heute Vormittag im ›Da Giovanni‹ wieder vor seinen Augen auf.

»Du sagst das so, als wüsstest du mehr darüber«, stellte sie mit leiser Neugier in der Stimme fest.

»Ich war Polizist. Bei der Kripo. Wir hatten es da auch mit Mord und sonstigen Gewaltverbrechen zu tun.«

»Oh. Das erklärt natürlich alles.« Sie nahm schnell ihre Hand von seinem Arm und rückte ein Stück weit von ihm weg.

»Hab ich was Falsches gesagt?« Er zog die Brauen hoch und sah sie verwirrt an.

»Nein, nein. Hast du nicht, äh … Max. Richtig? Es ist nur so … mein Exmann war auch Polizist. Und wenn ich ganz ehrlich bin, war er, mit Verlaub gesagt, ein richtiges Arschloch.« Sie blickte schlagartig angewidert drein, als sie das sagte.

»Max ist schon richtig, Annika. Und wenn dein Ex ein Arschloch war, tut mir das leid für dich. Aber nicht alle Polizisten sind gleich. Oder sollte ich da irgendwas nicht mitbekommen haben in den letzten zwanzig Jahren?«, erwiderte Max.

Der deutlich gereizte Unterton in seiner Stimme war pure Absicht. Er hatte nicht die geringste Lust, sich nach dem ganzen Stress mit Giovannis Tod jetzt auch noch von irgendeiner dahergelaufenen Blonden aus dem Norden wegen seines früheren Jobs blöd anreden zu lassen.

»So habe ich das nicht gemeint. Natürlich ist jeder Mensch anders.« Sie klang spröde. Nach innerer Abwehrhaltung. Doch immerhin legte sie versöhnlich ihre Hand auf seinen Arm zurück.

»Also sind doch nicht alle Polizisten böse Ungeheuer und Arschlöcher?«, fragte er. Herrschaftszeiten. Was fällt der Schnepfe überhaupt ein, so einen Schmarrn daherzureden. Er war angefressen. Und wenn er einmal angefressen war, gab es normalerweise so schnell kein Zurück mehr.

»Natürlich nicht«, antwortete sie. »Entschuldige. Dumm von mir, dich mit meinem Mist von früher zu belästigen. Ausgerechnet an einem Tag, an dem es dir selbst nicht gut geht. Das wollte ich nicht. Außerdem kenne ich dich ja gar nicht.« Sie sah ihn lange an.

Na gut. Ausnahmsweise verzeihe ich ihr noch mal, dachte Max, der ihrem Blick standhielt. Sie scheint nicht zu lügen. Es tut ihr offensichtlich wirklich leid. Und schließlich haben wir alle unsere Päckchen zu tragen. Ihre Hand auf meinem Arm fühlt sich gut an. Außerdem hat sie wirklich schöne, blaue Augen. Und auch sonst ist sie nicht ohne. Da könnte man glatt romantische Gefühle bekommen, wenn heute nicht so ein trauriger Tag wäre. Vielleicht kann man sich ja noch mal wiedersehen. Wenn sie sowieso die ganze Woche hier auf ihrer Schulung ist ... Oder besser doch nicht. Im Moment gibt es Wichtigeres. Giovannis Mörder erwischen zum Beispiel.

Nach zwei weiteren Bieren hatte er endgültig genug getrunken. Er wollte nur noch nach Hause ins Bett. Annika schrieb ihm ihre Handynummer auf und drückte ihm den kleinen Zettel, den sie sich zu diesem Zweck von Rosi hatte geben lassen, zum Abschied in die Hand.

»Ein Wiedersehen würde mich freuen«, las er auf der Rückseite. Er steckte ihn kommentarlos in seine Gesäßtasche und stand auf. »Mal sehen«, lallte er, stellte sich, so gut es ging, gerade hin und wankte zur Tür hinaus.

Draußen hielt er einen Moment lang inne und atmete tief durch. Hoffentlich erlebe ich den morgigen Tag überhaupt, dachte er. Zur Sicherheit trinke ich zu Hause gleich mal ein großes Glas Wasser mit Magnesium. Nicht, dass mich der Herzinfarkt noch im Schlaf dahinrafft. Oder ein Schlaganfall. Da hat man ja schon die wildesten Sachen gehört, was einem passieren kann, wenn man zu viel Alkohol intus hat.

Georg und Josef genossen währenddessen drinnen nach wie vor ihr Bier und die Anwesenheit der holden Weiblichkeit aus Norddeutschland.

»Wollt ihr euren Freund denn wirklich ganz alleine heimgehen lassen? In seinem Zustand?«, fragte Annika sie mit besorgter Miene.

»Ja, logisch. Dem Max passiert nichts. Erstens hat er einen sehr zuverlässigen Schutzengel und zweitens war er Polizist,« antwortete Josef und schielte dabei wie ein Brunnenputzer.

Natürlich nur wegen des Alkohols und nicht etwa, weil er normalerweise immer geschielt hätte. Georg klärte die Damen zu deren großer Belustigung ausführlich über diesen Sachverhalt auf.

Max kam ganz gemäß seiner anfänglichen Befürchtungen nur sehr schlecht auf seinem Nachhauseweg voran. Immer wieder stolperte und taumelte er. Immer wieder suchte er Halt an Hausmauern und Bäumen. Und immer wieder musste er sich auf den Motorhauben diverser, am Straßenrand geparkter Autos ausruhen. Nach gut zwei Stunden jedoch stand er endlich vor seiner Wohnung im zweiten Stock und gab sich größte Mühe aufzusperren. Eine knifflige Angelegenheit in seinem Zustand. Vor allem im Dunklen. Denn den Lichtschalter im Treppenhaus hatte er partout nicht finden können. Obwohl er wirklich sehr lange und sehr gründlich nach ihm gesucht hatte. Eine Viertelstunde verging. Dann noch mal eine halbe. Dann hatte er es endlich geschafft. Voller Stolz auf seine handwerklichen Fähigkeiten ging er hinein, warf schwungvoll die Tür hinter sich ins Schloss, tastete sich vorsichtig an der Wand ins Schlafzimmer hinüber – weil er den Lichtschalter auch hier drinnen nirgends finden konnte – vergaß völlig das Magnesium, das er noch hatte trinken wollen, und plumpste mit einem erleichterten Seufzer angezogen auf sein Bett.

»Verdammt, Giovanni. Ich finde das Schwein. Ich finde es. Versprochen!«, murmelte er noch in sein Kissen. Dann schlief er von einer Sekunde auf die nächste ein.

10

»Raintaler.« Max hielt sein Handy, das er gerade aus seiner Hosentasche gekramt hatte, falsch herum und konnte deswegen nichts verstehen. Da die Stimme aus dem kleinen Mikrofon vor seinem Mund aber unentwegt weiterquäkte, bemerkte er sein kleines Missgeschick recht bald, drehte das ganze Teil herum und meldete sich noch einmal.

»Max? Was ist los? Bist du besoffen?«, vernahm er jetzt die grantig klingende Stimme von Franz.

»Nicht mehr. Hoffe ich jedenfalls«, antwortete er. »Servus, Franzi. Was gibt's Neues?«

»Leider nichts Gutes. Ich musste unsere zwei Verdächtigen wieder laufen lassen. Sie haben absolut wasserdichte Alibis. Fünf Leute aus der Großmarkthalle schwören Stein und Bein, dass die beiden den ganzen Morgen beim Stand ihrer Mutter gewesen seien. Und Fingerabdrücke oder sonstige Spuren von ihnen am Tatort haben wir auch nicht gefunden.«

»Ja, Herrschaftszeiten! Mist, verdammter!« Max hatte sich bei dem Versuch, das Glas Wasser, das seit zwei Tagen halb leer auf seinem Nachtkästchen stand, zu fischen, einen Tick zu weit aus dem Bett gelehnt und kippte samt Kopfkissen seitlich auf den Boden. Dabei fiel ihm das Telefon aus der Hand und rutschte unter das Bett.

»Entschuldige, Franz, jetzt bin ich wieder dran und bleib es auch«, versicherte er, als er es, um ein paar dicke Staubflocken reicher, wieder hervorgeholt und gründlich sauber gepustet hatte.

»Aha. Gut. Ja, und außerdem war es ja auch so, dass Clara den oder die Täter nicht erkennen konnte. Oder sich wegen ihrer Gehirnerschütterung an niemanden erinnern kann. Die beiden Burschen sind zwar hundertprozentig ein paar ausgemachte Kleinganoven, aber an Giovannis Tod waren sie zu neunundneunzig Prozent nicht beteiligt. Und ein Prozent reicht dem Staatsanwalt nicht, wie du selbst weißt.«

»Und was jetzt?«

»Das Übliche. Wie immer. Neue Spuren suchen. Neue Verdächtige auftreiben. Du kennst das Spiel ja noch von früher.«

»Und ob ich das kenne.« Max rieb sich die Schläfen, während sein Exkollege fortfuhr.

»Wir haben zwar jede Menge Fingerabdrücke in Giovannis Lokal gefunden. Und die von diesem Koch Paolo und Clara, die wir noch gleich vor Ort abgenommen hatten, haben wir auch schon abgeglichen. Aber keinen der anderen Abdrücke konnte ich in der Computerkartei wiederfinden. Es muss also jemand gewesen sein, der nicht bei uns gespeichert ist. Noch nicht. Oder er hatte Handschuhe an. Könnte ein Profi gewesen sein. Oder auch nicht.«

»Es kann also die halbe Welt gewesen sein«, überlegte Max laut. Er hielt sich stöhnend den Kopf. Die stechenden Schmerzen erlaubten ihm nicht, seine Augen mehr als einen schmalen Spalt breit zu öffnen.

»So ungefähr, alter Freund. Du sagst es. Den Täter zu erwischen wird nicht leicht. Vor allem, weil uns Clara keine nützlichen Hinweise geben kann. Und Giovannis Koch, dieser Paolo, wusste ja auch von nichts, wie du weißt.«

»Mist«, murmelte Max und stöhnte erneut.

»Ist wohl spät geworden gestern? Hast du noch einen auf Giovanni gehoben?« Franz, der selbst nur zu gerne das ein oder andere Bierchen zwitscherte, war immer am Schicksal Gleichgesinnter interessiert.

»Habe ich, Franzi. Mit den Jungs vom FC. Irgendwer musste ihnen den Tod ihres besten Stürmers schließlich beibringen. Aber jetzt brauche ich, glaube ich, erst mal ein paar Tabletten. Und vor allem eine ausgiebige Dusche.«

»Na dann. Gute Besserung, mein Lieber.«

»Hoffentlich … Servus. Und danke fürs Bescheidsagen.«

»Nichts zu danken. Servus, Max.« Franz legte auf.

Max legte sein Handy ebenfalls weg, kletterte ins Bett zurück und ließ sich in sein Kopfkissen fallen. Alles klar. Jetzt hieß es wieder von vorne anfangen. Aber wo? Wen könnte ich fragen, welche Feinde Giovanni außer den beiden Burschen von der Großmarkthalle noch hatte? Da bleiben, so wie es aussieht, wirklich nur Clara und Paolo. Auch wenn Franzi nichts aus ihnen herausbekam. Ich erfahre bestimmt was. Schließlich kenne ich die beiden gut. Clara werde ich später im Krankenhaus besuchen. Und dann wird sie mir sicher auch sagen können, wo Paolo aufzutreiben ist. Aber jetzt nichts wie ab unter die Dusche.

Als er auf dem Weg ins Bad seine Bluejeans vom Boden aufhob, rutschte ein kleiner weißer Zettel aus der Gesäßtasche. Eine Telefonnummer und ›Annika‹ stand darauf, und dass sie sich freuen würde, ihn wiederzusehen. Annika? Wer sollte das sein? Ach so, logisch. Jetzt fiel der Groschen. Das war doch die hübsche Blonde aus Norddeutschland. Die war doch ganz nett. Oder? Obwohl sie anscheinend was gegen Polizisten hatte. Egal. Wer weiß? Vielleicht rief er sie wirklich mal an. Er konnte im Moment jede Ablenkung gebrauchen. Man könnte zum Beispiel übermorgen … Ach was. Warten wir's ab. Er legte den Zettel auf sein Nachtkästchen und beschwerte ihn mit der kleinen, altmodischen Stehlampe aus Tante Isoldes Nachlass, damit er sich nicht selbstständig machen konnte. Dann schluckte er eine Blutdrucktablette und zwei Aspirin, trank einen guten Liter Wasser dazu und stellte sich unter die Dusche.

Kann sein, dass ich die oder den Täter aber auch ganz woanders suchen muss, spekulierte er, während er abwechselnd heiße und kalte Wasserstrahlen auf seine Haut prasseln ließ. Was denn zum Beispiel, wenn es irgendwelche Ausländerhasser gewesen sind? Möglich wäre es. Auf der anderen Seite könnte natürlich auch die Mafia dahinterstecken. Das wird kein einfacher Fall. Soll ich die Arbeit nicht doch lieber Franz und den anderen im Revier überlassen? Die haben doch den ganzen Polizeiapparat hinter sich. Blödsinn. Mache ich natürlich nicht. Ich bin es Giovanni schuldig, dass ich seinen Mörder finde. Schließlich habe ich es mir und ihm versprochen. Und ich finde den Kerl. Garantiert. Wie hat mein Vater früher immer gesagt? Alles, was man wirklich will, schafft man auch. Recht hatte er.

Aber auf jeden Fall brauche ich heute Vormittag eine kleine Pause. Keine düsteren Gedanken an Mord und Totschlag. Auch wenn's mir schwer fällt. Keinen Ärger. Keinen dicken Kopf mehr. Sonst geht gar nichts mehr weiter. Ob Moni Lust hat, mit mir aufs Land zu fahren? Es ist das schönste Wetter draußen. Da könnte man doch gemeinsam spazieren gehen und anschließend irgendwo einen Kaffee trinken. Und am Nachmittag, bevor sie ihre Kneipe aufsperren muss, wären wir längst zurück. Ich ruf sie gleich mal an. Er stakste, immer noch leicht wackelig auf den Beinen, ins Wohnzimmer hinüber und nahm sein schnurloses Telefon zur Hand.

»Hallo, Moni, ich bin's«, meldete er sich, als seine Teilzeitfreundin am anderen Ende abhob. »Hättest du Lust nach dem ganzen Stress gestern ein bisserl an den Starnberger See rauszufahren? Spazieren gehen und danach einen schönen Kaffee trinken? Ich brauche dringend frische Luft und Ablenkung. Ich werde sonst noch wahnsinnig. Andauernd muss ich an Giovanni denken. Ich kann es immer noch nicht fassen, dass er tot sein soll. Außerdem musste Franzi diese Lucabrüder wieder gehen lassen.«

»Warum denn das?«

»Sie haben beide wasserdichte Alibis.«

»So ein Mist. Na gut. Ich hätte prinzipiell schon Lust, spazieren zu gehen, Max. Ich muss nämlich auch andauernd an Giovanni denken. Aber ich muss heute früher in der Kneipe sein, weil die Jungs von Münchens kleinster Brauerei aus Giesing mit der neuen Lieferung kommen. Das kann ich auf keinen Fall verschieben. Jeder schreit inzwischen bloß noch nach denen ihrem Bier ohne Konservierungsstoffe.«

Sie klang sehr geschäftig. Ging es ihr doch nicht ganz so schlecht wie ihm? Hatte ihr Alltag schon wieder die Überhand gewonnen? So schnell? Trotz allem?

»Ja, mei. Deine Gäste wissen halt, was gut ist. Mir schmeckt das Zeug ja auch. Und wenigstens für ein, zwei Stunden an die Isar? Wie wäre das?«

Lass mich nicht hängen, Frau. Auch wenn du anscheinend bestens alleine klarkommst, ich stehe mein Tief heute jedenfalls nicht ohne Unterstützung durch, dachte Max.

»Das geht auf jeden Fall. Holst du mich in einer halben Stunde ab? So um halb elf?«

Jawohl. Gerettet.

»Ja klar«, erwiderte er erleichtert. »Bis dann. Servus.«

»Bis dann, Max.«

Er legte sein Telefon in die Basisstation zurück, holte sich in der Küche noch mal ein großes Glas Wasser und stürzte es in einem Zug hinunter. Dann kleidete er sich in aller Ruhe an und stieg langsam die Treppen hinab.

Draußen schien die Sonne vom makellos blauen Himmel herab und heizte den bayrischen Erdenbewohnern tüchtig ein. Auf halbem Weg zu Monikas kleiner Kneipe holte sich Max beim alten Anton eine dicke Bratwurst, um endgültig wieder auf die Beine zu kommen. Der quirlige UrMünchner hatte seinen Verkaufsstand an der Isar vor zehn Jahren von einem Dönertürken, der mit Gammelfleisch in Verbindung gebracht worden war, übernommen und eine wahre Goldgrube daraus gemacht. Spaziergänger, Jogger, Geschäftsleute aus der Gegend, Kinder und Jugendliche aus der Schule nebenan. Sie alle kauften, auch bei schlechtem Wetter, täglich bei dem alten Zausel mit dem zwanzig Zentimeter langen, grauen Vollbart ein. Sein Angebot erstreckte sich von Kaugummis und Brausepulver über Schokoriegel und Zeitschriften bis hin zu Kuchen, Bier, Leberkäse, Bratwürsten und Fleischpflanzerln. Max kannte den stets gut aufgelegten Geschäftsmann schon seit einer halben Ewigkeit. Und jedes Mal, wenn er bei ihm vorbeikam, vollzogen sie dasselbe Ritual.

»Servus, Anton, wie immer«, orderte er.

»Servus, Max. Eine Rote in der Semmel mit viel Senf. Kommt sofort!«

Das war's. Mehr wurde nicht zwischen ihnen gesprochen. Und mehr musste auch nicht gesprochen werden.

Der Münchner Exkommissar vertilgte seine Wurst wie immer mit großem Appetit, warf die Papierserviette, die es dazu gab, nachdem er sie benutzt hatte, wie immer in den großen Mülleimer neben der Bude, winkte Anton zum Abschied zu und ging weiter. Das Wetter war herrlich, und schon bald begannen sich die pulsierenden Schmerzen aus seinen Schläfenlappen zu verflüchtigen. Er dachte wieder an Giovanni. Ich krieg deinen Mörder. Glaub es mir, alter Spezi. Und dir wünsch ich nur das Beste, wo immer du jetzt auch bist. Lass dich nicht unterkriegen. Irgendwann komm ich nach und wir stellen zusammen eine Fußballmannschaft auf. Und dann machen wir sie alle platt. Versprochen.

Als er den kleinen Uferweg zur Tierparkbrücke entlangging, glänzte die Isar wie ein breiter Strom aus Milliarden von Diamanten im Sonnenlicht. Herrschaftszeiten. Wie schön unsere Welt doch ist, dachte er. Und wie zerbrechlich das Leben auf ihr. Wenig später trat er in ›Monikas kleine Kneipe‹ ein.

»Hallo, Max. Na, was macht der dicke Kopf?« Seine Freundin stand fertig angezogen hinter dem Tresen und räumte den Platz um ihre Zapfanlage herum frei. Offenbar hatte sie schon am Telefon mitbekommen, dass er ziemlich angeschlagen war. Und es hatte sie wohl auch nicht weiter verwundert. Ein Abend mit den Burschen vom Fußballverein und dann noch ein Trauerfall in der Mannschaft. Das konnte nur einen gestandenen Kater nach sich ziehen. Das wusste sie genauso gut wie er.

»Es geht schon wieder, Moni.« Er trat neben sie und half ihr beim Gläserverstauen. Hat sie etwa eine neue Jacke? Ich habe dieses schicke karierte Ding noch nie an ihr gesehen. »Geile Jacke übrigens. Ist die neu?«, fragte er.

»Nein, die ist nicht neu. Die habe ich schon seit zwei Jahren.« Sie verdrehte die Augen.

»Aber du hast sie noch nie angehabt. Oder?«

»Ich habe sie einige Male angehabt. Und du hast mich auch schon ein paar Mal gefragt, ob sie neu sei, Max. Kommt jetzt zu deiner andauernden Hypochondrie auch noch Alzheimer dazu? Oder gar Rinderwahn?«

Monika konnte schon immer extrem genervt dreinschauen, wenn es sein musste.

»Echt? Du hast sie schon angehabt?« Max wollte gar

nicht glauben, dass er gerade wieder mal einen Ausset-
zer hatte.

»Ja, echt.«

»Merkwürdig, weiß ich gar nicht mehr.« Wahrscheinlich irrt sie sich … Bestimmt.

»Wo wart ihr denn gestern? Haben sie dir was ins Bier
geschüttet? Vergesslichkeitspulver vielleicht?«

Was ist denn los? Wieso wird sie denn gleich so aggres-
siv?

»Erst im ›Keller in der Au‹. Und danach sind wir noch
in ›Rosis Bierstuben‹ gelandet. Hätte Rosi mir doch bloß
Vergesslichkeitspulver hineingetan. Dann müsste ich nicht
andauernd an Giovanni denken.« Er sah sie lange an. Die
Tränen stiegen ihm in die Augen.

»Entschuldige, Max. Ich bin manchmal echt ekelhaft.
Aber mir geht Giovanni auch nicht aus dem Kopf. Und
du weißt ja, dass ich ungenießbar sein kann, wenn mich
was beschäftigt.« Sie legte ihre Hand an seine Wange und
streichelte ihn.

»Passt schon, Moni. Lass uns losgehen!« Er schniefte
kurz und setzte ein schiefes Lächeln auf.

»Was meinst du? Sollen wir zum Biergarten nach Großhesselohe runtermarschieren und dort zur Abwechslung
mal kein Bier, sondern einen Kaffee trinken?«

»Gute Idee. Machen wir, Moni.«

»Was war denn jetzt genau mit diesen Lucabrüdern?«,
wollte sie wissen, nachdem sie eine Zeit lang unterwegs
gewesen waren.

»Sie haben beide, wie gesagt, ein wasserdichtes Alibi.
Wurden von etlichen Zeugen in der Großmarkthalle gesehen, die jeden Eid darauf schwören würden, dass sie sich von
dort den ganzen Vormittag lang nicht wegbewegt haben.«

»Und jetzt?«

»Jetzt fange ich wieder von vorne an. Wie schon so oft.« Max warf einen der Kiesel, die er gerade aufgehoben hatte, so weit er konnte ins Flussbett hinein. Den nächsten, einen breiten flachen, ließ er auf dem Wasser springen. Mist! Nur dreimal. Das konnte er besser.

»Mir wird schon was einfallen«, meinte er dann. »Auf jeden Fall muss ich Clara noch mal genau befragen. Und Paolo. Sie sind im Moment die einzigen Anhaltspunkte, die ich habe. Nur sie wissen letztlich, wie viele und welche Feinde Giovanni hatte, wenn er denn welche hatte. Meinst du, wir können auf dem Rückweg noch kurz bei ihr im Krankenhaus vorbeischauen? Es liegt ja fast auf dem Weg.« Er blickte sie fragend an.

»Na klar. Ich wollte sie sowieso noch mal besuchen.« Monika trat einen Schritt beiseite, um einen wild klingelnden Radfahrer vorbeizulassen. Der bedankte sich dafür auf seine ganz eigene Art, indem er im Vorbeifahren mit ausgestrecktem, erhobenem Mittelfinger laut über die »Scheißfußgänger überall« schimpfte. Auf einem Fußweg im Grünen wohlgemerkt.

»Geh, schleich dich doch, du Arschloch«, grantelte Max ärgerlich und warf ihm den letzten Kiesel, den er noch von seinen Wasserwurfspielen her in der Hand hatte, hinterher.

Dass er den unfreundlichen Zeitgenossen damit voll am Hinterkopf treffen würde, hatte er gar nicht erwartet. Und der rasende Rambo im grellbunten, hautengen Radleroutfit bestimmt auch nicht. Er hielt an, rieb sich fluchend die Stelle, wo er getroffen worden war, stieg ab und drehte sich um.

»Komm her, du Wichser, dann hau ich dir eine aufs Maul!«, tönte er aus seiner sicheren Entfernung.

Statt seiner Einladung zu folgen, hob Max blitzschnell noch ein paar weitere Steine vom Boden auf und begann, ihn damit zu bombardieren. Ein Stein nach dem anderen. Immer weiter. Solange, bis sein Kontrahent laut um Hilfe rufend auf seinen Drahtesel kletterte und sich davonmachte, so schnell er nur konnte.

»Hau bloß ab, du Traumtänzer! Aber ganz schnell!«, plärrte ihm Max wutentbrannt mit rot angelaufenem Gesicht hinterher.

Er hatte die Nase schon lange gestrichen voll von den vielen aggressiven Deppen, die Münchens Wege und Straßen unsicher machten. Egal ob Fußgänger, Radfahrer oder Autofahrer, fast jeder benahm sich rücksichtslos wie der letzte Mensch und beschwerte sich dabei aber immer nur über die anderen. Schon als junger Polizist war ihm diese egomanische Platzhirschmentalität gegen den Strich gegangen. Vor allem dann, wenn deswegen auch noch Verletzte oder sogar Tote zu beklagen waren. Was gar nicht so selten vorkam, wenn man genau hinsah. Da konnte einem dann natürlich auch schon mal der Kragen platzen.

»Wegen mir hättest du ihn nicht gleich steinigen müssen«, meinte Monika, als er sich wieder einigermaßen beruhigt hatte. Sie musste grinsen, obwohl ihr heute generell alles andere als fröhlich zumute war.

»Aber wegen mir. Ja, so ein Depp!«, motzte Max und musste gleich darauf ebenfalls grinsen. »Außerdem habe ich nur ganz kleine Steine genommen. Er hätte selbst einen Volltreffer überlebt. Wahrscheinlich jedenfalls.«

»Ein Depp war er auf jeden Fall. Stimmt. Von denen laufen inzwischen ganz schön viele bei uns herum. Was meinst du? Ist das erst in letzter Zeit so oder gab es die schon immer?« Monika konnte gar nicht mehr aufhören zu grinsen. Aber es hatte auch einfach zu komisch ausgesehen, wie sich der überhebliche Wichtigtuer voller Angst vor den winzigen Flusskieseln auf sein Fahrrad geschwungen hatte.

»Ich bin mir sicher, dass es schon immer solche Deppen wie den gegeben hat.« Max warf die restlichen Steine, die er noch in der Hand hatte, ins Wasser. Platsch, platsch, platsch. »Und es wird sie garantiert auch in Zukunft immer geben«, fuhr er dann fort. »Vielleicht ist ein Virus daran schuld, das sich im Laufe der Jahrtausende immer weiter vermehrt. Parallel zum geistigen Fortschritt. So dass sich Deppen und Nichtdeppen auf ewig die Waage halten. Könnte doch sein.«

»Könnte sein. Auf jeden Fall nerven so viele Deppen ganz gewaltig, oder?«

»Stimmt, Moni. Aber wenn alle bloß noch Nichtdeppen wären, würde es auch nerven.«

»Stimmt auch wieder. Also?«

»Also lassen wir die Deppen weiter Deppen sein und die Nichtdeppen Nichtdeppen. Dann kann die Welt nie untergehen.« Max warf noch mal einen Stein. Den allerletzten. Diesmal schaffte er es fast bis zum anderen Ufer hinüber, zuckte aber gleich darauf erschrocken zusammen. Herrschaftszeiten, jetzt habe ich mir bei dem ganzen Schmarrn auch noch den Ellenbogen verrenkt, haderte er innerlich. Habe ich etwa doch einen Tennisarm? Letztes Mal auf dem Platz hat es bei der Rückhand schon immer so komisch gestochen.

»Könnte doch sein, dass jemand neidisch auf seinen Erfolg war?« Monika blickte nachdenklich auf ihre schwarzen Turnschuhe, während sie weitergingen.

»Was?« Wovon spricht sie denn nun schon wieder? Kann sie ihre Gedankensprünge nicht einfach mal bleiben lassen?

»Vielleicht wurde Giovanni von jemandem getötet, der neidisch auf ihn war«, wiederholte sie ihre Idee noch einmal etwas ausführlicher.

»Ach so. Ja, klar. Das ist sicher möglich. Darüber habe ich auch schon nachgedacht. Oder er hatte Schulden. Alles denkbar. Aber ich weiß wie gesagt im Moment nichts Konkretes.« Max fuhr sich ratlos mit der linken Hand durch die Haare. Seinen schmerzenden, rechten Wurfarm schonte er vorsichtshalber.

»Und wie geht es jetzt weiter?«

»Nichts. Weitermachen. Neue Spuren suchen. Und neue Verdächtige. Aber nicht sofort. Nachher. Jetzt brauche ich erst mal eine kleine, kreative Denkpause und einen Kaffee.«

Sie gingen noch ein Stück weit Richtung Süden. Dann bogen sie von der Isar weg und stiegen auf einem schmalen Teersträßchen den dicht bewaldeten Uferhang nach Großhesselohe hinauf.

11

Im Biergarten herrschte geschäftiges Treiben. Die Tische waren nahezu voll besetzt. Eigentlich untypisch für einen ganz normalen Wochentag. Aber das schöne Wetter hatte offensichtlich noch den letzten Stubenhocker ins Freie gelockt. Es roch nach einer Mischung aus Blüten, Bier, Gebratenem, Gebäck und Kaffee. Und auf dem kleinen überdachten Rondell in der Mitte gab eine dreiköpfige Band ein paar lässige, träge Rhythmen zum Besten, die sich wie Samt in den sonnigen Tag schmiegten. Nicht weit davon entfernt entdeckte Monika zwei freie Plätze an einem Tisch mit Geschäftsleuten im Anzug, die, so wie es aussah, gerade eine verfrühte Mittagspause einlegten.

»Ich hole uns was zu trinken«, bot Max an, während sie sich schon mal setzte. »Was möchtest du?«

»Einen Kaffee und ein Mineralwasser bitte. Und irgendein süßes Stückchen, wenn es welche gibt.«

»Die sind hier aber mit Konservierungsstoffen. Glaube ich jedenfalls. Das magst du doch sonst nicht.«

»Egal. Ich bin heute mutig.«

»Na gut. Wird gemacht. Bis gleich.«

Er stapfte durch den grauen Kies, der überall auf dem Boden verstreut lag, zum Ausschank hinüber und stellte sich in die Reihe der Durstigen. Kurz bevor er drankommen sollte, hielt ihm jemand von hinten die Augen zu.

»Rate mal, wer es ist«, vernahm er im selben Moment eine fröhliche, weibliche Stimme. Sie kam ihm bekannt vor. Aber er konnte sie um alles in der Welt keiner seiner zahlreichen Bekanntschaften zuordnen. Trotzdem versuchte er es.

»Sabine? Anneliese? Sarah? Maggie …?«

»Halt, halt«, unterbrach sie ihn lachend. »Bevor du die gesamte weibliche Bevölkerung Münchens aufzählst, gebe ich mich lieber gleich zu erkennen.«

Sie ließ seine Augen wieder los und drehte ihn an den Schultern zu sich herum.

»Äh, … warte. Ich hab's gleich. Die Sonne blendet gerade nur so sehr«, fuhr er fort, als er ihr ins Gesicht blickte. »Anna? Nein, äh … Annika?«

»Richtig, Max. Freut mich, dass du meinen Namen noch weißt. Gestern Abend ist ja wirklich schon verdammt lang her … Oder hast du mich etwa daran erkannt?« Sie zeigte auf das kleine Namensschild an ihrer Brust. ›Annika Klingeisen – Lohnbuchhaltung‹ stand darauf.

»Äh … ja … nein. Schmarrn, natürlich nicht. Ich meine, klar kenne ich dich noch. Wie geht es dir? Bist du auch so verkatert wie ich?« Max kratzte sich leicht verlegen am Kopf.

Wie sollte man auch nicht verlegen sein, wenn man einfach nicht mehr so genau wusste, was man am Abend zuvor alles gesagt hatte.

»Nicht mehr. Ich sitze aber auch schon seit acht Uhr morgens in meinem EDV-Kurs. Das Schulungszentrum ist gleich hier um die Ecke.«

Sie konnte wirklich bezaubernd lächeln. Herrschaftszeiten, Raintaler. Die ist richtig hübsch. Einen leicht zickigen Ton hat sie zwar. Sie war ja auch gestern schon so komisch, als es um ihren Ex und die Polizei ging. Aber hübsch ist sie auf jeden Fall. Das hast du anscheinend gar nicht bemerkt vor lauter Rausch. Und vor Trauer natürlich. Oder doch? Nein. Eher nicht. Egal. Bemerkst du es halt jetzt.

»Und was machst du dann hier im Biergarten?« Er lächelte freundlich zurück.

»Wir haben alle zusammen eine kleine Pause eingelegt.«

»Aha.« Hoffentlich will sie sich nicht zu uns setzen, fiel es ihm siedend heiß ein. Das wäre im Moment nicht so günstig. Monika wäre es wahrscheinlich egal. Die sagt sowieso immer, dass wir nicht fest liiert sind. Aber lästige Fragen und Stress gäbe es auf jeden Fall. Und beides brauche ich gerade am allerwenigsten. »Und? Bleibst du noch länger?«, tastete er sich behutsam vor.

»Nein, leider. Ich muss zurück ins Seminar.« Sie hielt den Kopf schief, sah ihm in die Augen und strich sich langsam eine ihrer blonden Strähnen aus dem Gesicht. Er atmete für sie unhörbar innerlich auf.

»Gott sei Dank. Dann krieg ich heute ja doch noch was zu trinken«, freute sich gutmütig grinsend der ältere

Herr mit Spazierstock und Hut hinter ihnen. Er hatte die ganze Zeit geduldig darauf gewartet, dass Max endlich seine Getränke bestellte.

»Oh, Entschuldigung«, sagte der schnell und trat einen Schritt beiseite. »Ich habe gar nicht auf Sie geachtet. Gehen Sie doch bittschön einfach vor.«

»Man dankt«, antwortete der freundliche Mann mit einem Lächeln, tat, wie ihm geheißen wurde, und gab beim Schankkellner eine Maß in Auftrag.

»Ja, sollen wir uns dann ein andermal treffen? Morgen Abend zum Beispiel. Hättest du da Zeit?«, erkundigte sich Max bei Annika, als sie alleine waren.

Er gab sich größte Mühe, seine Frage so beiläufig wie möglich klingen zu lassen. Schließlich wollte er auf keinen Fall aufdringlich wirken. Das wäre einfach uncool gewesen, wie die jungen Leute heute immer sagten. Aber er hatte Lust, sie wiederzusehen und sich mit ihr zu unterhalten. Eine fremde Person konnte ihm im Moment nur guttun, wusste er. Und wenn es eine verständnisvolle, junge Frau war, die auch noch sehr gut aussah, umso besser.

»Ja … hätte ich schon …« Sie sah ihn abwartend an.

»Ja, dann. Super. Morgen Abend um acht in ›Rosis Bierstuben‹? In Ordnung? Wir können ja danach auch noch woanders hinschauen, wenn du willst.«

»Na gut. Ich komme.« Annika reichte ihm lächelnd die Hand zum Abschied, drehte sich um und lief schnell zu ihren anderen Kursteilnehmern, die schon am Ausgang auf sie warteten.

Max gab seine Bestellung auf, bezahlte und kehrte zu Monika zurück.

»Das hat aber lange gedauert. Hast du den Kaffee etwa beim Brückenwirt in Grünwald geholt?«, beschwerte sie sich scherzhaft, als er mit den Getränken und zwei Stück nichtkonservierungsstofffreiem Bienenstich wieder vor ihr stand.

»Äh, nein. Die Schlange war so groß. Schau doch bloß hin.« Er stellte das graue Plastiktablett vor sich ab und deutete mit der Hand auf die Schankbude, während er sich setzte. Erfreut stellte er dabei fest, dass sie den Tisch jetzt für sich alleine hatten. Die Geschäftsleute waren offenbar gegangen, während er weg gewesen war.

»Wahnsinn. Eine echt große Schlange. Und so viele hübsche, junge Blondinen stehen darin.« Monikas Stimme triefte vor Ironie.

»Wie?« Er sah sie an, als hätte sie Mandarin gesprochen. Auch eine der vielen Sprachen dieser Welt, die ihm nicht geläufig waren. Obwohl er durchaus mehrere Sprachen beherrschte. Nämlich Bayrisch, Hochdeutsch und Englisch, um genau zu sein. Und Französisch. Das aber nur mangelhaft.

»Sag mal, mein Bester. Glaubst du im Ernst, du könntest deiner ältesten Freundin etwas verheimlichen? Ich habe dich natürlich mit deiner attraktiven Gesprächspartnerin gesehen. Euer nettes Versteckspielchen war ja auch nicht zu übersehen. Wer ist sie denn?«

»Ach so, die. Das war eine Bekannte vom Revier. Die hat früher bei uns Praktikum gemacht.«

»Ja, da schau her. Schon wieder mal eine Praktikantin. Fast ein bisserl alt dafür. Oder?«

»Wieso? Früher war sie noch jung.«

»Was es nicht alles gibt.«

Was hat sie bloß schon wieder?, dachte Max. Schließlich ist es doch sie, die absolut keine feste Beziehung will. Da darf sie dann aber auch nicht giftig werden, wenn ich andere Frauen kenne. Oder zufällig mit ihnen rede. Herrschaftszeiten.

»Ja, so ist das«, konstatierte er mit fester Stimme. »Ob Giovanni im Himmel wohl auch mit anderen Frauen spricht? Oder Engeln? Oder wartet er auf Clara? Was meinst du, Moni?«

»Keine Ahnung, Max.«

»Ich auch nicht.«

12

Max betrat, trotz seiner latent vorhandenen Angst vor einer Ansteckung mit dem berüchtigten Krankenhausvirus, todesmutig die kleine Privatklinik nahe der Isar, in der Clara lag. Er ignorierte die unfreundliche mollige Empfangsdame, über die Monika sich bei ihrem letzten Besuch so aufgeregt hatte, geflissentlich und steuerte direkt den Aufzug an. Monika hatte ihm vorhin im Biergarten noch erklärt, dass man Clara von der Intensivstation gleich in den zweiten Stock auf Zimmer zweiundzwanzig verlegt hatte. Oben angelangt ging er den Flur hinunter, bis er vor der besagten Tür stand. Er klopfte an.

»Herein«, hörte er es leise von drinnen.

Als er im Zimmer stand, erschrak er. Clara, die ganz hinten neben dem Fenster lag, bot einen erbarmungswürdigen Anblick. Ihr Gesicht war totenblass und ihre

Augen ragten dick angeschwollen und rot vom Weinen daraus hervor.

»Hallo, Max. Schön, dass du mich besuchen kommst. Wo ist Monika?« Sie klang, als hätte sie zu viel geraucht und getrunken und anschließend noch mit einem Kilo Sand gegurgelt.

»Hallo, Clara«, erwiderte er leise, während er sich mit vorsichtigen Schritten ihrem Bett näherte. »Du klingst total sexy mit deiner heiseren Stimme ... Nur ein Scherz. Egal. Tja. Moni hat es leider nicht mehr geschafft. Sie musste in ihre Kneipe, weil eine Bierlieferung kommt. Wie geht es dir? Du siehst krank aus. Hast du dich hier etwa mit irgendwas angesteckt? Einem Virus?«

»Nein, wie kommst du denn darauf? Aber es geht mir trotzdem nicht so toll.« Sie schniefte kurz. Zwei kleine Tränen schossen ihr in die Augenwinkel. Erleichtert über die gute Nachricht mit dem nichtvorhandenen Virus, setzte sich Max zu ihr auf die Bettkante, gab ihr ein Küsschen auf die Wange und nahm ihre rechte Hand zwischen seine Hände.

»Geben sie dir auch genug zu essen?«, erkundigte er sich, weil er keine Ahnung hatte, was man bei einem Krankenbesuch normalerweise so sagte. Schließlich war er erst einmal in einem Krankenhaus gewesen. Damals vor 15 Jahren, als sein Vater die Lungenentzündung gehabt hatte.

»Doch, schon. Aber mein Giovanni ...« Sie schluchzte laut auf. »Ich kann ihn einfach nicht vergessen. Und dann ist letzte Nacht auch noch die nette alte Frau im Bett neben mir gestorben. Ich will nach Hause, Max.« Sie drückte seine Hände mit ihrer Hand.

»Bist du ganz sicher?« Er drückte vorsichtig zurück.

»Ja, zu Hause kann ich wenigstens etwas tun. Hier drinnen werde ich noch verrückt. Andauernd drehen sich nur die Gedanken an Giovanni in meinem Kopf.«

»Das verstehe ich gut, Clara. Ich muss auch andauernd an ihn denken. Und die vielen Viren in so einem Krankenhaus sind auch nicht ganz ungefährlich. Glaube mir. Ich gehe mal vor die Tür und versuche einen Arzt aufzutreiben. Und wenn der sagt, dass es in Ordnung geht, dann nehme ich dich gleich mit. Okay?« Er blinzelte ihr aufmunternd zu.

»Wirklich?« Jetzt lächelte sie sogar ein wenig.

»Logisch. Wozu hat man denn Freunde? Bis gleich.«

Als sie eine gute Stunde später im Fond ihres Taxis saßen, nachdem Clara vom diensthabenden Oberarzt auf eigene Verantwortung entlassen worden war, räusperte sich Max ein paar Mal mit vorgehaltener Hand. Er wollte sie wegen des Mordes an Giovanni befragen. Aber er wusste nicht, wie er damit anfangen sollte. Schließlich sah er genau, wie schlecht es ihr ging.

»Du, Clara«, sprach er sie dann nach langem Zögern schließlich doch an. »Diese zwei Burschen, die vorgestern Abend mit Giovanni im Restaurant gestritten haben. Du weißt schon, die beiden, die ich dann rauswarf. Zuerst dachte ich ja, sie hätten euch das alles angetan. Aber sie haben ein felsenfestes Alibi. Sie waren es nicht.«

»Aha. Und wer war es dann?« Sie sah ihn verwirrt und neugierig zugleich an.

»Das weiß ich leider auch nicht. Ich hatte gehofft, dass du mir bei der Suche helfen könntest.«

»Gerne, Max. Wenn du mir sagst, wie.«

»Na, zum Beispiel könntest du ganz genau darüber nachdenken, mit wem Giovanni alles Streit hatte. Und es mir dann sagen. Willst du das für mich tun? Und für Giovanni?« Er legte wie ein großer Bruder seinen Arm um ihre Schultern.

»Natürlich, Max. Sobald mir etwas einfällt, rufe ich dich an. Im Moment bin ich bloß noch zu durcheinander. Und dann muss ich auch noch die Sache mit der Beerdigung regeln. Und sehen, wie es mit dem Lokal weitergeht, muss ich auch.« Sie zupfte unruhig am Kragen ihres weißen Wollmantels und zog ihn ein Stückchen enger um ihren Hals.

»Logisch. Niemand hetzt dich, Clara. Aber sobald dir etwas einfällt, auch wenn es nur eine Kleinigkeit ist, sag es mir bitte. Und bitte schreib mir gleich noch Paolos Telefonnummer und Adresse auf. Ich habe ein paar Fragen an ihn. Okay?« Er reichte ihr seinen silbernen Lieblingskuli und eine seiner Visitenkarten, mit dem Hinweis, dass sie alles auf der Rückseite notieren könne.

Hoffentlich findest du jemals eine Spur des Mörders, Raintaler, dachte er, während sie schrieb. Ruhe! Schluss mit dem Gejammer. Denk an deine Fälle bei der Kripo. Was hast du damals getan, wenn du mal nicht gleich weitergekommen bist? Etwa gejammert? Oder aufgegeben? Nein. Und das wirst du jetzt auch nicht tun. Und wer weiß? Manchmal hilft einem ja auch der Zufall auf die Sprünge. Mit ein bisschen Glück. Wie bei der Geschichte mit der Russin damals.

Franz und er hatten einmal einen völlig aussichtslosen Fall zu bearbeiten gehabt. Einen grausamen Mord an einer Prostituierten aus der Ukraine. Keine Fingerabdrücke, kein Motiv, kein Verdächtiger weit und breit. Nicht die geringste Spur war zu finden gewesen. Und das, obwohl sie etliche Leute vernommen hatten. Nach etwa einem halben Jahr, gerade als sie die Akte für immer schließen wollten, rief auf einmal jemand wegen eines Raubes auf dem Revier an. Und weil sie gerade zufällig in der Nähe waren, fuhren sie zum Tatort. Als sie in der Wohnung des älteren Herren, der den Überfall angezeigt hatte, ankamen, war der Täter längst verschwunden. Dafür hatte Max ein Foto der toten Ukrainerin auf dem Wohnzimmerregal entdeckt.

Der ältere Herr hatte zunächst abgestritten, sie zu kennen. Das Bild sei ein Geschenk eines Bekannten gewesen. Und weil das Mädchen so hübsch sei, habe er sie in einen Bilderrahmen gesteckt und hier aufgestellt. Doch dann brach auf einmal alles aus ihm heraus. Völlig unvermittelt. Ja, er habe sie getötet, gestand er unter Tränen. Monatelang habe er ihr den doppelten Preis für ihre Liebesdienste bezahlt. Bis sie ihm endlich versprochen gehabt habe, ihn zu heiraten. Doch dann sei da dieser junge Russe gekommen und sie habe etwas mit dem angefangen. Und er selbst habe mit dem Ofenrohr ins Gebirge geschaut. Da habe es ihm dann gereicht und er habe sie umgebracht. Und Gott sei Dank hätten Max und Franz ihm dieses Geständnis jetzt entlockt. Er wäre schon halb verrückt geworden vor schlechtem Gewissen.

Max bezahlte den Taxifahrer und brachte Clara in ihre Wohnung über dem ›Da Giovanni‹ hinauf. Dort brühte er ihr noch einen Beruhigungstee auf und riet ihr zum Abschied, sich sofort hinzulegen, sobald sie sich schwach fühle. Dann spazierte er zu Fuß zu ›Monikas kleiner Kneipe‹ hinüber. Er hatte seiner Teilzeitlebensgefährtin vorhin versprochen, sie beim Ausschank und Bedienen zu unterstützen. Eine seiner leichtesten Übungen, da er schon im Lokal seiner Eltern von klein auf mitgeholfen hatte. Ist doch Ehrensache, dass du sie unterstützt, Raintaler. So toll geht es ihr bestimmt auch nicht nach diesem mörderischen Geburtstagskater gestern. Und eins ist sicher: Sie wird in Zukunft immer an Giovannis Tod denken, sobald sie Geburtstag hat. Genau wie du. Also was soll's? Gehst du halt in dich, führst dir noch mal die Fakten, die du hast, vor Augen und spülst dabei Biergläser. Aber vorher rufst du bei Paolo an. Am besten jetzt gleich. Er hat schließlich jeden Tag mit Giovanni zusammengearbeitet und geredet. Da wäre es doch geradezu ein Witz, wenn ihm nicht wenigstens irgendeine Kleinigkeit aufgefallen wäre, die Rückschlüsse auf den Mörder zulässt. Herrschaftszeiten.

13

»Hallo, Max! Hier bin ich. Hier drüben.« Annika winkte ihm vom selben Ecktisch aus zu, an dem sie sich vorgestern kennengelernt hatten.

Es war kurz vor acht. Ja, gibt es denn so was? Eine pünktliche Frau. Respekt. Und fesch sieht sie obendrein aus in ihrer dunkelblauen Jacke und mit den langen blonden Haaren.

»Hallo, Annika. Schön, dass du hergefunden hast«, begrüßte er sie forsch, als er bei ihr ankam.

»Wäre das nicht mein Text gewesen? Schließlich sitze ich schon eine Weile«, erwiderte sie ironisch lächelnd.

Sieh mal an. Auf den Mund gefallen ist sie wirklich nicht. Er musste grinsen. Dann zog er seine schwarze Lederjacke aus, hängte sie an einen der Garderobehaken in der Wand und ließ sich auf dem dunkelbraunen Polster des breiten Stuhls ihr schräg gegenüber nieder.

Sein Anruf bei Paolo gestern Abend hatte keine konkreten Erkenntnisse im Mordfall Giovanni gebracht. Außer der, dass anscheinend sehr viele Leute scharf auf Giovannis geheimes Pizzarezept gewesen waren. Der junge Koch hatte ihm versprochen, sich umzuhören, wer alles deswegen Ärger mit Giovanni gehabt hatte. Man würde sehen. Heute Vormittag hatte er dann noch bei Franz angerufen. Aber der wusste im Moment auch nichts, was Max in Sachen Mord an Giovanni weitergebracht hätte. Also hatte er, um sich von den Gedanken an seinen toten Freund abzulenken, nach langer Zeit mal wieder seine Wohnung durchgeputzt. Monika und Frau Bauer würden nicht das Geringste auszusetzen haben, wenn sie ihn das nächste Mal besuchen kämen. Als er damit fertig gewesen war, hatte er noch ausgiebig geduscht und anschließend ein Tennisspiel im Fernsehen verfolgt. Dann war es auch schon Zeit gewesen, sich für das Treffen mit Annika anzuziehen.

»Wie geht es dir?«, fragte er sie jetzt.

»Ganz gut«, antwortete sie. »Nur ein bisschen kaputt. Die EDV-Kurse, die wir besuchen, sind teilweise ganz schön ermüdend.«

»Ich hasse diese Computer. Schon bei der Kripo habe ich mich immer um die Arbeit daran gedrückt. Aber hilfreich sind sie schon. Ich hab sogar selbst einen daheim, für E-Mails und so.«

»Merkwürdig. Mein Ex hat ungefähr dasselbe gesagt.« Sie sah ihn nachdenklich an.

»Und? Was hast du gestern noch so gemacht? Warst du noch mal im Biergarten?« Max beeilte sich, das Thema zu wechseln. Was habe ich mit ihrem Ex zu tun? Doch wohl nicht das Geringste.

»Nein. Ich war bis fünf in meinem Kurs und dann bin ich ins Hotel zurückgefahren.«

»Und deine Freundinnen, diese Jutta und … äh …«

»… Bärbel?«

»Ja genau, Bärbel. Sind die auch dabei gewesen?«

»Wird das jetzt ein Verhör, Herr Exkommissar?« Sie sah ihn irritiert an.

»Nein, natürlich nicht.« Mann, klingt die auf einmal genervt. Max blickte ebenso irritiert zurück. »Ich wollte einfach nur freundlich sein«, fuhr er schnell fort. »Nur so. Smalltalk, du weißt schon. Wir können gerne über etwas anderes reden.«

»Entschuldige, Max. War nicht böse gemeint«, lenkte sie etwas freundlicher ein. »Ich bin manchmal ein bisschen empfindlich. Natürlich waren Bärbel und Jutta dabei. Sie sind ja meine Kolleginnen. Und meine Freundinnen. Wir haben zusammen noch was an der Hotelbar getrunken und sind dann bald ins Bett gegangen. Jeden Abend auf der Piste zu sein, halte ich nicht mehr so gut durch wie früher. Ich bekomme Kopfweh davon.«

»Geht mir genauso. Aber ich bemühe mich trotzdem, es zu schaffen. Und ich muss sagen, es sieht gut aus.«

Na also. Sie kann ja sogar lachen. Und wie! Wann hat Monika eigentlich das letzte Mal so herzhaft über einen Spruch von mir gelacht?

Rosi erschien professionell gut gelaunt und hektisch wie immer an ihrem Tisch. »Servus, Max. Hallo, die Dame. Man trifft sich also wieder«, begrüßte sie die beiden herzlich und wandte sich dann mit ernster Miene an Max. »Weißt du schon mehr über den Mord an Giovanni?«

»Nein, Rosi. Leider nicht.«

»Hoffentlich ändert sich das bald. Diese Schweine gehören bestraft, die das getan haben. Das sag ich dir. Jetzt ist man nicht mal mehr als Wirt sicher in München. Was ist das nur für eine beschissene Welt? Manchmal zumindest.«

»Ich gebe dir in allen Punkten recht, Rosi. Aber der oder die Kerle sind nicht so leicht zu erwischen. Keine

Spuren. Wir haben nichts in der Hand.« Er zuckte bedauernd mit den Achseln.

»Du schaffst das, Max. Ganz bestimmt.«

»Ich gebe mein Bestes.«

»So. Was darf ich euch bringen?« Rosi zückte Stift und Notizblock.

Sie bestellten alle beide den weithin über die Stadtgrenzen Münchens hinaus berühmten ›Wildschweinbraten Spezial‹ und zwei Helle dazu.

»Die Suche nach dem Mörder deines Freundes ist also schwierig. Woran fehlt es denn noch außer an Spuren?«, wollte Annika wissen, nachdem die fesche Wirtin wieder weg war.

»An so gut wie allem. Es gibt kein überzeugendes Motiv. Die bisherigen Verdächtigen haben ein bombensicheres Alibi. Und neue Verdächtige müssen erst noch gefunden werden.«

»Habt ihr euch denn schon in der Verwandtschaft dieses Giovanni umgehört?«, fragte sie weiter.

»Es gibt keine weitere Verwandtschaft, soweit ich weiß. Nur seine Frau. Und die ist im Moment völlig durch den Wind.« Max hob wie ein Italiener die Handflächen nach oben und legte Daumen und Fingerspitzen aneinander.

»Oh je!«

»Genau. Heute Morgen habe ich seinen Koch gefragt, mit wem sein Chef Probleme gehabt haben könnte. Und der hat daraufhin bloß gemeint, dass etliche Leute gerne Giovannis Rezept für seine Teufelspizza gehabt hätten. Aber mal ehrlich: Wer begeht denn einen Mord für ein Pizzarezept?«

»Wohl kaum jemand. Aber es kommt vor. Bei uns in Hamburg hat ein Koch vor einigen Jahren tatsächlich einen Konkurrenten wegen so etwas Ähnlichem umgebracht. Ich glaube, es ging dabei um ein ganz besonderes Kaninchenragout.«

»Ach, wirklich?«

»Ja, es stand damals in allen Zeitungen.«

»Aha. Ja, da schau her.« Er sah sie kurz erstaunt an. Geh, so ein Schmarrn. Habe ich ja in zwanzig Jahren nicht erlebt, so ein windiges Motiv. Aber wer weiß. Nichts ist unmöglich. Oder? »Egal. Mir wird schon was einfallen«, fuhr er fort. »Die Jagd ist auf jeden Fall noch lange nicht beendet.« Er sprach dabei mehr zu sich selbst als zu ihr.

»Du findest den Kerl bestimmt.« Sie blickte ihm tief in die Augen.

Ja, Herrschaftszeiten. Dieser Engel von der Nordseeküste hat auf einmal eine Art drauf. Der reine Wahnsinn. Mitfühlend und anhimmelnd zugleich. Monika hat sich schon lange nicht mehr so um mich bemüht. Oder doch? Nein. Sicher nicht. Egal. Später. Nicht jetzt.

»Ich bin mir da ebenfalls ganz sicher. Es ist nur eine Frage der Zeit«, erwiderte er und versuchte noch tiefer in sie hineinzuschauen, als sie es gerade bei ihm tat.

»Hey, sieh doch nur! Unser Bier kommt.«

Sie unterbrach ihren Blickkontakt, setzte sich ruckartig auf und lächelte Rosi zu, die sich gerade im Sauseschritt näherte. Die Wirtin stellte die Getränke vor ihnen ab.

»So, ihr Turteltäubchen«, scherzte sie munter. »Lasst euch das Bier schon mal schmecken. Der Braten kommt in zehn Minuten.«

»Danke, Rosi!«, erwiderte Max.

»Gerne, Max.« Sie nickte ihnen noch einmal freundlich zu und eilte dann zum nächsten Tisch, um dort die Bestellungen entgegenzunehmen.

»Hey, was macht ihr denn hier? Ich dachte, wir wären die Einzigen, die originelle Ideen für ein Wiedersehen hätten.«

Ohne jede Vorwarnung stand auf einmal Josef vor ihrem

Tisch. Wie gewohnt in Jeans, weißem Hemd, Sakko und Schnauzbart. Und Jutta stand direkt neben ihm.

»Der Herr Torwart Stirner. Na, wenn das kein Zufall ist«, rief Max überrascht. »Oder hast du dich etwa mit deiner Freundin hier verabredet, Annika?«

»Nein. Habe ich nicht. Das ist jetzt wohl eher so ein Fall von vier verschiedenen Menschen und demselben Gedanken, oder?« Sie blickte genauso baff wie Max von einem zum anderen.

»Sieht ganz so aus«, sagte Jutta und gluckste. »Was meint ihr? Sollen wir uns zu euch setzen?«

»Äh, klar. Warum nicht?« Ganz bayrischer Gentleman alter Schule wahrte Max natürlich den Anstand, obwohl es ihm innerlich gewaltig gegen den Strich ging. Er hätte sich viel lieber weiter alleine mit Annika unterhalten.

»Bist du wahnsinnig, Jutta?«, protestierte Josef daraufhin lächelnd. »Jetzt habe ich einmal im Leben eine fesche Hamburgerin bei mir. Da werde ich mich doch nicht zu einem alten Bekannten setzen. Nix da. Ich kenne einen gemütlichen kleinen Griechen ums Eck. Da werden wir zwei jetzt hingehen. Und sonst nirgends.«

Richtig so, Josef. Ich will dir ganz sicher nicht beim Flirten mit einer Fremden zuschauen, dachte Max. Schließlich kenne ich deine Frau und will ihr weiterhin ohne schlechtes Gewissen in die Augen sehen können. Und selbst will ich auch meine Ruhe haben. Also schleich dich. Aber schnell. Herrschaftszeiten.

»Na gut, mein gestrenger Gebieter«, lenkte Jutta kichernd ein. »Ich habe doch nur Spaß gemacht. Und wie ich sehe, hat es sich gelohnt. Allein schon wegen Annikas Blicken. Die könnten im Moment töten, wenn ich das richtig sehe.« Sie prustete laut los.

»Na warte, Jutta. Komm du mir heute Nacht nach

Hause.« Annika lachte nicht, musste dann aber doch grinsen. Die ganze Situation war auch wirklich zu bescheuert.

»Ja, gut. Dann wollen wir euch auch nicht weiter aufhalten«, trieb Max zur Eile an, bevor das Ganze hier noch in einen gemütlichen Kabarettabend ausartete. »Eine recht schöne Zeit noch.«

»Euch auch. Servus und Tschüss«, riefen Josef und Jutta.

Und ehe noch jemand bis drei zählen konnte, waren sie genauso schnell wieder verschwunden, wie sie aufgetaucht waren.

»Ich habe mich wirklich nicht mit Jutta hier verabredet, Max. Warum sollte ich denn so was tun? Ich bin doch nicht blöd. Und Verstärkung brauche ich auch keine. Schon gar nicht von Jutta!« Annika wusste gerade offensichtlich nicht so recht, wie sie aus der peinlichen Nummer wieder herauskommen sollte. Sie lächelte unsicher.

»Ich glaube dir.« Max ahnte, was in ihr vorging. Er stand halb von seinem Sitz auf, beugte sich zu ihr hinüber und gab ihr ein Küsschen auf die Wange.

»So, zweimal unsere Wildsau! Bitte schön!« Rosi war zurück und stellte voller Stolz auf ihre tolle Küche die üppig beladenen Teller zwischen ihnen ab.

»Oh! Äh! Ja! Natürlich«, haspelte Max. Er setzte sich schnell auf seinen Stuhl zurück.

Dann machten sie sich über das zarte, aromatische Fleisch und die leckeren Knödel her. Selbst Max, der, genau wie vorgestern bei Frau Bauers Gulasch, anfangs gar keinen rechten Hunger hatte, aß seinen Teller fast leer.

»Und was hast du gestern noch so gemacht, nachdem wir uns getroffen hatten?«, erkundigte Annika sich wie nebenbei, nachdem sich ihr erster Heißhunger gelegt hatte.

»Ich? Äh, nicht viel. Ich habe noch Giovannis Frau aus dem Krankenhaus abgeholt und nach Hause gebracht.

Danach habe ich einer Bekannten in ihrer Kneipe geholfen und bin um eins ins Bett. Dort habe ich dann geschlafen wie ein Stein.«

»Etwa der gut aussehenden Schwarzhaarigen aus dem Biergarten?«

Ja, Herrschaftszeiten. Wie kommt sie denn bloß da drauf? Haben Frauen etwa einen siebten Sinn für so was?

»Wie?« Er tat so, als hätte er sie nicht verstanden, um Zeit zum Nachdenken zu gewinnen.

»Hast du etwa der gut aussehenden Schwarzhaarigen aus dem Biergarten geholfen?«, wiederholte sie ihre Frage noch einmal etwas ausführlicher und eine Spur bestimmter. »Ich habe dich dort gestern Arm in Arm mit ihr ankommen sehen.« Ihr Gesicht lächelte, ihre Augen nicht.

Was will sie denn bloß? Gut, sie hat Moni und mich gesehen. Na und? Es ist ja wohl immer noch mein Problem, mit wem ich in den Biergarten gehe. Oder habe ich da etwa irgendwas verpasst?

»Ach, die! Nein, das war eine Kollegin aus Polizeitagen. Wir haben uns immer sehr gut verstanden. Sie war bei der Sitte.« Wieso lüge ich eigentlich? Es gibt doch gar keinen Grund dazu. Monika geht sie doch überhaupt nichts an. Oder doch? Will ich mir gerade etwa unbewusst ein Hintertürchen offen halten? Es sieht zumindest ganz danach aus. Ach was. Schmarrn. Jetzt geht es doch erst mal um Giovanni und darum, wie ich seinen Mörder zur Strecke bringe. Mit Frauen kann ich mich dann später wieder beschäftigen.

»Ach, wirklich? Habt ihr hier in München auch so viele gut aussehende Frauen bei der Polizei wie wir in Hamburg? Ist ja witzig. Mein Exmann hatte dort immer mit jeder Menge von denen zu tun.«

Komisch. Das klingt ja fast wie ein Vorwurf, dachte Max. Oder bin ich zu empfindlich.

»Ich sage es mal so. Wenige sind es nicht gerade.« Er grinste. Obwohl ihn ihre bohrende Art zunehmend irritierte.

»Aha. Also nicht wenige«, stellte sie pikiert fest.

Spinnt die? Mein bester Freund ist tot und die Tussi hier macht ein Fass wegen Moni auf, obwohl sie sie nicht mal kennt. Wo gibt's denn so was?

»Wieso fragst du? Startest jetzt etwa du ein Verhör?«, fragte er und grinste nicht mehr.

»Nein, nein. Nichts. Nur so«, erwiderte sie auf einmal wieder völlig arglos.

»Ach so … Na dann … Schmeckt es dir?« Er sah von seinem Teller auf. Hübsch ist sie. Aber einen Hau hat sie auch. Die benimmt sich ja jetzt schon so, als wären wir seit zwanzig Jahren verheiratet. Vielleicht sollte ich lieber ganz schnell bezahlen und gehen.

»Danke. Es schmeckt sehr gut«, brummelte sie, ohne von ihrem Teller aufzusehen.

»Mir auch … Wir könnten doch auf dem Heimweg noch in irgendeine nette Bar gehen. Was meinst du?«

Diesen letzten Versuch ist die Sache allemal wert. Bisher habe ich mich schließlich ganz gut mit ihr unterhalten. Und nett war sie auch. Nur tierisch eifersüchtig scheint sie zu sein. Fragt sich bloß warum. Wir haben doch gar nichts miteinander. Jedenfalls noch nicht. Merkwürdig.

»Gute Idee.«

»Gut. Dann tun wir das doch einfach.« Er spießte ein großes Stück Fleisch auf seine Gabel.

14

Clara wühlte sich aus ihren Laken, zog ihren mit japanischen Schriftzeichen verzierten Seidenmorgenmantel über, schlüpfte in die weichen Filzpuschen, die sie immer direkt neben ihrem Bett stehen ließ und ging in das Restaurant hinunter. Sie hatte sich am späten Nachmittag hingelegt. Doch jetzt konnte sie nicht mehr schlafen. Musste irgendetwas tun. Als sie die Treppe herunterkam, überfiel sie zuerst eine diffuse Angst davor, den dunklen Gastraum zu betreten. Hoffentlich kommt der Mörder nicht zurück, bangte sie. Aber dann wurde ihr klar, was für einen Unsinn sie da dachte. Alle Türen waren fest verschlossen. Da konnte keiner rein, und sobald ich was höre, rufe ich die Polizei, sagte sie sich. Oder Max. Heilige Jungfrau. Was soll ich jetzt nur mit diesem Laden hier anfangen? Giovanni ist nicht mehr da. Er war doch die Seele von allem hier. Soll ich geschlossen lassen? Oder wieder öffnen? Den Betrieb weiterlaufen lassen? Mit Paolo? Da müsste ich aber dann auf jeden Fall eine Bedienung einstellen. Alleine den ganzen Service managen? Das ist nicht zu schaffen. Völlig unmöglich.

Sie machte Licht, ließ einen Espresso durchlaufen und setzte sich damit an einen der hinteren Ecktische beim Fenster. Genau so, dass sie die Stelle, an der Giovanni blutend vor der Bar gelegen hatte, nicht sehen musste. Falls ich den Betrieb wirklich weiterführe, muss ich mir gut überlegen, wie ich das anstelle. Zuerst einmal muss ich alles hier auf mich umschreiben lassen. Ich war schließlich nicht der Besitzer, sondern lediglich seine Frau. Dann muss ich mir die ganzen Bücher einmal gründlich vornehmen. Und auf die Bank muss ich natürlich auch gehen. Nachsehen, wie viel Geld überhaupt da ist. Oh, Gott. Und dann Giovannis Haus in Italien. Darum muss ich mich ja auch kümmern. Giovannis einziger Bruder ist ja schon vor zehn Jahren bei diesem schrecklichen Tauchunfall gestorben. Es heißt ja immer, Haie gingen nicht auf Menschen los. Er hatte das genaue Gegenteil erlebt. Armer Kerl. Ach, du lieber Gott, und Giovannis Trauerfeier muss natürlich auch organisiert werden. Franzi hat nachmittags am Telefon gesagt, dass die Beisetzung gleich übermorgen stattfinden könne, wenn ich es so will. Er habe mit jemandem vom Ostfriedhof gesprochen. Das ist zwar alles ein bisschen knapp. Aber besser so, als noch tagelang darauf zu warten. Ich darf auf keinen Fall vergessen, gleich morgen früh die Einladungen an alle zu mailen. Zum Verschicken per Post ist keine Zeit mehr.

Giovanni hatte letztes Jahr im Spätsommer eine Floßfahrt auf der Isar mit ihr gemacht. Mit Bier und Musik und allem Drum und Dran. Es hatte ihm so gut gefallen, dass er danach verkündet hatte, er wolle, dass seine Trauerfeier unbedingt auf so einem Floß stattfände, falls er vor ihr sterben sollte. Was heißt da ›sollte‹, hatte sie damals noch gescherzt. Natürlich stirbst du vor mir, ich bin doch viel jünger als du. Heilige Jungfrau. Hätte ich es doch bloß nie gesagt. Vielleicht wäre er ja dann noch am Leben. Sie begann wieder zu weinen. Wie soll ich das alles nur alleine schaffen? Ihr wurde das ganze Ausmaß der Katastrophe jetzt erst richtig bewusst.

Vorhin hatte sie ihre Eltern angerufen. Sie hatten ihr sofort versprochen, auf jeden Fall zur Beerdigung nach München zu kommen. Und Papa hatte auch noch gemeint, dass sie sich keine Gedanken machen solle. Er würde ihr bei dem ganzen Papierkram helfen und dafür sorgen, dass der Mörder bestraft wird. Sie glaubte ihm das. Aber Max hatte auch versprochen, den Kerl zu schnappen. Und sie hatte ihm versprochen, ihn anzurufen, falls ihr etwas Wichtiges einfallen sollte. Was war das noch gleich, um das er sie gebeten hatte? Ach, ja. Sie solle nachdenken, welche Feinde Giovanni gehabt haben könnte. Wenn das so leicht zu sagen wäre. Er war einer dieser seltenen Menschen gewesen, die sich nahezu mit jedem anderen gut verstehen. Keiner, der einen Streit anfing. Außer man machte ihm ungerechtfertigte Vorwürfe. Oder es wollte ihn jemand erpressen oder bestehlen. Da konnte er richtig ärgerlich werden. Moment mal, fiel es ihr jetzt ein. Er hat mir doch immer erzählt, dass so viele andere Gastwirte auf sein Rezept mit der feurigen Pizza scharf wären. Und weil einer von ihnen einmal gar nicht mehr aufhören wollte, ihn damit zu nerven, ist er schließlich voll ausgerastet und hat den Burschen als Nichtsnutz und faulen Schnorrer beschimpft. Das muss vor ein paar Wochen gewesen sein. Heilige Madonna. Den Namen des Wirtes habe ich vergessen. Oder? Nein, doch nicht, es war doch … dieser … äh … Luigi. Ja, so hieß er. Luigi. Der Wirt vom ›Da Luigi‹ in der Innenstadt. Aber bringt man wegen so etwas gleich jemanden um? Eher nicht. Oder doch? Wer weiß? Ich kann Max ja morgen mal anrufen und es ihm sagen. Oder soll ich es gleich tun?

»Das ist bestimmt besser, bevor ich es noch vergesse«, murmelte sie halblaut vor sich hin.

Sie holte das schnurlose Telefon vom Tresen und wählte Max' Handynummer.

»Raintaler!«

»Max? Clara hier. Ich höre dich sehr schlecht. Bist du in einem Lokal?«

»Moment, Clara. Ich gehe vor die Tür. So. Ist es jetzt besser?«, fuhr er kurze Zeit später fort. »Ich bin jetzt draußen.«

»Ja. Etwas besser. Man hört nur noch die lauten Autos. Sag mal. Du hast doch gesagt, ich soll dir Bescheid sagen, wenn mir was einfällt.« Sie bemühte sich laut und deutlich zu sprechen, damit er sie auf jeden Fall verstand.

»Na klar. Schieß los, Clara!«

»Also, es ist so, dass Giovanni, wenn überhaupt, eigentlich nur wegen seines Geheimrezeptes für die feurige Pizza manchmal einen Streit gehabt hatte. Mit einem italienischen Gastwirt hier aus München sogar einen sehr heftigen. Giovanni hat den Mann beschimpft und beleidigt. Er hat es mir danach erzählt. Das Ganze muss vor ein paar Wochen gewesen sein. Anfang April herum. Der Mann heißt Luigi und besitzt das ›Da Luigi‹ in der Innenstadt. Nicht weit vom Marienplatz«.

»Und das ist alles?«

»Das ist alles.« Wieso fragt er nur so komisch? Als wäre das nichts. Kann doch gut sein, dass dieser Luigi meinen geliebten Giovanni wegen des Rezepts umgebracht hat.

»Okay, Clara. Ist notiert. Paolo hat gestern etwas Ähnliches erwähnt. Mag sein, dass an dieser Pizzaneidsache was dran ist. Wer weiß? Obwohl mir das Ganze als Motiv doch reichlich schwach erscheint. Auf jeden Fall danke ich dir, dass du gleich angerufen hast. Wenn dir sonst noch was einfällt, ich bin Tag und Nacht für dich da. Okay?«

»Okay, Max.« Sie zuckte mit den Achseln. Na gut. Wenn er meint, dass der Streit mit Luigi kein Grund für einen Mord ist. Mir soll's recht sein. Er ist der Polizist. Vielmehr Expolizist. Er wird schon wissen, was er tut.

»Wie geht es dir überhaupt?« Seine Stimme klang einfühlsam und besorgt.

»Nicht gut. Etwas besser, aber nicht gut, Max.« Sie bemühte sich, nicht schon wieder zu weinen.

»Das ist doch kein Wunder. Aber Kopf hoch. Das wird schon wieder. Du musst schließlich noch ein paar Jahre weiterleben. Und das so gut wie möglich. Du bist noch jung. Mach's gut, Clara.«

»Ja, Max. Da hast du wohl recht. Danke. Tschau.«

Gott sei Dank habe ich so einen guten Freund wie den Max. Und den Mörder von meinem Giovanni findet er bestimmt auch. Da bin ich mir ganz sicher. Er ist keiner, der schnell aufgibt, dachte Clara, nachdem sie aufgelegt hatte.

15

Max kehrte zu Annika zurück. Bis sein Handy geläutet hatte, hatten sie zuvor noch Bayrischcreme als Nachspeise gehabt und sich dabei weiterunterhalten. Vor allem Max hatte geredet. Über Giovanni. Und über Freundschaft im Allgemeinen. Die Themen ›andere Frauen‹ und ›Exmänner‹ hatte er bewusst nicht mehr auf den Tisch gebracht, und so war es sogar noch richtig nett geworden.

»Wer ist denn diese Clara?«, fragte sie jetzt, und machte dabei ein selbstverständliches Gesicht, so als hätte sie jedes Recht darauf, es zu erfahren.

Schau an, schau an, Raintaler, die Inquisition ist zurück. Wäre auch zu schön gewesen, wenn es so harmonisch und freundlich wie in der letzten Stunde geblieben wäre.

»Giovannis Witwe. Wieso?«

Kennt die gute Frau keinen Abstand? Ich glaub, es hat echt keinen Sinn mit ihr. Sie ist ja krankhaft eifersüchtig. Sogar auf frisch gebackene Witwen. Das hält doch kein Schwein aus.

»Äh, nichts. Nur so. Wie geht es ihr denn?«

»Nicht so gut.«

Kannst du dir doch denken, eifersüchtige Nudel.

»Ja, ist ja klar. Die Ärmste.«

Gott sei's gedankt. Wenigstens zieht sie nicht wieder so ein Theater ab wie vorhin wegen Moni.

Um kurz vor zehn waren ›Rosis Bierstuben‹ wieder mal nahezu bis auf den letzten Stuhl besetzt. Wie immer um diese Zeit. Kein passender Ort mehr für ungestörte Zweisamkeit. Zu allem Übel platzierte Rosi auch noch ein älteres Münchner Paar an den Tisch der beiden. Ein Herr mit Hut samt goldbehangener Begleiterin im blauen Kostüm. Sie grüßten knapp von oben herab zu Max und Annika herüber, nachdem sie sich gesetzt hatten, und ignorierten sie anschließend. Wie man das in der bayrischen Landeshauptstadt eben tat, wenn man viel Geld hatte oder sich aus anderweitigen Gründen für etwas Besonderes hielt.

»Herrschaftszeiten. Es wird immer voller hier«, raunte Max Annika mit einem kritischen Blick auf ihre neuen Nachbarn zu. »Was meinst du? Sollen wir aufbrechen?«

»Gerne. Es wird nämlich auch immer ungemütlicher.«

Offensichtlich war ihr die abweisende Art der beiden arroganten Krokodile ebenfalls nicht entgangen.

»Wir können ja noch woanders hingehen.«

»Von mir aus gerne. Ich bin noch nicht müde. Sag du wohin. Ich hab keine Ahnung. Ich kenne nur dieses Lokal hier.« Sie sah ihn gespannt an.

»Dein Hotel ist in Richtung Süden, hast du gesagt.

Stimmt's?« Max stand auf, nahm seine Lederjacke vom Haken und zog sie an.

»Stimmt.« Sie erhob sich ebenfalls.

»Ich wohne auch im Süden. In Thalkirchen um genau zu sein. Was hältst du davon, wenn ich dich zu Fuß nach Hause begleite und wir schauen einfach mal, welche Lokale wir auf dem Weg so finden? Und wenn uns eins gefällt, gehen wir rein. Okay?«

»Okay. Klingt spannend. Wer weiß, wo wir da landen.«

»Genau. Das ist der Sinn der Übung. Sich überraschen zu lassen.«

Sie begaben sich zu Rosi an den Tresen, wo er die Rechnung bezahlte. Natürlich ohne sich vorher von dem aufgebrezelten Ehepaar an ihrem Tisch zu verabschieden. Denn wie stand es schon in der Bibel? Auge um Auge. Arroganz um Arroganz. Oder so ähnlich. Dann gingen sie los. Zunächst nach draußen und gleich darauf südwärts. Immer der Nase nach.

Wer die Wahl hat, hat die Qual, dachte er, als sie sich bereits Annikas Hotel näherten und immer noch kein passendes Etablissement für ihren letzten Drink am heutigen Abend gefunden hatten. Das erste Lokal war ihr zu leer gewesen. Im zweiten war nur eine wild tanzende Horde betrunkener Fußballfans an der Bar gestanden, wovon sich alle beide nicht so recht zu Begeisterungsstürmen hinreißen lassen wollten. Das Nächste hatte ihnen nicht gefallen, da zu sehr auf Schickimicki getrimmt. Und eben waren sie noch an einer völlig heruntergekommenen Szenekneipe vorbeigekommen, in der sich ausschließlich Jugendliche mit kniekehlentiefhängenden Hosenböden vergnügt hatten. Also ebenfalls Fehlanzeige. Jetzt standen sie vor einer winzigen Bar und Pizzeria nahe den Großmarkthallen. Von den Rändern der zugezogenen Vorhänge schimmerte gelbes

Licht auf die Straße. ›Bar Verona‹ lasen sie auf dem schwach beleuchteten, alten Schild über dem Eingang.

»Nicht gerade einladend, was? Aber egal, wer oder was da drinnen herumsteht, wir gehen auf jeden Fall rein und trinken einen. Abgemacht?« Max hatte Durst nach dem langen Fußmarsch und nicht die geringste Lust, noch weiter durch die kühle Frühlingsnacht zu irren. Obwohl das mit Annika als attraktiver Begleitung durchaus auch seine positiven Seiten hatte.

»Abgemacht!«, erwiderte sie.

Als sie eintraten, schlugen ihnen dichter Rauch und lautes italienisches Stimmengewirr entgegen. Ein runder, rot lackierter Bistrotisch neben dem Fenster war noch frei. Sie setzten sich auf die zwei wackeligen Barhocker, die direkt davor standen. Dann bestellte Max Biere und Grappas bei dem glatt gegelten Kellner im fleckenübersäten, weißen Nylonhemd.

»Si, Signore. Subito«, ratterte der eilfertig und war keine drei Minuten später mit den Getränken zurück.

Max bezahlte gleich. Dann sah er sich in dem kleinen, etwas vergammelten, aber trotzdem gemütlichen Gastraum um.

»Nicht schlecht. Sieht fast aus wie in Italien«, stellte er zufrieden fest.

»Stimmt«, meinte Annika. »Ich war zwar erst einmal dort. Aber ich finde das auch. Und da die hier alle nur italienisch sprechen, könnte man glatt meinen, man wäre in Neapel oder sonst wo dort unten, nur nicht in München.«

»Ja. Genial, was? Prost, Annika. Schön, mit dir hier in Italien zu sein. Und erst recht schön, dich kennengelernt zu haben. Der Abend hat mir richtig gutgetan nach dem ganzen Mist, den ich die letzten Tage durchgemacht habe.«

»Ich finde es immer noch sehr nett, Max.« Sie hob ihr Glas und stieß fröhlich lachend mit ihm an.

»Sag mal, du norddeutsche Schönheit. Ich habe jetzt so viel über mich und meinen Giovanni geredet. Möchtest du nicht auch mal was von dir erzählen?«, fragte er, als sie ihre Getränke wieder auf dem Tisch abgestellt hatten.

Ich kann sie schließlich nicht die ganze Zeit nur mit meiner Trauer und meinen Erinnerungen an meinen Freund zuquatschen, dachte er.

»Da gibt es nicht viel zu erzählen, Max. Ich habe wie die meisten Mädchen bei uns meine mittlere Reife gemacht. Und bald darauf habe ich einen Polizisten geheiratet, von dem ich inzwischen Gott sei Dank wieder getrennt bin, wie du ja bereits weißt. Zwei Töchter aus dieser Ehe sind mir geblieben. Die Ältere wird nächsten Monat volljährig und die Kleine ist sechzehn.« Sie hob die Hände zum Zeichen, dass das alles wäre.

»Wohnen sie bei dir?«

»Ja. Und wenn ich mal eine Zeit lang weg bin, wie im Moment, sieht meine Mutter ab und zu nach ihnen. Kochen muss die Omi natürlich auch. Das haben meine zwei Prinzessinnen nämlich bis heute nicht gelernt. Manchmal bekomme ich richtig Angst, dass sie später mal keinen Job annehmen, weil sie sich dabei ihre Fingernägel brechen könnten.«

»Wenn sie genauso schön wie ihre Mama sind, müssen sie ja vielleicht auch gar nicht arbeiten«, flötete Max. »Sie schnappen sich einfach einen Millionär. Fertig! Und Kochen … das ist nun wirklich nicht jedermanns Sache.«

Eigene Schwächen wie das Nichtkochenkönnen musste man natürlich auch bei anderen verteidigen. Ehrensache.

»Ja, ja, alter Süßholzraspler. Klar. Einen Millionär heiraten. Als ob das so einfach wäre. Da wäre es schon besser, sie würden selbst Geld verdienen. Sieh doch nur mal mich an. Wo bin ich denn hier zum Beispiel gerade? Und mit wem, bitte schön?«

Völlig unvermittelt hatte sie wieder diesen bitteren Zug um ihren Mund, wie am Anfang ihres Treffens in ›Rosis Bierstuben‹, als es um Monika ging. War sie etwa schon wieder sauer? Auf jeden Fall schienen ihre Stimmungen verdammt schnell zu wechseln.

»Na, in einer hervorragenden italienischen Bar. Mit einem stinkreichen, gut aussehenden Junggesellen«, scherzte er, zog seinen Geldbeutel raus und zeigte ihr einen Zwanzig-euroschein.

»Mein Gott. Stimmt ja. Wieso ist mir das denn nicht gleich aufgefallen?« Sie lachte hohl.

Was hatte sie nur? Sie wirkte auf einmal total frustriert. Er hätte sie wohl gerade nicht an ihren Exmann erinnern dürfen. Der schien ihr wirklich schwer zu schaffen zu machen. Oder hatte sie auf einmal etwas gegen ihn? Weil er kein Millionär war? Dann konnte sie ihn aber gleich gern haben.

»Aber manchmal mache ich mir wirklich Sorgen um meine verwöhnten Töchter«, fuhr sie fort. »Na gut. Anderes Thema. Was soll ein Junggeselle ohne Kinder schon dazu sagen. Ist dir eigentlich schon mal aufgefallen, dass es immer mehr hübsche junge Mädchen gibt, Max?«

Gott sei Dank. Jetzt schaute sie wieder etwas freundlicher drein.

»Nein. Ich schaue immer nur auf die Mütter.« Er sah ihr tief in die Augen. Wusste aber selbst nicht genau, was ihn dabei gerade ritt.

»Scherzkeks!« Sie errötete und strich sich verlegen über das Gesicht.

»Nix, Scherzkeks. Das ist die Wahrheit. Vor allem, wenn sie so verdammt hübsch sind wie du.«

Er legte ihr den Arm um die Hüften. Sag mal, geht's noch, Raintaler? Dein Freund Giovanni liegt noch nicht mal unter der Erde und du baggerst hier diese kühle Blonde aus dem hohen Norden an. Du wolltest dich doch nur mit ihr unterhalten. Oder etwa nicht?

»Ach was. Das sagst du doch nur so.«

Jetzt wollte sie es anscheinend ganz genau wissen.

»Tu ich nicht«, antwortete er.

»Tust du doch«, beharrte sie.

Statt einer erneuten Antwort zog er sie näher zu sich heran und küsste sie. Sie erwiderte seinen Kuss. Lang und heftig. Da kann man anscheinend nichts machen, dachte er währenddessen. Die Leidenschaft und die Sehnsucht sind einfach stärker als alles andere in uns. Verzeih mir, Giovanni. Oder freu dich für mich mit mir. Das wäre mir noch lieber.

»Und?«, fragte er, als sie wieder Luft holen konnten.

»Okay, okay. Ich glaube dir.« Sie strich sich ein paar ihrer langen glatten Strähnen aus dem erhitzten Gesicht.

»Was sagt wohl deine gut aussehende, schwarzhaarige Freundin aus dem Biergarten dazu, wenn du andere Frauen küsst?«, fuhr sie dann vorwurfsvoll fort.

Da war er wieder. Dieser leicht irre, völlig humorlose Blick. Ging es jetzt etwa wieder mit ihrer Eifersucht los?

»Keine Ahnung. Sie ist nicht meine Freundin, wie du ja bereits weißt.« Herrschaftszeiten. Warum lügst du denn schon wieder? Da fragst du noch, Raintaler? Weil du scharf auf sie bist natürlich.

»Glaube ich dir nicht.«

»Dann glaubst du es halt nicht. Langsam wird mir die Sache zu blöd. Gibt es sonst noch etwas von dir zu erzählen?« Er stierte geradeaus vor sich hin. Was sollte nur dieses krankhafte Theater? Es könnte doch alles so einfach sein. Genervt zog er die Stirn kraus.

»Nein.«

»Na gut. Dann können wir ja auch gehen.« Mal so, mal so. Langsam reicht's mir mit ihren Launen. Tut mir ja fast schon wieder leid, dass ich sie überhaupt geküsst habe.

»Na ja. Vielleicht nur noch, dass ich gleich nach meiner Scheidung ein paar Computerkurse gemacht habe.«

Ach, jetzt gibt es also doch noch mehr zu erzählen. Auf einmal. Offenbar spürt sie, dass ich drauf und dran bin, unsere kleine Bekanntschaft hinzuschmeißen. Oder sie will einfach noch nicht ins Hotel. Kann natürlich auch sein.

»Und bald darauf bekam ich meinen Job in der Buchhaltung bei der EDV-Firma, die mich auf das Seminar hier runter geschickt hat«, fuhr sie munter fort, als wäre nicht das Geringste gewesen. »Computer haben mich schon immer interessiert. Tja, und wenn mich meine Firma nicht hier runter geschickt hätte, dann hätten wir uns bestimmt nie kennengelernt.« Sie lächelte ihm ein bezauberndes, strahlend weißes Sonntagslächeln in sein Gesicht.

Jetzt ist sie auf einmal wieder übertrieben gut drauf. Wie ausgewechselt. Das ist vielleicht ein Eiertanz mit der. Ist sie manisch depressiv? Oder hat sie schlechte Drogen genommen? So was gibt es doch gar nicht. Oder träum ich das alles bloß?

»Na, dann. Lobpreisung und Segen der EDV, ohne die die Liebe niemals ihren Weg in unsere Herzen gefunden hätte.« Er überwand seinen Groll und gab ihr zwei kleine Küsschen auf die Wangen.

»Quatschkopf!«, schimpfte sie im Scherz, schob ihn weg und trank einen Schluck.

»Stimmt. Aber ich meine es wirklich so ähnlich.«

»Na, dann ist ja alles bestens. Obwohl das mit der Liebe bei mir nicht so schnell geht wie bei dir.« Sie blickte sofort wieder eine Spur ernsthafter drein.

Max registrierte es, reagierte aber nicht darauf. Er meinte, gerade den Namen Giovanni aus der Richtung fünf augenscheinlicher Kleinganoven, die wild gestikulierend an der Bar standen, vernommen zu haben. Seit er und Annika hereingekommen waren, hatten sie dort einen Whiskey Cola nach dem anderen bestellt. Da! Wieder hörte er den Namen seines verstorbenen Freundes. Aber war damit wirklich sein Giovanni gemeint? Den Namen gab es in Italien schließlich so oft wie den sprichwörtlichen Sand am Meer.

»Non lo voleva diversamente«, kam es nun heiser von einem klein gewachsenen Lockenkopf aus der schrägen Truppe.

Die anderen stimmten ihm zu. Dann lachten sie laut und hämisch. Max verstand ein paar Brocken Italienisch. Auf jeden Fall so viel, dass er sich problemlos im Urlaub durchfragen und über die einfachen Dinge des Lebens unterhalten konnte. Aber diesen Satz hatte er noch nie zuvor gehört.

»Weißt du zufällig, was ›non lo voleva diversamente‹ oder so ähnlich heißt?«, fragte er Annika, die schon gleich, als sie eingetreten waren, die Aufmerksamkeit sämtlicher anwesender Möchtegern-Casanovas auf sich gezogen hatte und sich inzwischen gar nicht mehr vor eindeutigen Blicken retten konnte.

»Leider nicht«, erwiderte sie. »Ich kann kein Italienisch. Da unten war ich wie gesagt erst ein einziges Mal.«

»Man kann ja auch nicht alles können und dabei auch noch wie eine Prinzessin aussehen.« Er hatte gerade noch eine halbe Sekunde lang Zeit, nach Luft zu schnappen, bevor er für sein Kompliment stürmisch geküsst wurde. Ich glaub, die hat wirklich ein Rad ab. Egal. Was soll's? Ich muss sie ja nicht gleich heiraten.

Die Italiener im Raum drehten den beiden den Rücken zu. Schon wieder ein Kuss! Der Zweite innerhalb von ein paar Minuten! Da war nichts zu machen. Die schöne Blondine würde heute Abend niemand anderen ranlassen. Die war vergeben. So viel war sicher. Da würde man schon warten müssen, bis sie einmal alleine oder mit einer Freundin hier hereinkäme.

»Das hast du wirklich schön gesagt«, flüsterte sie, als sie ihren Mund wieder von seinem gelöst hatte.

»Warte mal kurz, Annika.« Max befreite sich lächelnd aus ihrer Umarmung und zog seinen Lieblingskuli aus seiner Sakkotasche. »Ich schreibe mir nur kurz diesen Satz auf meinen Bierdeckel«, fuhr er fort. »Dieses ›non lo voleva diversamente‹ oder wie das heißt. Das interessiert mich.«

»Wieso?«

»Wegen Giovanni, meinem toten Freund.«

Irgendwie kommen mir die Burschen da drüben nicht ganz sauber vor. Keine Ahnung warum. Es ist nur so ein Gefühl. Mag sein, dass ich mich täusche. Aber Fakt ist, sie reden die ganze Zeit über irgendeinen Giovanni und sein Restaurant. Und dann lachen sie so komisch. Aber meinen sie wirklich meinen Giovanni? Das Lokal ihres Giovanni, könnte ja auch sonst wo sein. In Italien oder New York. Oder im Ruhrpott. Doch was dieser Satz heißt, bei dem alle so gelacht haben, würde ich wirklich all zu gerne wissen. Da werde ich morgen gleich mal Clara fragen. Oder besser doch nicht. Die macht sich dann bloß wieder Sorgen und fängt zu weinen an. Ich schau einfach im Internet nach. Wozu gibt es das denn schließlich? Wie war das eigentlich früher, als noch niemand online war? Er gab sich gleich selbst die Antwort. Wir haben uns ein Lexikon besorgt. Oder einen Freund angerufen. Was sonst?

16

»Guten Morgen, Franzi. Na, was macht die Kunst?«

Max setzte sich mit dem Telefon in der Hand an seinen kleinen Couchtisch aus Tante Isoldes Nachlass und trank einen Schluck Kaffee aus seiner riesigen Café-au-Lait-Tasse, die er in der anderen Hand hielt. Er hatte gerade wie jeden Morgen mit Monika telefoniert. Sie hatte ihm mitgeteilt, dass es morgen nach Giovannis Beerdigung eine Trauerfeier auf einem Isarfloß geben würde. Jetzt wollte er Franz in seine neuesten Erkenntnisse bezüglich seiner Ermittlungen einweihen.

»Passt schon, Max. Das Übliche. Du kennst es ja selbst noch. Wenn du wegen Giovanni anrufst, in dem Fall kommen wir leider im Moment nicht weiter. Keine Verdächtigen oder Spuren weit und breit.«

Klang da so etwas wie Frust in der Stimme seines alten Freundes und Exkollegen mit?

»Sag das nicht. Vielleicht gibt es ja doch ein paar Verdächtige. Ich habe da so eine Vermutung. Mehr so ein Bauchgefühl. Aber immerhin … Deswegen rufe ich dich auch an.«

»Oh je. Weißt du denn nicht mehr, wie dich ausgerechnet dein berühmtes Bauchgefühl früher immer im Stich gelassen hat? Damals, als du noch zu unserem Haufen gehört hast. Übrigens kennst du den Unterschied zwischen einer Lokomotive und einer Filzlaus?«

Max wusste, dass Franz es liebend gern gesehen hätte, wenn man ihm vor zwei Jahren nicht gekündigt hätte. Schon allein deswegen, weil er in Max immer einen dankbaren Zuhörer für seine harmlosen Witzchen gehabt hatte.

Und auch Max wäre gerne länger mit Franz in ihrem karg mit altmodischen Holzmöbeln eingerichteten Büro geblieben. Aber die Schwierigkeiten mit diesen Leuten von ganz oben, über die er mit niemandem reden durfte, hatten ihm letztendlich keine andere Wahl gelassen, als zu gehen.

»Kenn ich nicht. Sag schon.«

»Die Lokomotive pfeift um die Kurve ... und die Filzlaus kurvt um die Pfeife.« Franz prustete so laut ins Telefon, dass Max Angst hatte, nasse Ohren zu bekommen.

»Ein typisch saublöder Franzi-Witz, Franzi.« Max rang sich ein müdes Lächeln ab. »Leider ist mir im Moment nicht zum Lachen«, fuhr er dann fort. »Und mit dem Bauchgefühl hast du nur teilweise recht. Es hat mich keineswegs immer im Stich gelassen. Oft genug war es auch genau andersrum.«

»Na gut. Da gebe ich dir recht. Aber ebenfalls nur bedingt. Das war nämlich nur manchmal so. Nicht oft genug.« Bei all seinen sonstigen menschlichen Vorzügen konnte der kleine, dicke Hauptkommissar Wurmdobler manchmal ein gewaltiger Dickschädel und Erbsenzähler sein.

»Egal, Franzi. Auf jeden Fall war ich gestern Abend in einer netten kleinen, italienischen Bar beim Großmarkt. In der ›Bar Verona‹. Und da standen ein paar sehr verdächtige Figuren herum und lästerten in einer Tour über einen Giovanni und sein Lokal.«

»Etwa über unseren Giovanni? Das wäre ja ein schöner Zufall. Bist du dir sicher?« Franz klang hellwach.

»Na ja. Ich vermute es mal. Und gegen Ende sagten sie dann noch etwas, das mich stutzig gemacht hat. ›Er wollte es ja nicht anders‹. Wenn ich das so richtig verstanden und übersetzt habe. Dann lachten sie. Und ich werde das Gefühl einfach nicht los, dass sie unseren Giovanni damit gemeint haben.«

»Aber du weißt schon, dass das alles äußerst vage klingt?«, unterbrach ihn Franz. »Was auch kein Wunder ist. Schließlich bist du im Sternzeichen der Waage geboren.«

»Gnade, Franzi. Bitte keine schlechten Witze mehr. Werde erwachsen. So lustig ist das Ganze nicht. Klar weiß ich, dass sie auch jeden anderen Giovanni auf der Welt gemeint haben könnten. Aber trotzdem kam mir das Ganze suspekt vor. Wieso sagen die so was ausgerechnet jetzt, nachdem unser Giovanni gerade umgebracht wurde? Verstehst du? Moment mal.«

Max fror. Er legte das Telefon auf den Tisch, stand auf und zog seinen weit offenstehenden, roten Frotteebademantel über seiner nackten Brust zusammen. Dann schnürte er den Gürtel noch mal neu.

»Wie sieht es aus?«, fuhr er fort, als er wieder saß. »Hast du Lust, heute Abend mit mir dorthin zu gehen und ein paar unauffällige Fotos für euren Fahndungscomputer zu schießen? Ich zeige dir genau, wen ich meine. Vorausgesetzt natürlich, die feinen Herren sind heute wieder da.«

»Na gut, Max. Ein schönes Glas Bier soll noch niemandem geschadet haben. Und wenn es dort auch noch eine anständige Pizza gibt. Warum also nicht. Wann? Um acht?«

»Acht wäre super. Also, bis dann, Franzi. ›Bar Verona‹ gleich neben dem Großmarkt. Servus.«

»Alles klar. Servus. Ich bring eine kleine Spezialkamera mit. Die macht bei schlechter Beleuchtung auch ohne Blitz brauchbare Bilder.«

»Genial.« Max legte auf und tunkte den allerletzten Rest von Frau Bauers Käsekuchen in seinen Kaffee. Er und Annika waren gestern nicht mehr lange in der ›Bar Verona‹ geblieben. Sie hatten nur noch gemütlich ausgetrunken, dann hatte er sie ins Hotel gebracht. Vor dem Eingang hatte er sie noch ein letztes Mal geküsst und sich dann für übermorgen wieder mit ihr verabredet. Bei schönem Wetter im Englischen Garten. Sie hatte den Nachmittag frei. Perfekt. Das passte genau in seinen Terminplan. Morgen Vormittag würde er nämlich auf Giovannis Beerdigung gehen. Und danach war ja auch noch diese Floßfahrt als Trauerfeier angesetzt. Bis in den Abend hinein sollte sie dauern, hatte Monika vorhin am Telefon gemeint. Normalerweise bekäme man dafür keinen solch kurzfristig angesetzten Termin. Aber Georg mit seinem vielen Geld und seinen guten Beziehungen könne anscheinend wirklich alles Unmögliche möglich machen. Er hätte Clara gestern noch angerufen und ihr seine Hilfe angeboten.

Es klingelte. Max öffnete, so wie er war, in Bademantel, Unterhose und Socken die Tür.

»Guten Morgen, Herr Raintaler.« Frau Bauer stand vor ihm und grinste verlegen.

»Ja hallo, Frau Bauer«, sagte Max und lächelte freundlich zurück. »Was führt Sie denn so früh am Tag zu mir? Doch kein glühend heißer Gulaschtopf. Oder?«

»Nein, Herr Raintaler. Es ist etwas anderes«, druckste sie herum, während sie von einem Bein auf das andere trat. »Ich hätte eine große Bitte, wenn es Ihnen nichts ausmacht.«

»Gerne. Nur heraus damit. Wie kann ich Ihnen helfen?« Max war ganz Ohr.

»Also, ich wollte fragen, ob Sie mich nachher kurz zum Arzt fahren könnten.«

»Aber selbstverständlich. Kein Problem. Wann denn?«

»In einer halben Stunde?«

»Alles klar, ich klingle dann bei Ihnen.«

»Ja? Vielen Dank, Herr Raintaler.« Seine alte Nachbarin drehte sich augenscheinlich erleichtert um und ging in ihre Wohnung zurück.

Max schloss ebenfalls seine Tür und rauschte eilig ins Schlafzimmer, um sich anzuziehen. Was tut man nicht alles für ein Gulasch und ein Stück Kuchen ab und zu? Nächste Frage: Was ziehe ich bloß morgen zur Beerdigung an? Er schlüpfte in seine Bluejeans. Meinen alten, schwarzen Anzug, wie das halt so üblich ist bei einer Beerdigung? Oder meinen neuen, dunkelblauen Cordanzug? Da muss ich vor der Floßfahrt aber auf jeden Fall noch mal heim und mich umziehen. Oder ziehe ich gleich eine schwarze Jeans und ein weißes Hemd an? Und die schwarze Lederjacke drüber? Blaue Jeans gehen ja wohl auf keinen Fall. Und wenn ich statt des weißen Hemdes lieber ein leichtes, dunkles Sweatshirt nehme? Dann erkälte ich mich auf jeden Fall nicht auf dem Floß. Schließlich ist es immer noch reichlich kühl draußen.

Normalerweise musste er in Punkto Kleiderordnung nicht lange überlegen. Er nahm einfach irgendetwas aus dem Schrank und zog es über. Aber zu einem solch offiziellen Anlass sollte man schon im richtigen Outfit antreten. Er entschied sich für die neue schwarze Lederjacke, dunkles Sweatshirt und schwarze Jeans. Und dazu seine schwarzen Halbschuhe mit der dicken Profilsohle. Jawohl. Damit wäre er bei der Beerdigung passend gekleidet und auf der anschließenden Floßfahrt gegen alle Launen des wechselhaften Frühlingswetters gewappnet. Giovanni hätte er so sicher auch gefallen.

Er streifte seine ausgewaschene Jeansjacke über, ging hinaus und läutete an der Tür seiner Nachbarn. »Es kann losgehen, Frau Bauer!«, rief er, noch bevor jemand öffnen konnte.

»Komme gleich!«, hörte er ihre Stimme von drinnen.

Zwei Minuten später stand sie fein herausgeputzt in ihrem guten, dunkelblauen Mantel mit einem feschen, grauen Leinenhut auf dem Kopf vor ihm. Auf dem Park-platz vor dem Haus sperrte er seinen guten, alten R4 auf, half ihr in den Beifahrersitz und schnallte sie an.

»Vielen Dank, noch mal, Herr Raintaler«, sagte sie dabei und lächelte ihm liebenswürdig zu.

Sie muss früher einmal eine wahre Schönheit gewesen sein, dachte Max, so attraktiv, wie sie heute noch in ihrem hohen Alter aussieht. Dann entdeckte er vor dem Einsteigen den kleinen Zettel, der auf der Fahrerseite unter den Scheibenwischer geklemmt war.

»Scheißgebrauchtwagenhändler!«, meckerte er und nahm ihn an sich, um zu lesen, wer von diesen aufdringlichen Zeitgenossen ihn jetzt schon wieder mit seiner Werbung belästigte.

›Wir wissen, wo du wohnst‹, stand in krakeliger Schrift darauf.

Wer macht denn so was? Die Lucabrüder? Oder die Ganoven aus der ›Bar Verona‹ von gestern? Sind die mir etwa gefolgt? Herrschaftszeiten. Holzauge sei wachsam. Er verpackte das Papier in eine alte Einkaufsliste und steckte es in seine Brieftasche. Vielleicht findet die Spusi auf dem Revier ein paar Fingerabdrücke darauf. Wer weiß? Aber bestimmt waren es sowieso bloß Kinder aus der Nachbarschaft, die mir einen Streich spielen wollten.

»So, Frau Bauer. Und wo fahren wir jetzt hin?«, fragte er, als er kurz darauf ebenfalls im Wagen saß.

»Nach Gauting.«

»Wie bitte?« Ich habe mich wohl verhört.

»Nach Gauting. Ich muss da zu einem Spezialisten.«

»Also nicht zu ihrem Hausarzt gleich in Harlaching oben?« Nach Gauting. Und das sagt sie mir natürlich erst im Auto. Na super. Jetzt dreht sie langsam durch.

»Nein, die paar Meter hätte ich ja auch mit dem Bus fahren können. Ich muss nach Gauting zu einem Lungenspezialisten, hat mein Doktor gesagt. Hier schauen Sie. Der Überweisungsschein.«

»Ja, fehlt Ihnen denn was an der Lunge?«

»Weiß ich nicht. Und mein Arzt anscheinend auch nicht. Deswegen soll ich da ja hin.«

»Aber Gauting ist ein ganzes Eck weit entfernt.« Er deutete mit seiner rechten Hand irgendwo südwestlich in den weiß-blauen Himmel über ihnen.

»Wirklich? Wie weit ist es denn?«

»Na, eine gute Stunde brauchen wir da schon. Vor allem, weil auf der Autobahn zurzeit eine große Baustelle ist.«

Herrschaftszeiten. Muss das heute auch noch sein? Als hätte ich nicht schon genug Stress an der Backe. Er runzelte unwillig die Stirn.

»Dann unternehmen wir halt eine schöne Spazierfahrt.« Frau Bauer stopfte die Überweisung in ihre Handtasche zurück und setzte einen entschlossenen Blick auf.

»Na gut. Dann soll es halt so sein«, murmelte Max und fuhr innerlich leicht grollend los. Die Chuzpe von der Bauer sollte man echt selbst haben. Lässt die sich doch glatt einfach mal eben so von dir um die halbe Welt fahren. Und den Sprit sollst du natürlich auch noch zahlen. Klar. Und das alles, während du eigentlich einen Fall zu lösen hast. Herrschaftszeiten.

Als sie auf die Lindauer Autobahn eingebogen waren, kamen sie gerade mal zweihundert Meter weit, dann stoppte der Verkehr. Stau. Nichts ging mehr. Alle stellten ihre Motoren ab. Max mochte keinen Stau. Um genau zu sein, hasste er nichts im Leben so sehr wie Stau. Egal wo, egal wann. Stau war sein ganz persönliches Trauma. Er musste sich gewaltig zusammenreißen, um nicht auf der Stelle laut loszuschimpfen. Über die beschissenen Autofahrer, die Scheißbauarbeiter, die Scheißregierung und über seine alte Nachbarin, die ihn letztlich in diese ausweglose Lage gebracht hatte. Mit ihrem saublöden Termin bei diesem saublöden Lungenarzt in Gauting.

Gerade, als er sich eine Viertelstunde später dazu durchgerungen hatte, sich wenigstens in Form eines lautstarken ›verfluchter Dreck, verfluchter‹ Luft zu machen, kam auf einmal wieder Bewegung in die Blechkarawane. Max ließ das Fluchen lieber bleiben und drehte den Schlüssel im Zündschloss. Nichts. Der Motor reagierte nicht. Bitte das jetzt nicht auch noch, flehte er innerlich. Er versuchte es erneut. Wieder nichts. Voller Wut schlug er kräftig mit der Faust gegen die Frontkonsole.

»Scheißteil, verdammtes! Spring endlich an, du Dreckstück!«, schrie er anschließend teils vor Schmerzen, teils aus Wut.

Dann startete er erneut. Und siehe da. Der launische Vierzylinder schnurrte wie ein Kätzchen.

»Aber wer wird denn so schrecklich fluchen, Herr Raintaler.« Frau Bauer schüttelte vorwurfsvoll ihren schmalen Kopf.

»Das müssen Sie schon mir überlassen, Frau Nachbarin«, erwiderte er gereizt. »Und außerdem. Sie sehen ja, dass es hilft. Herrschaftszeiten.«

Wenn sie noch ein Wort sagt, schmeiß ich sie aus dem fahrenden Auto. Erst bringt sie mich in diese beschissene Lage und dann reißt sie auch noch ihr Maul auf. Hoffentlich habe ich mir gerade nicht die Hand gebrochen. Verdammt noch mal. Das tut ja höllisch weh. Kochend vor Wut starrte er auf die ringsumher erblühende Voralpenlandschaft. Und die Scheißblumen machen es auch nicht besser. Dreck, beschissener. Erst als er in die Abfahrt nach Gauting einbog, beruhigte er sich langsam wieder. Alles wird gut. Der Wagen läuft, der Stau ist längst vorbei, meine Hand tut nicht mehr weh und das schönste Frühlingswetter lacht mich an. Also Schluss jetzt mit der Grantelei! Meine alte, wackelige Nachbarin bekommt sonst noch Angst vor mir. Sie kann doch nichts für meine miese Laune und Giovannis Tod. Damit muss ich schon selbst fertig werden. Ich sollte mich lieber auf einen ausgiebigen Spaziergang am Starnberger See freuen, und auf einen schönen Kaffee in irgendeiner sonnigen Gartenwirtschaft.

»So, Frau Bauer. Gleich sind wir da«, brummte er versöhnlich.

»Ach, wie schade. Ich habe die Landschaft gerade so genossen. Ich war schon jahrelang nicht mehr aus der Stadt draußen. Andauernd muss ich mich um meinen Bertram und seine Gesundheit kümmern. Für mich bleibt gar keine Zeit. Vielen Dank für die wunderbare Spazierfahrt, Herr Raintaler. Unser schönes Oberbayern ist halt einfach einmalig auf der Welt.«

Wie seine Bewohner auch, dachte Max.

»Und die Rückfahrt haben wir ja auch noch, Frau Bauer«, versicherte er ihr. »Da können Sie sich dann alles noch einmal von der anderen Seite aus anschauen.«

»Ja? Ach, wie schön!«

17

»Hallo, Clara. Monika hier.«

»Hallo, Monika. Lieb von dir, dass du anrufst.«

»Wie geht es dir?«

»Etwas besser. Nachdem Georg mir so toll geholfen hat, das Begräbnis und die Floßfahrt zu organisieren. Und stell dir vor. Bei dem ganzen Papierkram für das Restaurant will er mich auch unterstützen. Er schickt mir einen seiner Buchhalter vorbei. Ist das nicht furchtbar nett von ihm?«

Die klingt ja wie ausgewechselt. Gott sei Dank kommt sie langsam wieder zu sich. Monika atmete erleichtert auf. Sie hatte sich wirklich große Sorgen um ihre sizilianische Freundin gemacht.

»Ist es, Clara«, antwortete sie. »Georg ist schwer in Ordnung. Das wissen alle. Sag mal, jetzt aber was anderes. Anneliese ist gerade bei mir und wir fragen uns, ob du nachher Lust hättest, mit uns einen Kaffee zu trinken? Am besten irgendwo an der frischen Luft.«

»Sehr gerne, Monika. Dann bin ich nicht so alleine. Ich muss nur noch ein paar Anrufe erledigen. In einer halben Stunde?«

»Gut. Wir holen dich ab. Bis gleich.«

»Bis gleich.« Monika legte auf und drehte sich lächelnd zu Anneliese herum, die neben ihr am Tresen von ›Monikas kleiner Kneipe‹ saß.

»Sie kommt mit«, freute sie sich. »Wir holen sie in einer halben Stunde ab. Wenn du willst, können wir uns schon langsam anziehen und ganz gemütlich rüberlaufen. Ich würde gern in dieses nette Café hinter dem Tierpark gehen.

Du weißt schon, bevor es das Hochufer hinaufgeht. Da kann man jetzt bestimmt schon draußen sitzen.«

»Das machen wir, Moni. Es wird Clara sicher guttun, wenn sie aus ihrer Bude rauskommt.« Anneliese zog ihren dunkelgrauen Lodenumhang über und setzte ihren neuen roten Hut auf. Sie war vorhin einfach so bei Monika hereingeschneit, weil ihr zuhause todlangweilig gewesen war, wie sie gemeint hatte. Als Monika ihr einen Kaffee anbieten wollte, hatte sie die Idee mit Clara gehabt und Monika vorgeschlagen, doch einfach bei ihr anzurufen.

»So, der Sommer kann kommen«, meinte sie jetzt. »Wie findest du eigentlich meine neue Kopfbedeckung?«

»Hübsch, Anneliese. Das Rot passt super zu deinem Lodencape. Und zu deinem blonden Pagenkopf und den grünen Augen natürlich auch.« Monika nahm ihre rote Lederjacke vom Haken.

»Finde ich auch. Als ich ihn in Schwabing im Schaufenster liegen sah, musste ich ihn unbedingt haben. Erst hatten sie ihn in meiner Größe nicht da. Aber ich habe ihn gleich bestellt und zwei Tage später konnte ich ihn abholen. Er war gar nicht mal so teuer. Ich meine, wenn man bedenkt, dass es ein echtes Modell aus Mailand ist. Von Borsalino, direkt aus der Via Della Spiga. Super. Oder?«

»Echt super, Anneliese«, stoppte Monika den Redeschwall ihrer Freundin und hoffte, dass nicht noch weitere langatmige Erlebniserzählungen über den ›tollen neuen Hut‹ nachkamen.

Draußen war es herrlich. Die Sonne hatte die Luft im Laufe des Vormittags angenehm aufgewärmt und die Vögel zwitscherten fröhlich vor sich hin. Genau der richtige Moment für einen kleinen Spaziergang.

Als sie beim ›Da Giovanni‹ ankamen, erwartete Clara sie bereits fertig angezogen in Jeans und warmer, weißer

Wolljacke vor der Tür. Sie sah schon wieder viel besser aus als in den letzten Tagen.

»Hallo, Clara. Mein herzliches Beileid noch mal.« Anneliese, die ihr bereits gestern am Telefon kondoliert hatte, umarmte sie fest.

»Danke, Anneliese. Es ist nicht leicht.« Clara schniefte.

»Das glaube ich gern. Er war so ein feiner Kerl.«

»Stimmt. Das war er. Alle haben ihn gemocht.« Jetzt bahnten sich ein paar kleine Tränen den Weg über ihre immer noch blassen Wangen.

»Also, los, Kinder. Lasst uns gehen. Ein schöner Schluck Kaffee und etwas Sonne, dann sieht die Welt gleich wieder ganz anders aus.« Monika wollte Clara von ihren trüben Gedanken ablenken. So weit das möglich war. Das Begräbnis morgen wird noch hart genug für die Ärmste, dachte sie. Da ist es jetzt allemal besser, wenn sie sich mal mit anderen Dingen beschäftigt. »Der Apfelstrudel in dem kleinen Café hinter dem Tierpark ist die reinste Offenbarung«, fuhr sie fort. »Die servieren ihn mit Sahne und Vanilleeis. Da könnte ich mich glatt reinlegen.«

»Also, dann. Nichts wie los«, meinte Anneliese fröhlich. Auch sie wusste natürlich, dass Clara gerade nichts anderes als ein wenig liebevolle Aufmunterung brauchte.

Sie näherten sich ihrem Ziel über eine kleine Wanderung durch die zartgrünen Isarauen. Dort genossen junge Mütter hinter ihren bunten Kinderwägen die warme Frühlingssonne. Zahlreiche Hundebesitzer ließen ihren treuen vierbeinigen Freunden freien Lauf. Und das ein oder andere ältere Ehepaar kam ihnen lächelnd entgegenspaziert. Wie es schien, waren München und seine Bewohner nach dem langen, oft so deprimierend grauen Winter nun wieder mit dem Schicksal versöhnt.

Eine halbe Stunde später standen die drei Freundinnen

vor dem Café. Die sonnige Terrasse war sehr gut besucht. Anneliese erspähte jedoch gleich einen freien Tisch und eilte schnell hin, um ihn zu besetzen, bevor jemand anders auf die Idee kam. Sie setzten sich. Monika und Anneliese nahmen Clara dabei in die Mitte. Toll! Es war warm, gemütlich und die Leute rund umher schienen ob des guten Wetters ausnahmslos bester Stimmung zu sein.

»Ihr müsst unbedingt den Apfelstrudel probieren«, schlug Monika vor, die gerade eine der bunten Speisekarten, die auf dem Tisch herumlagen, aufgeschlagen hatte. »Auch auf die Gefahr hin, dass ich mich wiederhole. Aber der schmeckt wirklich genial.«

»Na gut. Dann würde ich sagen, wir nehmen alle dasselbe. Drei Haferl Kaffee und drei Apfelstrudel mit allem Drum und Dran.« Anneliese blickte die anderen auffordernd an. »Sahne, Vanillesauce und Vanilleeis«, fuhr sie dann fort. »Da freut sich die Bauchspeicheldrüse. Einverstanden?«

»Einverstanden!« Monika schlug ihre Speisekarte ungelesen wieder zu und legte sie zu den anderen zurück.

»Ich will aber lieber Espresso statt Kaffee«, protestierte Clara.

»Na klar! Espresso für unsere Südländerin. Dann gehe ich mal rein und schaue, ob ich eine Kellnerin auftreibe.« Anneliese setzte ihren Hut ab und verschwand durch die offenstehende Terrassentür hinter der breiten Glasfront des beliebten Ausflugslokals. Zwei Minuten später kehrte sie wieder zurück und setzte sich.

»Alles erledigt«, verkündete sie händereibend. »Unsere Bestellung ist aufgegeben. Ist es nicht fantastisch hier?«

»Super«, entgegnete ihr Monika. »So könnte das Leben immer sein. Sonne, Kaffee, Kuchen und nette Leute mit guter Laune um einen herum. Fast so perfekt wie im Werbefernsehen.«

»Giovanni und ich waren nie in diesem Café«, meinte Clara leise. »Es ist wirklich schön. Wie liebevoll die Terrasse hergerichtet ist, mit den ganzen Blumen. Wirklich schön. Es hätte ihm bestimmt gefallen. Und morgen ist sein Begräbnis. Ach, mein Gott!« Sie begann zu weinen. Monika, die rechts neben ihr saß, nahm sie in den Arm.

»Das ist jetzt eine schwere Zeit für dich«, redete sie tröstend auf sie ein. »Aber schon in ein paar Wochen wird es dir wieder besser gehen. Glaube mir, Clara. Den Giovanni kann uns zwar keiner mehr zurückholen. Aber sicher sieht er uns vom Himmel aus zu. Und sicher hat er dich auch von dort oben aus noch genauso lieb wie vorher hier unten.«

»Ach, wäre der ganze Trubel doch nur schon vorbei. Die vielen Leute und dann auch noch die Floßfahrt. Ich bin wirklich froh, dass Georg mir so viel hilft. Er holt mich übrigens nachher ab. Ich muss noch einmal kurz zum Beerdigungsinstitut, wegen der Blumenarrangements. Und dann kommen später auch noch meine Eltern. Papa will Max und der Polizei unbedingt dabei helfen, den Mörder zu erwischen.« Clara stöhnte, in Hinblick auf die Aufgaben, die alle noch vor ihr lagen, auf.

»Ach, wirklich? Soweit ich weiß, arbeitet Max grundsätzlich alleine. Höchstens zusammen mit Franzi.« Monika kannte ihren eigenwilligen Teilzeitlebensgefährten lange genug, um zu wissen, dass der eine Einmischung in seine Arbeit niemals dulden würde. Schon gar nicht von jemandem, den er nicht kannte. Egal. Man würde sehen.

»Weiß ich doch«, entgegnete Clara. »Aber Papa meint es bestimmt nur gut. Er will halt helfen. Und er kennt wirklich sehr viele Leute.«

Monika wusste, dass Claras Vater sehr gute Verbindungen zur Mafia hatte. Clara hatte es ihr einmal unter dem Siegel der absoluten Verschwiegenheit anvertraut. Und natürlich würde sie es nicht mal Anneliese oder Max weitererzählen. Es gibt Dinge, die behält man für sich, sagte sie sich. Und hielt sich dran.

»Hauptsache, deine Eltern sind da und stehen dir zur Seite.« Anneliese, die links von Clara saß, tätschelte ihr aufmunternd die Hand. »Ach! Unser Kaffee und der Apfelstrudel«, fügte sie gleich darauf hinzu. »Oh, mein Gott. Schaut euch doch nur mal diese riesigen Portionen an. Wer soll denn das alles essen?«

Die drei Teller waren voll bis zum Rand.

»Ein Traum!«, rief Monika.

»Unwiderstehlich! Wahnsinn!«, freute sich Anneliese.

»Meine Figur!«, stöhnte Clara und alle drei mussten lachen.

Endlich lacht Clara mal wieder, auch wenn ihr nicht danach ist, dachte Monika. Der Tod ihrer eigenen Mutter vor vier Jahren kam ihr in den Sinn. Sie war damals mit dreiundsiebzig Jahren viel zu jung gestorben. War nie krank gewesen. Ihr ganzes Leben lang nicht. Hatte nur einen einzigen Fehler begangen. Sie war zur falschen Zeit am falschen Ort gewesen. Ein betrunkener Autofahrer hatte sie vom Gehsteig geholt und meterweit durch die Luft geschleudert. Das Leben ist nicht gerecht, hatte Monika damals zu Max gesagt. Die gemeinsten, gewalttätigsten Schweine, die alle anderen nur betrügen und ausnützen, werden uralt. Und die liebevollsten Menschen, wie meine Mutter, müssen viel zu früh gehen. Max hatte ihr damals sehr dabei geholfen, mit ihrer Trauer und ihrer Wut fertig zu werden. Obwohl es ihm selbst auch nicht gerade besonders gut ging. Nur ein knappes Jahr zuvor hatte er nahezu dasselbe erlebt. Nur noch etwas schlimmer. Seine beiden Eltern waren ums Leben gekommen. Ebenfalls bei einem Autounfall. Ausgerechnet auf der Fahrt in den Urlaub.

Monika hatte wenigstens immer noch ihren Vater. Er lebte heute in einem netten Seniorenstift, nicht weit von ihrer kleinen Kneipe entfernt. Sie besuchte ihn, so oft sie konnte. Und er kam gelegentlich auch in ihrem Lokal vorbei. Ihr Verhältnis war nicht das Innigste. Aber sie mochten sich und respektierten sich. Bei Max war das etwas anderes. Seine Verwandten waren alle tot. Und jetzt auch noch sein bester Freund. Dafür hat er mich und seine Frau Bauer, dachte sie. Wir kümmern uns schon um ihn. Und Giovannis Mörder findet er auch. Ganz bestimmt.

18

»Und? Was hat er gesagt?«

»Sie werden lachen, Herr Raintaler. Nichts. Er hat nichts gefunden. Er meinte, dass ich mit meiner Lunge hundert Jahre alt werde. Und dann hat er mir empfohlen, den Hausarzt zu wechseln, wenn der mir so einen ausgemachten Schmarrn erzählt.«

Max hatte einen Spaziergang am Starnberger See gemacht und war gerade im richtigen Moment zurückgekommen, um seine nette, alte Nachbarin von ihrem Termin beim Lungenfacharzt abzuholen.

»Na, das klingt ja hervorragend. Dann fahren wir doch

gleich noch auf ein schönes Bier nach Andechs rüber. Was meinen Sie, Frau Bauer? Wenn wir sowieso schon in der Gegend sind ...«

»Ja, haben Sie denn noch Zeit?«

»Ich nehme mir die Zeit einfach. Fahren wir?«

»Ja, gerne. Ich glaube, ich war seit zwanzig Jahren nicht mehr dort.« Sie lachte ihn an wie ein junges Mädchen.

Max hatte vorhin nachgedacht. Über seine Pensionierung, sein Verhältnis zu Monika, Giovannis Tod und dann auch noch über sein ungeduldiges Verhalten der alten Frau Bauer gegenüber. Dabei war er zu dem Schluss gekommen, dass er manchmal ein ganz schön ungerechtes Ekel sein konnte. Wie zum Beispiel vorhin, auf der Herfahrt. Das wollte er jetzt wieder gutmachen. Außerdem hatte er den Nachmittag sowieso frei. Wie er bei der Jagd nach Giovannis Mörder konkret weiterverfahren sollte, würde er erst wissen, wenn er zusammen mit Franz in der ›Bar Verona‹ gewesen war. Es sprach also nichts gegen ein schönes Bier im Andechser Klostergarten. Auf dem heiligen Berg, der eigentlich mehr ein kleiner, steiler Hügel ist. Der Aufstieg war deshalb auch eher als harmlos zu bezeichnen. Aber der Rückweg hatte sich hier schon für so manch angetrunkenen Gast zum Problem entwickelt, und wenn es ganz dumm lief, sogar prompt mit einem Beinbruch oder Ähnlichem geendet.

Als sie ankamen, stellte er seinen rostbraunen, alten Wagen auf dem Parkplatz ab, bot ihr seinen Arm an und stieg mit ihr hinauf zum Biergarten. Dort setzte sie sich an einen Tisch in der Sonne und Max holte zwei Maß Bergbock. Ein Nachmittag wie aus dem Bilderbuch. Als er mit dem Bier zurück war, erzählte Frau Bauer aus ihrem Leben. Max hörte ihr mehr oder weniger aufmerksam zu, während er die warme Frühlingssonne und den weiten Blick in die Berge genoss. Als sie eine Stunde später ausgetrunken hatten, ging es auf direktem Weg zurück nach Thalkirchen. Frau Bauer hatte einen kleinen Schwips und sang während der ganzen Fahrt alte Volkslieder. Max war es egal, dass sie die richtigen Töne dabei nur selten traf. Er hatte etwas Gutes getan und einen Menschen glücklich gemacht. Mehr hatte er gar nicht gewollt.

Zuhause half er ihr die Treppen hinauf und verabschiedete sich im Flur von ihr. Sie brauchte etwas länger als gewöhnlich, um ihre Wohnungstür aufzusperren, schaffte es schließlich aber doch.

»Bertram, ich bin wieder da!«, rief sie fröhlich, als sie eintrat. »Stell dir vor, an meinen Lungen ist gar nichts. Morgen suche ich uns einen neuen Hausarzt. Und eine Maß Bergbock getrunken habe ich auch.« Dann zog sie die Tür hinter sich zu.

Max ging ebenfalls hinein und legte sich eine Weile aufs Ohr. Um kurz vor vier wachte er wieder auf. Noch gute vier Stunden, bis er Franz treffen würde. Er beschloss, vorher bei Monika vorbeizuschauen. Vielleicht wusste sie ja etwas Neues über Giovanni. Natürlich würde ihn Clara gleich anrufen, wenn ihr etwas einfiel. Aber so wie die Frauen nun mal sind, kann es doch gut sein, dass sie mehr Vertrauen zu Monika als zu mir hat, dachte er. Auf jeden Fall konnte es nicht schaden nachzufragen. Und einfach kurz Servus sagen und Monika fragen, wie es ihr geht, wollte er obendrein. Er zog einen warmen Pulli über, da es gegen Abend immer noch empfindlich kühl werden konnte, und keine dreißig Minuten später stand er in der kleinen Kneipe seiner Freundin.

»Hey, Max, schön, dass du vorbeischaust«, begrüßte sie ihn mit einem strahlenden Lächeln. »Ich bin auch gerade erst gekommen. War mit Clara und Anneliese Kaffee trinken.«

»Und wie geht es Clara?« Er lächelte ebenfalls. Eigentlich ist es doch höchst angenehm, so begrüßt zu werden. Keine lästigen Fragen darüber, wo du warst oder wen du getroffen hast. Keine über die Maßen nervenden Eifersüchteleien. Ja, ja. So eine lockere Beziehung hat auch ihre Vorteile. Merk dir das mal, Raintaler.

»Nicht so gut natürlich. Kannst du dir ja denken.«

»Logisch. Hat sie noch irgendwas wegen möglicher Feinde von Giovanni gesagt?« Er hängte seine schwarze Lederjacke an der Garderobe auf.

»Nein, leider nicht. Wir haben aber auch eher versucht, sie von dem ganzen Thema abzulenken. Sie denkt an nichts anderes als an ihren toten Giovanni. Das geht doch nicht. Sie muss doch zwischendurch auch mal verschnaufen.«

»Hast recht, Moni.« Herrschaftszeiten. Wenn man es genau betrachtet, ist sie wirklich schwer in Ordnung, deine Monika. Stimmt doch. Oder?

»Außerdem hat Georg sie dann bald abgeholt, um noch irgendwas wegen der Blumen für morgen zu regeln.«

»Ach, wirklich?« Ein erstaunter Blick huschte über Max' Gesicht. Dass Schorsch Clara bei der Organisation der Beerdigung geholfen hat, ist ja wirklich saunett von ihm. Aber, dass er ihr jetzt auch noch beim Blumenaussuchen hilft, ist fast schon merkwürdig, oder? Obwohl. Wer sollte ihr denn sonst dabei helfen? Sie ist ja wirklich total überfordert. Sei froh, dass er es macht. Dann bleibst du außen vor.

»Ja. Er hilft ihr, wo er nur kann. Ein echter Freund. Claras Eltern kommen morgen übrigens auch. Ihr Vater würde dich sehr gerne bei deinen Ermittlungen unterstützen.« Monika runzelte die Stirn.

»Von wegen. Ich mache meine Arbeit alleine«, erwiderte er und schüttelte heftig den Kopf. »Schon immer. Höchstens Franzi darf mir helfen. Oder du. Sonst niemand.«

»Genau dasselbe habe ich ihr auch gesagt.«

»Na also. Magst du auch ein kleines Bier?« Er ging zum Zapfhahn, um sich einen Schnitt einzuschenken.

»Jetzt schon?«

»Wieso? Es ist nach vier, fast fünf. Außerdem hatte ich heute schon einen leckeren Bergbock. Da kann ich auch gleich weitertrinken. Rate mal, wo ich war.« Er machte ein geheimnisvolles Gesicht.

»Keine Ahnung. Sag's mir.«

»Auf dem heiligen Berg.«

»Im Kloster Andechs? Wie kommst du denn da hinauf?«

»Das würdest du jetzt gerne wissen, was?«

»Ach, Schmarrn. Ist mir doch egal. Hat er geschmeckt, der Bergbock?« Monika ging zum Kühlschrank und schenkte sich ein Wasser ein.

»Hervorragend. Und der alten Frau Bauer auch.«

»Ach? Deine Nachbarin war dabei? Das ist ja nett.«

»Ja, ich habe sie nach Gauting zum Arzt gefahren, und als sie gesund und munter wieder herauskam, haben wir beschlossen, einen Kleinen auf die gute Nachricht zu heben.« Er schloss den Zapfhahn und hob sein inzwischen fast vollgelaufenes Glas in die Höhe. Eigentlich wollte ich doch nur einen Schnitt. Egal.

»Braver Max. Das hat ihr sicher gutgetan. Sie kommt doch kaum vor die Tür mit ihrem dauerkränkelnden Bertram. Schon schlimm, dass Männer immerzu leiden müssen.« Sie strafte ihn mit einem scherzhaft vorwurfsvollen Blick. Schließlich gehörte er in ihren Augen auch dazu. Das wusste er genau.

»Du musst das so sehen, Moni. Wenn wir nicht leiden würden, hättet ihr niemanden, den ihr umsorgen könnt.« Er hob oberlehrerhaft den Finger.

»Ach, wirklich? Und wer kümmert sich die meiste Zeit

um eure Kinder? Vielleicht sollten wir Frauen uns mehr um uns selbst sorgen.« Sie grinste nur.

Max wusste gleich, dass sie nicht ernsthaft mit ihm darüber diskutieren wollte. Im Moment gab es auch wirklich so schon Stress genug rund herum. Trotzdem legte er noch mal nach. »Das hat euch ja auch niemand verboten. Ich glaube aber trotzdem, dass wir Männer einfach das schwächere Geschlecht sind. Und deswegen sind wir auch immerzu auf eure Unterstützung angewiesen. Zum Beispiel beim Waschen und Kochen.« Sprach's und grinste ebenfalls.

»Weißt du übrigens, was Anneliese über Georg gesagt hat, als der mit Clara verschwunden war?«, fragte sie und machte jetzt, genau wie er zuvor, ein geheimnisvolles Gesicht.

»Natürlich nicht. Ich war ja nicht dabei.« Er verdrehte kurz die Augen. Wie kann man bloß so blöd fragen.

»Sie hat gemeint, dass sie einen wie ihn auf alle Fälle verdient hätte. Reich, gut aussehend und nett, wie er wäre.«

»Was? Clara? Clara hätte einen wie Schorsch verdient?« Er sah sie ungläubig an.

»Nein. Anneliese. Sie würde ihn mit Handkuss nehmen.«

»Ausgerechnet Anneliese. Na klar. Aber bloß, weil der Onassis schon tot ist. Oder?« Er trank von seinem Bier.

»Genau.« Sie nickte zustimmend.

»Okay, überredet. Schenk mir auch ein Bier ein«, sagte sie dann und schüttete ihr Wasser mit einem Schwupp in den Ausguss.

»Aber liebend gerne, Frau Wirtin.«

»Spinner.«

»Bin ich nicht.« Er stellte ihr ein halb volles Glas auf den Tresen.

»Eben schon. Prost!«

Sie stießen miteinander an und nahmen beide einen kräftigen Schluck. Wie einfach das Leben doch sein kann, schwärmte Max im Geiste. So ein frisch gezapftes Bier und dann auch noch ohne zu bezahlen, das hat doch etwas. Wie gut, dass meine langjährige Teilzeitfreundin eine eigene Kneipe hat.

»Bleibst du heute Abend hier?« Monika setzte diesen ganz gewissen Blick auf, den sie immer aufsetzte, wenn sie ihm eher zärtlich zugetan war.

»Nein, Moni. Leider nicht. Ich muss mit Franzi noch was erledigen, wegen der Sache mit Giovanni.«

»Habt ihr eine neue Spur?« Ihre Mundwinkel sackten leicht nach unten.

»Möglich. Ich kann noch nichts Konkretes dazu sagen. Aber es geht um ein paar schräge Typen, die hier bei uns ihr Unwesen treiben. Oder auch nicht. Um das herauszufinden, muss ich heute mit ihm in die Bar, in der ich gestern auf dem Heimweg noch war.«

»In welche Bar denn?«

»In die ›Bar Verona‹. Dort scheinen die sich öfter aufzuhalten.«

»Und du bist da gestern zufällig auf dem Heimweg reingestolpert?«

Was ist denn das? Gerade habe ich sie noch wegen ihrer geringen Eifersucht gelobt. Und jetzt kommt sie mir so.

»Ja.«

»Ach, echt? Und wahrscheinlich auch noch ganz allein?«

Was sollte denn der Schmarrn? Dieselbe bescheuerte Tour, die Annika gestern drauf hatte. War das etwa auch so ein Virus wie bei den Deppen? Oder verarschte sie ihn bloß? Sie war schon vorgestern im Biergarten so komisch gewesen. Merkwürdig. Das tat sie doch sonst nicht.

»Ja sicher. Was denn sonst?«, log er.

»Aha. Und wann gehst du?«

»Kurz vor acht.«

»Dann hätten wir noch über zwei Stunden Zeit.«

Wenn Monika ihren ganz gewissen Blick einmal aufgesetzt hatte, setzte sie ihn so schnell auch nicht wieder ab. Max wusste genau, was jetzt kam. Na dann, Raintaler. Freu dich doch. Selten genug, dass sie dich anmacht.

Sie stiegen hintereinander die Stufen zu ihrer Wohnung hinauf und gingen direkt ins Schlafzimmer. Monika schien es zu genießen. Aber Max war nicht richtig bei der Sache. Zum einen musste er andauernd an Giovanni denken. Und dann kam ihm auch immer wieder Annika in den Sinn. Herrschaftszeiten. Dass Monika sich aber auch ums Verrecken nicht endgültig für mich entscheiden kann, haderte er, als sie sich wieder nach unten begaben, um die kleine Kneipe für den Abendbetrieb aufzusperren. Am Ende gehe ich, derart an der langen Leine gehalten, noch völlig an meinem Glück vorbei.

19

Der Zigarettenrauch zog in dichten Schwaden durch den Raum. Max und Franz waren gerade in die ›Bar Verona‹ eingetreten und setzten sich jetzt an denselben rotlackierten Bistrotisch, an dem Max gestern mit Annika gesessen hatte. Von hier aus hatten sie den besten Überblick über das kleine Lokal. Sie bestellten Bier und Pizza und sahen sich unauffällig um. Die Clique mit den schrägen Italienern von gestern war nicht da. Aber das konnte sich jeden Moment ändern. Es war gerade mal kurz nach acht und bekanntlich geht man im Süden erst später am Abend aus dem Haus. Die Pizza kam dagegen schon nach zehn Minuten und sah sehr vielversprechend aus.

»Das ist mit Abstand die beste Pizza, die ich jemals bestellt habe«, verkündete Franz, als er gierig zu kauen begonnen hatte.

»Bist du dir da ganz sicher? Hast du denn niemals Giovannis feurige Pizza nach Omas Geheimrezept gegessen? Dagegen sieht das Ding hier wie Pappe mit Tomatensauce aus. Ehrlich.« Max beäugte kritisch den karg belegten Teiglappen auf seinem Teller.

»Leider habe ich Giovannis Wunderrezeptur nie versucht. Ich habe nur ein paar Mal seine fantastische Pasta gegessen. Aber trotzdem. Ich bleibe dabei. Diese Pizza hier schmeckt ausgezeichnet. Probier doch erst mal.« Franz sah ihn auffordernd an, und Max tat, wie ihm geheißen.

»Na ja. Ich gebe dir recht«, meinte er kurz darauf kauend. »Schlecht ist sie nicht. Aber nichts gegen Giovannis Omapizza.«

»Wie meinen Sie, Giovanni?« Ein kleiner, hagerer Italiener mit fehlenden Schneidezähnen stand auf einmal wie aus dem Nichts neben ihrem Tisch und blickte neugierig zu ihnen hinauf.

»Wie, wie meinen Sie Giovanni? Wer sind Sie überhaupt?« Max sah nicht minder neugierig auf den Mann in dem abgetragenen, dunkelgrauen Billiganzug hinunter.

»Ich Marco. Ich kenne Giovanni. ›Da Giovanni‹ gute Lokal. Gute Pizza. Woher kennen Sie?«

»Wir haben dort schon oft gegessen.« Max stieß Franz

unter dem Tisch mit dem Knie an, um ihm zu bedeuten, dass er den Burschen weiterhin ihm überlassen solle. »Und woher kennen Sie Giovanni?«, fragte er.

»Kenne ich von die Großmarkt«, radebrechte Marco. »Giovanni immer kommen zu Einkaufen. Mit Clara. Viele Leute reden über Giovanni Tod. Viele Leute traurig. Ich auch. Giovanni immer nett zu mir. Nix schimpfen. Geben meine Mutter Geld für Doktor. Gute Mensch. Ich sehr traurig. Andere Leute nix traurig.«

»Welche Leute sind nicht traurig?«, wollte Max wissen.

»Böse Männer. Giovanni gute Lokal, große Konkurrenz. Beste Pizza machen. Böse Männer ärgert.«

»Wer genau sind denn diese bösen Männer?«

Max blickte kurz zu Franz hinüber. Das sah doch ganz nach einer Spur aus. Herrschaftszeiten. Der kleine Mann beugte sich jetzt ganz nah zu ihnen herüber.

»Später kommen die böse Männer. Immer hier. Jeden Abend. Kommen aus die Süden von Italia«, flüsterte er kaum hörbar.

»Aha. Und warum erzählen Sie uns das alles?« Max sah den kleinen Mann wieder an.

»Habe gesehen die beide in die Großmarkt.« Er deutete mit seinem krummen Zeigefinger auf Max und Franz. »Weiß, die beide Polizei. Ich helfen die Polizei Giovanni Mörder fangen.«

»Wo haben Sie uns denn auf dem Großmarkt gesehen?« Da schau her, Raintaler. Da stehst du doch glatt unter Beobachtung. Wie geht denn das? Hat er dir etwa die kleine Drohbotschaft an die Windschutzscheibe geheftet. Aber wieso sollte er uns dann helfen? Eben. Vergiss es gleich wieder.

»Theresa ist gute Freund. Und Bambini auch. Nix böse die ganze Familia.« Marco zündete sich eine Zigarette an, inhalierte tief und stieß den Rauch durch seine riesige Zahnlücke in die ohnehin schon total vernebelte Kneipenluft.

Max musste husten. Franz nicht. Er hatte gerade den letzten Bissen Pizza in seinen imposanten Bierbauch hinunterbefördert und rauchte nun selbst.

»Aha. Gut zu wissen. Und was wollen Sie jetzt von uns?«, erkundigte sich Max.

»Du warten, bis die böse Männer kommen. Und dann verhaften. Mitnehmen.« Marco kreuzte die Handgelenke vor seinem Körper übereinander.

»So einfach geht das nicht. Aber es wäre schon gut, wenn Sie uns Bescheid geben, wenn Ihre bösen Männer hereinkommen. Und wir sehen uns die Burschen dann mal etwas genauer an. Oder Franzi?«

Franz, der bisher noch gar nichts gesagt hatte, räusperte sich ein paar Mal. »So könnten wir es machen«, bestätigte er dann.

»Okay. Gut. Wenn kommen böse Männer, ich zeigen.« Der kleine Italiener ging zum Tresen hinüber und begrüßte dort mit großem Hallo den Barkeeper.

»Komischer kleiner Kauz«, stellte Max fest, als er weg war. »Glaubst du ihm, was er sagt?«

Franz runzelte die Stirn, zog an seiner Zigarette und nahm einen kräftigen Schluck Bier. »Wenn du mich fragst, nicht so ganz«, meinte er dann. »Er kann uns genauso gut an diese Typen, die du meinst, verraten. Warten wir es ab? Oder kommen wir mit Verstärkung wieder her?«

»Warten wir es ab. Viel kann uns nicht passieren. Der Laden hier ist voll bis unters Dach. Und das werden ja wohl nicht alles Gangster sein. Oder?« Max zeigte grimmig grinsend ins Rund.

»Kaum anzunehmen. Okay. Warten wir. Aber unseren kleinen Marco werde ich mir garantiert noch mal auf dem

Revier vornehmen. Der weiß mehr, als er uns gesagt hat. So viel ist sicher. Das rieche ich förmlich.«

Ein junges Pärchen in Jeans und Jeansjacken kam herein. Sie ganz in Lila, er in klassischem Blau. Der mittelgroße, schlanke Mann mit den kurz geschorenen, schwarzen Haaren und dem kleinen Nasenring fragte Max in breitem Bayrisch, ob sie sich zu ihnen setzen dürften.

»Warum nicht«, antwortete der. Er nahm seine schwarze Lederjacke von dem Barhocker neben sich und hängte sie hinter sich an einen der eisernen Wandhaken. Franz verfuhr derweil genauso mit seinem grauen Wollsakko. »Bitte sehr!«, sagte er dann und zeigte auf die leeren Stühle.

»Dank euch recht sakrisch«, erwiderte der junge Mann. Sie setzten sich und steckten ihre Nasen in die Speisekarte.

Das passt ja bestens. Mit den jungen Leuten als Gesellschaft riecht man die Bullen in uns nicht ganz so stark, dachte Max. Ach, du Schande. Da fällt mir ein, dass ich Franz den Zettel mit der Drohung noch gar nicht gegeben habe. Er kramte das Corpus Delicti aus seiner Brieftasche und reichte es seinem Freund.

»Da schau mal her, Franzi. Das habe ich heute Nachmittag an der Windschutzscheibe von meinem ›Rolls Royce‹ gefunden«, raunte er seinem alten Freund und Exkollegen leise zu, so dass ihn die beiden Neuankömmlinge nicht hören konnten. »Wahrscheinlich ein Kinderscherz. Aber vielleicht sind auch wichtige Fingerabdrücke drauf.«

»›Wir wissen, wo du wohnst‹ … Du meinst, dass einer unserer Verdächtigen das gekrakelt hat?«, raunte Franz zurück.

»Kann doch sein. Oder?«

»Na gut. Ich überprüfe es. Obwohl wahrscheinlich eh schon alle Abdrücke verschmiert sind. Der Zettel ist ja total zerknittert. Hast du den mitgewaschen?«

»Schmarrn. Seit wann wasche ich? Der klemmte schon so dran. Aber versuchen wirst du es doch trotzdem? Okay?«

»Logisch.«

Sie saßen eine Weile lang da, tranken und beobachteten, wer kam und wer ging. Geschäftsleute vom Großmarkt waren unter den Gästen, einfache Arbeiter und einige reichlich zwielichtige Gestalten. Aber die bösen Männer ließen sich nicht blicken. Zumindest gab Marco kein diesbezügliches Zeichen.

»Haben wir uns nicht irgendwo schon mal gesehen?« Der kurz geschorene Bayer mit dem kleinen Nasenring blickte Max auf einmal geradewegs ins Gesicht. Er hatte eben sein letztes Stück Pizza verputzt und schien jetzt in Plauderlaune zu sein.

»Ich kann mich gerade nicht daran erinnern«, erwiderte Max und betrachtete den gut aussehenden Burschen genauer.

»Spielen Sie Gitarre?«, fuhr der fort.

»Ja.« Max horchte interessiert auf. Kannten sie sich etwa von seinem Lieblingshobby her? Hatte der Typ einen Auftritt von ihm gesehen? Das wäre ja ein witziger Zufall.

»Und singen Sie auch?«

»Wieder ja.«

»Ab und zu auch in Clubs? Auch Countrysongs?«, fragte der Fremde weiter.

»Ja. Woher …?«

»Max Raintaler, stimmt's? Ich bin Mike Huber. Und das ist Jane Müller, meine Freundin. Sie managt mich ein bisschen.«

Jane reckte ihre Brust, warf ihre lange blondierte Mähne nach hinten und lächelte vielsagend, ohne etwas zu sagen.

»Servus, Jane. Servus, Mike. Respekt. Supergedächtnis. Das ist der Franz. Ein uralter Freund«, stellte Max seinen kleinen, glatzköpfigen Begleiter im rot-weiß-karierten Bergsteigerhemd vor. Sie schüttelten sich alle die Hände.

»Ich singe und spiele auch«, fuhr Mike anschließend fort. »Wir sind schon mal zusammen aufgetreten, Max. Vielmehr nacheinander, am selben Abend. In diesem großen Laden, im Münchner Norden. Wie heißt er noch gleich?«

»Texas Saloon?«

»Genau. Das muss vor ungefähr einem halben Jahr gewesen sein.«

»Ach, ja. Stimmt. Das war doch der Abend, an dem ich die Songs von Calvin Russel gespielt habe.«

»Genau! Superstimmung. Und du warst kein Stück schlechter als der alte Ami. Stimmt's, Jane?« Mike drehte sich zu seiner feschen Begleiterin um.

»Das war voll super«, stellte sie mit einem aufgesetzt überlegen wirkenden Blick fest, der wohl keinen Zweifel an ihrer Kompetenz in Sachen Musik signalisieren sollte.

Da schau her, sie kann also doch sprechen, registrierte Max. Wenig zwar, aber immerhin. Nimmt sie Drogen? Sieht ganz so aus. Wahrscheinlich Koks. Was sonst macht so überheblich und pseudoselbstbewusst? »Danke für die Blumen. Das Kompliment kann ich nur an dich zurückgeben, Mike. Damals hattest du aber eine Brille auf und längere Haare. Richtig?« Er erinnerte sich jetzt wieder an den Abend. Ein sehr guter Gitarrist. Spielte unglaublich schnell, aber trotzdem absolut sauber. Und mit viel Gefühl. Seine Performance damals hatte den ganzen Saal mitgerissen.

»Richtig. Ich habe heute mal wieder meine Kontaktlinsen drin. Und die Haare hat Jane mir vor ein paar Tagen geschnitten. Macht einfach einen besseren Eindruck, meint sie. Auf ihren Rat hin habe ich mir auch mein neues Tattoo stechen lassen. Ich vertraue ihr da blind.« Mike zeigte ihnen das schwarze, brennende Kreuz mit geschlängelter, roter Schlange auf seinem Unterarm und deutete dann mit dem Kopf in Janes Richtung.

Sie grinste nur zufrieden mit sich und der Welt und steckte sich langsam einen Kaugummi zwischen die Lippen. Eine Frau, die alles für einen erledigt, gut aussieht und nicht viel redet. Nicht unpraktisch, schoss es Max durch den Kopf. Fehlt nur noch, dass sie stinkreich ist.

»Und? Spielst du noch? Du warst so verdammt gut, Mann.« Mike schob seinen Ärmel wieder herunter und sah Max neugierig an.

»Ja, ab und zu. Wenn es sich ergibt. Aber ich nehme es ganz locker. Ich brauche keinen Stress mehr«, erwiderte der wahrheitsgetreu. Und jetzt, da mein größter Fan tot ist, werde ich wohl noch kürzer treten, dachte er.

Herrschaftszeiten, Giovanni. Wenn du dabei warst, hat das Spielen immer richtig Spaß gemacht. Ich weiß gar nicht, wie das jetzt wird, ohne deine aufmunternden Zwischenrufe und deinen lauten Applaus, der den Rest des Publikums immer gleich angesteckt hat. Er erinnerte sich an einen Abend in einer kleinen Bar bei Rosenheim. Max sollte dort spielen und Giovanni hatte ihn hinkutschiert, damit sein geliebter deutscher Countrystar, ohne Auto fahren zu müssen, die Stimme mit Bier ölen konnte. Nur fünf Leute waren in dem Laden gewesen. Aber Max hatte trotzdem gespielt und Giovanni hatte dermaßen für Stimmung gesorgt, dass es ein unvergesslicher Abend für alle Anwesenden wurde. Als Max ein paar Wochen später das nächste Mal dort gespielt hatte, war die Bude krachvoll gewesen. Na warte. Wenn deine verdächtigen Landsleute heute Abend noch kommen sollten, werden wir sie uns ganz genau anschauen. Wir kriegen den Kerl, der dir das angetan hat, Giovanni. Und dann gnade ihm Gott. Das kannst du mir glauben.

Bis jetzt schienen die bösen Männer aus dem Süden aber weiter auf sich warten zu lassen. Und es war immerhin schon halb zehn. Egal. Wenn sie heute nicht kommen, bin ich morgen wieder da. Und übermorgen. Und den Tag darauf. Irgendwann werden sie mir auf jeden Fall erklären müssen, was dieser Spruch gestern heißen sollte, Giovanni hätte es ja nicht anders gewollt.

»Kann ich gut verstehen, das mit dem Stress«, unterbrach Mike seine düsteren Gedanken. »Ich habe immer dermaßen Lampenfieber, dass ich schon Tage vor dem nächsten Konzert am Anschlag bin. Ich meine, ich bin nervös, total aufbrausend und meinen Blutdruck dürfte ich gar nicht messen lassen, sonst würden die Arzthelferinnen vor Schreck umfallen.«

»Stimmt«, bestätigte Jane, grinste und küsste ihn auf die Wange. »Schatz, wir müssen. Die Party bei Ginger Maier!«

»Alles klar, Jane. Die Party bei Ginger, stimmt ja. Hast du schon bezahlt?«

»Klar!«

»Ja, dann, Max. Hat mich gefreut, dich mal persönlich kennen zu lernen. Wir gehen jetzt noch richtig abfeiern. Was Jane?«

»Klar!«

»Servus, Mike«, sagte Max und musste zum wiederholten Mal über die obercoole, wortkarge Blondine an der Seite des jungen Musikers lächeln. »Wir sehen uns.«

»Alles klar, Mann. Servus. Servus, Franz.«

»Servus.« Franz steckte sich noch eine Zigarette an. Er hatte sich extra aus der Unterhaltung herausgehalten. Erstens konnte er beim Thema Musik sowieso nicht mitreden. Und dann musste ja auch wenigstens einer weiter beobachten, wer zur Tür hereinkam. »So, so. Hoher Blutdruck. Das scheint ja ein allgemeines Phänomen bei Musikern zu sein«, stellte er breit grinsend fest, nachdem die beiden weg waren.

»Grins du nur, Franzi. Du kriegst ihn bestimmt auch noch, wenn du weiter so frisst, säufst und rauchst. Das ist so sicher, wie das Amen in der Kirche. Wenn du ihn nicht sowieso schon hast. Wann warst du eigentlich das letzte Mal beim Arzt?«

»Keine Ahnung. Ich bin ja nie krank, im Gegensatz zu dir.« Franz winkte lachend ab und bestellte sich noch ein Bier.

»Meinst du, dass deine Verdächtigen überhaupt noch auftauchen?«, fragte er mit zweifelndem Blick, nachdem der Kellner das Bier vor ihm auf dem Tisch abgestellt hatte.

»Warten wir's ab, dann wissen wir's.«

20

»Aber jetzt sag doch wirklich mal ganz ehrlich, Frau Klingeisen. Ist es schon wieder mal die große Liebe und ich muss mir Sorgen um dich machen? Oder ist es nur ein kleiner Seminarflirt?«

Jutta, Annika und Bärbel hatten vorhin ihr Abendessen beendet. Bärbel wollte heute einmal früher ins Bett gehen, und so saßen sich Jutta und Annika seit einer halben Stunde am abgeräumten Tisch des Hotelrestaurants allein gegenüber und tranken Kaffee. Jutta fragte ihre beste Freundin dabei unbarmherzig aus. Ganz so, wie die heilige Inquisition dereinst ihre Verdächtigen, Abtrünnigen und Hexen befragt hatte.

»Wie oft soll ich es denn noch sagen, Jutta? Es ist nur ein kleiner harmloser Flirt, sonst nichts. Du glaubst doch wohl nicht im Ernst, dass ich zweimal im Leben denselben Fehler mache und etwas mit einem Polizisten anfange. Selbst wenn es nur ein Expolizist ist.« Annikas Augen blitzten bei der Erinnerung an ihren Ex zornig auf. Ihr Gesicht rötete sich. Doch gleich darauf fing sie sich wieder.

»Na, Gott sei Dank.«

Annika und Jutta arbeiteten, genau wie Bärbel, im selben Büro miteinander und waren gleichzeitig dicke Freundinnen. Mit dem einen Unterschied, dass sich Annika und Jutta bereits seit ihrer Schulzeit kannten. Und Bärbel erst vor einem Jahr in ihr Leben getreten war. Sie passte aber trotzdem perfekt zu ihnen. Alle drei verstanden sich prächtig. Kein Gezanke, kein Mobbing, keine Stutenbissigkeit. Sie hatten einfach nur ein tolles Arbeits- und Freundschaftsklima in ihrem Zimmer. Und das ließen sie sich auch von niemandem nehmen. Weder von ihrem Chef noch von gewissen neidischen Kollegen, die immer wieder versuchten, sie gegeneinander auszuspielen. Egal was geschah, sie waren und blieben die drei Superweiber aus der Lohnbuchhaltung. Und daran konnte nichts und niemand rütteln. Nur wenn es um ganz private Dinge ging, waren sich Jutta und Annika nach wie vor etwas näher.

»Jetzt aber mal was ganz anderes, Jutta. Heute Nachmittag bei unserem tollen Seminar. Hast du da eigentlich kapiert, warum wir die Personaldaten mit dem neuen Programm so kompliziert eingeben müssen?« Annika runzelte die Stirn und sah ihre Freundin kopfschüttelnd an. »Ich finde das total unpraktisch«, fügte sie dann noch empört hinzu. »Man braucht ja fast doppelt so lange wie vorher.«

»Also, soweit ich das mitbekommen habe, hat die EDV das eingebaut, damit die in der Chefetage leichter an ihre Listen und Auswertungen kommen können. Wie genau das läuft, weiß ich auch nicht. Aber es gibt da doch diese Schnittstelle zu dem neuen Managementinformationssystem. Und dafür brauchen die unsere Eingaben.« Jutta winkte dem elegant gekleideten, grauhaarigen Oberkellner, der gerade den Nebentisch abräumte und bestellte noch mal zwei Espressi bei ihm.

»Na gut. Aber letztlich sind Daten doch Daten. Dann sollen die halt ein Programm schreiben, das die Stammdaten ihren Bedürfnissen entsprechend ordnet und dann zu dieser Schnittstelle überträgt. Da kann ja ich noch besser programmieren als unsere nass gekämmten Schlaumeier bei der EDV.« Annika hatte vor ein paar Jahren einen Programmierkurs gemacht und war aufgrund ihrer dort erreichten Fachkenntnisse überzeugt davon, dass in der Computerabteilung ihrer Firma nur unfähige Schnarchnasen herumsaßen. »Ja, ja«, fuhr sie kopfschüttelnd fort. »Da schicken sie uns auf ganz tolle Seminare. Und was passiert, wenn wir unsere Arbeit am Monatsende wegen schlechter Software nicht fertigbekommen? Wir werden gelyncht, weil keiner sein Geld bekommt.«

»Da hast du wohl recht.« Jutta stieß einen langen Seufzer aus. »Und wann triffst du diesen Max wieder?«, fragte sie dann.

»Was …? Äh. Übermorgen. Er wollte mir den Englischen Garten zeigen.«

»Solange er dir nicht mehr zeigt …«

»Also, Jutta. Jetzt ist aber Schluss! Beste Freundin hin, beste Freundin her. Sei du lieber mal ganz still mit diesem Josef! Ganz fair gegenüber deinem Dieter zu Hause ist das nämlich auch nicht. Oder? Auch wenn du noch so oft behauptest, dass Dieter Kramer nur ein guter Freund aus Schulzeiten ist. Er sieht bestimmt mehr in eurer Beziehung. Sonst würde er sich nicht solch eine Mühe mit dir geben. Wenn ich nur daran denke, wie oft du ihn schon versetzt hast. Und er ruft dich trotzdem immer wieder an, die treue, dumme Seele.« Annika warf ärgerlich den Kopf zurück. Was fällt der glupschäugigen Kuh eigentlich ein? Andauernd will sie mir Vorschriften machen, aber selbst benimmt sie sich total daneben. Das ist doch nicht zu fassen. Außerdem will ich gar nichts von diesem Max. Er braucht meinen Trost, und für mich ist er eine nette Ablenkung. Sonst ist da nichts. Das bisschen Küssen mal ausgenommen. Und wenn schon. Das bedeutet doch nichts.

»Hast ja recht, Annika. Wer im Glashaus sitzt und so. Entschuldige bitte. Ich mach mir doch nur Sorgen, dass du wieder enttäuscht wirst. Wie von deinem Ex, diesem Ekel. Aber natürlich musst du selbst wissen, was du tust. Ist doch klar.« Jutta legte die Hand auf den Arm ihrer Freundin und sah ihr fest in die Augen.

»Das weiß ich auch. Ganz bestimmt. Verlass dich drauf«, erwiderte Annika.

Und behalt in Zukunft deine klugen Ratschläge für dich, dumme Gans, sprach sie inwendig weiter. Halt vor allem endlich die Klappe von meinem beschissenen Ex. Von diesem miesen Schwein will ich nie wieder irgendetwas hören. Sonst hau ich irgendwas kaputt. Oder irgendwen.

»Alles klar, Annika. Reg dich wieder ab. Okay? Was meinst du? Nehmen wir an der Bar noch einen Drink? Ich hätte Lust auf einen Caipirinha.«

»Caipi ist immer gut.«

»Und danach gehen wir gleich ins Bett.«

»Jutta …« Annika erhob halb im Scherz drohend die Hand zu einem imaginären Schlag.

»Okay, okay. Ich habe nichts gesagt.« Jutta duckte sich lachend. »Weißt du übrigens was?«, fuhr sie fort, während sie sich wieder aufrichtete.

»Natürlich nicht. Woher soll ich es denn wissen? Ich weiß ja nicht mal, was du meinst.« Annika verdrehte kopfschüttelnd die Augen.

»Streit kommt in den besten Familien vor.«

»Lass uns endlich zur Bar gehen, Jutta.«

21

»Sind das da etwa die ›bösen Männer‹? Unser kleiner Freund mit der Zahnlücke hat gerade ganz auffällig unauffällig auf sie gezeigt.« Franz stieß Max leicht den Ellenbogen in die Seite und deutete mit den Augen auf ein paar wild aussehende Südländer in Jeans und Lederjacken, die gerade zur Tür hereingekommen waren.

»Verdammt ja. Das sind dieselben Kerle, die gestern über Giovanni hergezogen haben«, zischte Max. »Wenn sie wirklich unseren Giovanni gemeint haben. Sollen wir sie uns gleich mal vorknöpfen?« Er rutschte seitlich vom Barhocker.

»Warte noch«, entgegnete ihm Franz. »Lass mich vorher erst ein paar Fotos von ihnen schießen.« Er holte seine Kamera heraus und legte los. Als er gerade zwei von ihnen abgelichtet hatte, tauchte auf einmal Marco wieder an ihrem Tisch auf.

»Diese sono die böse Männer«, haspelte er in seinem holprigen Mix aus Italienisch und Deutsch. »Ich wissen die. Vielleicht haben tot gemacht Giovanni. Vielleicht nix. Ich nix wissen. Du gehen und fragen, wo waren, wenn Giovanni gemacht tot.« Er sah Max und Franz auffordernd an.

»Danke, mein Freund. Aber wir machen das auf unsere Art«, erwiderte Max. »Alles klar?«

»Alles klar, Herr Kommissar.« Marco zeigte ihnen kurz lächelnd seine enorme Zahnlücke und verschwand wieder zu seinem Tisch. Dort wurde er von einem anderen kleinen Mann im zerknitterten, hellen Sakko erwartet, der dem Aussehen nach sein Bruder hätte sein können. Die beiden tuschelten miteinander und sahen dabei immer wieder zu Max und Franz herüber.

»Ob der ganz sauber ist, weiß ich auch nicht«, raunte Franz Max zu, ließ offen, was er damit meinte und schoss ein Foto von den anderen drei Verdächtigen, die sich kurz zuvor in ihre Richtung umgedreht hatten.

Anscheinend hatte er aber nicht unauffällig genug abgedrückt. Einer von ihnen, ein groß gewachsener Kerl mit langen, schwarzen Haaren, zeigte auf ihn. Dann kamen sie alle zusammen zu ihnen an den Tisch und bauten sich vor ihnen auf.

»Was machst du da, Mann?«, dröhnte der Große mit einem dunklen Bass, der Ivan Rebroff locker zur Ehre gereicht hätte. Er war mit Muskeln bepackt wie ein Bodybuilder und hatte eine fünfzentimeterlange Narbe auf seiner linken Wange. Anscheinend war er der Chef der Truppe.

»Etwa Fotos von uns? Bist du schwul?« Er sah Franz herausfordernd in die Augen.

»Nein, wie kommen Sie darauf?«, antwortete Franz freundlich. »Ich fotografiere nur das Lokal. Meinem Freund und mir gefällt es hier nämlich so gut.«

»Ach, wirklich? Den Damen gefällt es hier so gut? Was sagt ihr dazu, Jungs?« Der Riese drehte sich zu seiner vierköpfigen Mannschaft um und lachte laut auf. »Sollen wir den beiden mal zeigen, wie nett wir Italiener zu solch besonders hübschen, deutschen Ladys sein können?«, fuhr er dann kalt lächelnd fort.

»Klar, Boss. Machen wir sie fertig«, erwiderte der mindestens ebenso große, dicke Glatzkopf schräg hinter ihm.

Ein Wunder, dass der überhaupt ein Wort rausbringt, so debil wie er aussieht, dachte Max. »Wir sind nicht schwul, Arschloch!«, mischte er sich dann unbeeindruckt in Richtung Anführer ins Gespräch. »Und soweit ich weiß, ist es in Bayern nicht verboten, ein Lokal zu fotografieren.« Er hielt dem gefährlichen Blick des Rübezahls, ohne mit der Wimper zu zucken, stand.

»Aber hier seid ihr nicht in Bayern, selber Arschloch. Das ist italienischer Boden. Hier gelten unsere Regeln. Stimmt's nicht, Jungs?« Der unrasierte Hüne grinste diabolisch.

»Klar, Boss. Hier gilt nur, was wir sagen«, meldete sich der dicke Glatzkopf erneut zu Wort.

»Ich würde vorschlagen, die Herren gehen einfach wieder an ihren Tisch, trinken einen schönen Grappa auf meine Rechnung und ich lösche meine Aufnahmen. Was meinen Sie?« Franz lächelte verbindlich in die Runde.

»Ich meine Scheiße!«, antwortete der Narbige. »Was meint ihr, Jungs?«

»Genau. Scheiße, Boss!«, rief seine Truppe wie aus einem Mund.

»Na siehst du, Schwuchtel. Niemand mag deinen Vorschlag. Außerdem hat mich dein Freund Arschloch genannt. Und mich nennt keiner Arschloch. Schon gar nicht auf italienischem Boden.« Er zog ein Schnappmesser aus seiner Jackentasche und fuchtelte damit herum.

»Aber wenn du nun mal ein Arschloch bist, Arschloch«, beharrte Max und setzte sein coolstes Pokerface auf. »Was soll man da machen, außer dich Arschloch zu nennen? Außerdem sind wir hier in der Hauptstadt von Bayern und nicht in Italien. Und in Bayern zieht man kein Messer. Es sei denn, man ist ein Arschloch wie du oder man will einen Radi schneiden.«

Natürlich ließ er sich von den Kunststückchen des Ganoven nicht beeindrucken. Er wusste schließlich genau, was er zu tun hatte. Messerabwehr war jahrelang sein Lieblingsfach im Selbstverteidigungskurs gewesen. Noch bevor sein Gegner, der gerade einen Ausfallschritt in seine Richtung machte, zustechen konnte, umschloss er den schweren Glasaschenbecher auf dem Tisch mit der linken Hand und schlug blitzschnell damit zu. Hart und direkt. Geradewegs an die Schläfe des unfreundlichen Burschen. Woraufhin dieser wie von der Axt gefällt zu Boden ging. Im selben Moment zog Franz seine Dienstwaffe und richtete sie auf den Rest der Ganoventruppe.

»Und ihr rührt euch nicht von der Stelle. Kriminalpolizei!«, rief er. »Max, sorgst du bitte mal für Verstärkung?«

»Mach ich doch glatt, Franzi.« Er zog kalt lächelnd sein Handy aus der Hosentasche. »Erledigt«, meinte er keine Minute später. »Die Bagage sitzt in einer halben Stunde hinter Gittern. Mann, Franzi, wir sind immer noch so gut wie früher. Stimmt's?«

»Stimmt. Schnell und eingespielt«, erwiderte Franz. Er lachte Max an und ließ die vier Burschen dabei für eine

Sekunde lang aus den Augen. Doch das hätte er besser nicht getan. Der große Dicke schlug ihm völlig überraschend die Waffe aus der Hand und stürzte sich mit einem martialischen Schrei auf ihn.

Die anderen stritten derweil darum, wer von ihnen sich Max zuerst vornehmen durfte. Als schließlich alle drei gleichzeitig angriffen, weil sie sich nicht einigen konnten oder wollten, hatte der sich längst unter den Tisch geduckt, um nach Franz' verloren gegangener Pistole Ausschau zu halten. Aha. Da drüben liegt sie. Jetzt aber schnell. Sonst machen die uns hier fertig, noch bevor Franzis Kollegen da sind. Er hechtete durch die Tischbeine und bekam sie mit den Fingerspitzen zu fassen. Als er Sekunden später damit am anderen Tischende wieder auftauchte, war der ganze Spuk jedoch bereits vorbei. Die Angreifer waren spurlos verschwunden. Nur ihr Anführer lag nach wie vor selig träumend in einer kleinen Blutlache auf dem schmutzigen Kneipenparkett. Die übrigen Gäste starrten ängstlich zu Max herüber.

»Keine Angst. Wir sind von der Polizei!«, rief der und nahm die Waffe herunter.

Zwei Sekunden später stürmten auch schon die uniformierten Kollegen das Lokal und halfen Franz auf die Beine. Aha, deshalb sind die also verschwunden, dachte Max. Die haben die Sirenen gehört.

»Alles klar, Franzi?«, erkundigte er sich bei seinem alten Freund und Exkollegen, der offensichtlich einen kräftigen Schlag auf das rechte Auge bekommen hatte. Die Haut rundherum war dick angeschwollen und lief an manchen Stellen bereits bläulich grün an.

»Es ging schon schlechter«, antwortete der. »Aber auch schon besser. Verdammter Mist. Ich habe doch höchstens eine Sekunde lang weggeschaut. Ich hätte nie gedacht, dass der Dicke so schnell ist.«

»Hätte ich ihm auch nicht zugetraut. Leg dir zu Hause gleich ein Schnitzel aufs Auge. Das hilft immer.« Max lächelte aufmunternd, obwohl er selbst auch verletzt war. Er hatte von dem zerdepperten Aschenbecher einen Schnitt am Finger abbekommen. Nicht so schlimm wie Franz' Verletzung. Aber immerhin.

»Wenigstens haben wir den Boss«, meinte er dann, ohne weiter darauf zu achten. »Und die Bilder von den anderen haben wir auch. Wir erwischen sie schon. Und vielleicht haben wir damit ja gleichzeitig unseren Täter. So wie die Kerle aussahen, traue ich jedem von ihnen den Mord an Giovanni zu.«

»Die Bilder haben wir leider nicht«, erwiderte Franz. »Einer von ihnen hat die Kamera mitgehen lassen.«

»Herrschaftszeiten. Und jetzt?«

»Jetzt halten wir uns erst mal an unseren schlafenden Herrgottsschnitzer hier.« Franz deutete auf den gefällten Messerkämpfer unter ihnen. »Und dann suchen wir ihre Bilder im Archiv«, fuhr er fort. »Zumindest zwei oder drei sollten wir von ihren Gesichtern her wiedererkennen oder mit Hilfe des Computers rekonstruieren können. Auch mit einem Auge.« Er zeigte schief grinsend auf seine linke, noch intakte Gesichtshälfte. »Immerhin sind wir Profis und haben sie genau vor uns gehabt«, fügte er dann noch hinzu.

»Schöne Profis«, brummte Max, steckte seinen blutenden Finger in den Mund und schüttelte den Kopf.

»Da muss ich dir leider recht geben, alter Freund. Lass uns noch ein letztes Bier trinken und die Ermittlungen für heute beenden. Was denkst du?«

»Dasselbe, Franzi.«

22

»Das ist ja grausig!« Josef hielt sich mit gequältem Gesichtsausdruck die Ohren zu.

»Geh weiter, Josef, stell dich doch nicht so an. Das ist reinste bayrische Musikkultur. Zugegeben, es klingt ein bisserl altmodisch. Und reichlich falsch. Aber auf jeden Fall ist es total authentisch.«

Max fand natürlich auch, dass der langweilige Marsch, den die Floßkapelle gerade spielte, eine Zumutung war. Noch dazu, da die Blasinstrumente noch kalt zu sein schienen und deshalb eine vernünftige Intonation, die zum Rest der Band passte, offenbar nicht möglich war. Egal. Giovanni hatte sich seine letzte Feier nun mal so gewünscht. Und das musste man respektieren. Schon allein wegen Clara, die alles andere als fröhlich mit Anneliese und Monika ein paar Meter weiter weg saß und gerade todesmutig einen großen Schluck aus einer Maß Bier nahm.

»Wieso will heute eigentlich jeder was Authentisches, auch wenn es noch so beschissen ist? Die können doch bestimmt auch was anderes spielen. Sind doch eigentlich ganz gute Musiker, wie man hören kann.«

»Wart es ab, Josef. Dein geliebter Dixie kommt schon noch. Und diverse Partysongs soll sich Giovanni auch gewünscht haben. Zumindest hat Schorsch das vorhin gesagt. Wir haben ja gerade erst abgelegt. Magst du ein Bier?« Max stand auf.

»Bitte, gerne. Bring mir unbedingt eins mit. Vielleicht tut es dann nicht mehr so weh in den Ohren.«

Josef schien wirklich schwer zu leiden. Max musste grinsen, obwohl ihm eigentlich gar nicht danach zumute war. Erstens war das hier Giovannis Trauerfeier, und dann brannte der kleine Schnitt in seinem Finger, den er sich gestern bei dem Kampf in der ›Bar Verona‹ zugezogen hatte, jetzt doch ganz schön. Trotz der Heilsalbe unter dem kleinen Verband, den er sich vor dem Schlafengehen noch darum gewickelt hatte. Na ja, wird schon wieder werden, sagte er sich tapfer und strebte dem kräftigen, bayrischen Schankkellner vor dem Fünfzigliterfass entgegen, um die zwei Maß für sich und seinen Vereinskameraden zu holen.

Trotz der anhaltenden Trauer um seinen alten Freund war er froh, dass das bedrückende Begräbnis endlich hinter ihnen lag und das Leben langsam wieder Fahrt aufnehmen konnte. Auch für Clara, die heute ganz bestimmt ihren bisher härtesten Tag hatte. Wenn Schorsch sich nicht so rührend um sie und den ganzen Rest gekümmert hätte, wäre wohl alles noch viel schlimmer für sie gewesen. Ihre Eltern waren auch zur Bestattung gekommen, hatten ihre Teilnahme an der Floßfahrt von Wolfratshausen nach München aber abgesagt. Claras Mutter hatte Angst davor gehabt, seekrank zu werden, und ihr Vater wollte sie nicht alleine ins Hotel zurückschicken. Er hatte Max noch gleich nach der Zeremonie auf dem Friedhof angeboten, ihm bei der Suche nach dem Schwein zu helfen, das seinen Schwiegersohn umgebracht hatte. Der hatte sich aber nur höflich bei ihm dafür bedankt und offengelassen, ob er die Hilfe in Anspruch nehmen würde. Und natürlich würde er das nicht tun. Ein dahergelaufener Halbmafioso, der seine Ermittlungen durcheinanderbrachte. Das wäre ja noch schöner.

Die Sonne schien und das Thermometer war dank eines heftigen Föhneinbruchs bereits um elf Uhr auf frühsommerliche 22 Grad gestiegen. Das Wetter machte den Trauergästen also auf jeden Fall keinen Strich durch die Rechnung.

Jetzt musste die ganze Sache hier nur noch würdevoll im Namen des Toten zu Ende gebracht werden.

Die Kapelle trug ihren Teil dazu schon mal bei, indem sie zur Erleichterung aller Anwesenden endlich ihren langweiligen Marsch beendete und erst einmal sorgfältig die Instrumente stimmte. Max kehrte mit zwei anständig gefüllten Maßkrügen zu Josef zurück und setzte sich neben ihn auf die lange Bierbank, die rund um das Mittelstück des Floßes herum installiert war.

»Danke Max. Ein Wahnsinn das alles«, meinte der und stierte in das graue Wasser, auf dem sie langsam durch zartgrüne Wälder und zaghaft blühende Fluren den Isarkanal hinuntertrieben. »Hoffentlich trägt dieses Floß uns alle. Nicht dass heute auch noch jemand absäuft. Das wäre wirklich der absolute Abschuss.«

»Keine Angst, Josef. Die Dinger sind absolut stabil.« Georg stand auf einmal hinter ihnen. Sie drehten sich zu ihm um. »Das haben mir alle möglichen Verantwortlichen glaubhaft versichert«, fuhr er fort. »Ihr wisst ja, was für eine Panik ich auf dem Wasser habe, weil ich nicht schwimmen kann. Aber selbst ich traue diesen dicken Fichten hier.« Zum Beweis trat er mit dem Absatz seines rechten Stiefels kräftig auf einen der dicken geschälten Baumstämme unter ihnen.

»Na, wenn der Chef selbst das sagt, muss es ja stimmen.« Josef grinste. Dann hob er seinen Maßkrug und stieß mit seinen beiden Freunden und Vereinskameraden an.

»Absolut super übrigens, Schorsch, wie du Clara geholfen hast. Alleine hätte sie die ganze Organisation in den letzten Tagen bestimmt nicht geschafft«, lobte ihn Max, nachdem sie getrunken hatten.

»Ach, das war doch gar nichts. Das war ich unserem ehemaligen Torschützenkönig doch schuldig. Passt schon.«

Georg errötete, sah verlegen zur Seite und trank gleich noch einen Schluck Bier.

»Sieh mal an. Unser Wohltäter wird rot«, neckte ihn Josef. »Ich finde es aber auch super, was du für Giovanni und Clara getan hast, Schorsch«, fuhr er ernst fort. »Und ich denke, wer Gutes tut, soll auch ruhig darüber reden.«

»Finde ich auch, Josef.« Max erhob sich und streckte seinen Krug in die Höhe. »Auf Giovanni und auf unseren guten Schorsch, der das alles hier organisiert hat!«, rief er den Anwesenden entgegen.

»Jawohl. Auf Giovanni. Danke Schorsch! Super!«, kam es gedämpft aus gut fünfzig Mündern zurück.

»Und auf unsere tapfere Clara!« Georg hob sein Glas in Richtung der seit dem Begräbnis unentwegt mit den Tränen kämpfenden Witwe. Dann tranken alle.

Bis kurz vor der Anlegepause bei Straßlach hatte jeder seine zwei bis drei Maß intus, und die Gesellschaft wurde langsam lauter. Die Musiker in ihren dunkelbraunen Hirschledernen und weißen Trachtenhemden waren inzwischen bei italienischen Schlagern aus den Siebzigern und Achtzigern angelangt.

»Ja, Herrschaftszeiten. Jetzt wird es sogar noch lustig, obwohl es so traurig ist«, stellte Josef fest, der, inzwischen schon reichlich angetrunken, neben Clara und Monika saß.

»Mein Giovanni hat sich das auch so gewünscht«, erwiderte Clara. »In seinem Testament steht extra, dass niemand weinen soll. Seine ganzen Freunde sollen lieber ein fröhliches Fest feiern. Aber ich muss trotzdem immerzu weinen.« Sie holte ein frisches Tempotaschentuch aus ihrer Handtasche und schnäuzte kräftig hinein.

»Typisch Giovanni. Er wollte für die anderen immer nur das Beste. Und jetzt will er das sogar noch über den Tod hinaus.« Max war gerade mit frischem Bier bei der kleinen Gruppe angelangt und blickte nachdenklich zum Ufer hinüber. Monika half ihm die Gläser abzustellen, umarmte ihn, gab ihm ein Küsschen und strich ihm wortlos zärtlich über die Wange.

Während sie beim Wirt im Mühltal anlegten, winkte ihnen der kleine, dicke Franz Wurmdobler im dunkelgrauen Anzug mit seiner sportlich schlanken Sandra im schwarzen Minikleid vom Lokal aus zu. Er war gleich nach der Beisetzung noch kurz ins Büro geeilt, um den narbengesichtigen Ganoven zu verhören, den seine Kollegen gestern aus der ›Bar Verona‹ mitgenommen hatten. Aber der hatte kein Wort gesagt. Weder über Giovanni noch über den Verbleib seiner Kumpels. Egal. Wegen versuchten Totschlags an Max kriegen wir dich sowieso dran, hatte sich Franz gesagt, ihn wieder in seine Zelle zurückgeschickt, Sandra abgeholt und war so schnell wie möglich mit ihr im Taxi hierher gefahren.

»Spät kommen sie, doch sie kommen. Servus, Franzi. Hallo, Sandra«, begrüßte Max die beiden leicht lallend, als er sich im Biergarten der bayrischen Traditionsgaststätte neben seinen einseitig blauäugigen Exkollegen und dessen fesche Frau setzte.

Die üppigen Vorspeisen für alle standen schon auf den Tischen bereit. Bayrisch, deftig, gut.

»Ich weiß, ich weiß, Max. Aber ich habe es einfach nicht früher geschafft. Und dann wollte unser Spezi von gestern, der übrigens Mario Albertini heißt, nicht ein Wort reden. Er scheint stumm wie ein Fisch zu sein«, raunte Franz, während er gierig auf den frischen Obatzten in der Mitte des Tisches schielte. »Nicht mal zum Essen bin ich gekommen!«, fügte er laut hinzu.

»Armer Franzi. So schmal und ein wehes Auge und nichts zu essen«, verspottete Sandra, die den letzten Satz mitbekommen hatte, ihren übergewichtigen Gatten.

»Denk dir nichts, Franzi. Wir haben bisher auch bloß getrunken.« Max grinste schelmisch und nahm sich eine besonders salzige Brezn.

»Für den Durst!«, bemerkte er dazu. »Ja, und wie geht es jetzt weiter?«

»Mit Schweinsbraten, hoffe ich doch.« Franz rieb sich erwartungsvoll den Bauch.

»Geh, du Schmarrer«, zischte Max leise. »Mit den Ganoven aus der ›Bar Verona‹, meine ich. Mich wundert es ja, dass denen ihr Chef schon wieder auf den Beinen ist. Was war übrigens mit dem Zettel von meiner Windschutzscheibe? Der mit dieser Drohung?«

»Keine Fingerabdrücke, Max«, zischte Franz ebenso leise zurück. »Aber wir behalten ihn auf jeden Fall. Wer weiß? Vielleicht finden wir was über die Schrift oder die Tinte raus. Und zu unserem Bandenchef nur so viel: Unkraut vergeht nicht.«

»Das heißt, er ist wieder total fit?«

»Ja. Pass auf, wir machen es so. Du kommst morgen zu mir ins Büro und bestätigst mir, dass die Phantombilder, die ich heute Morgen mit unserem Computerspezialisten gemacht habe, stimmen. Die Fahndung nach den feinen Herren habe ich sicherheitshalber schon mal eingeleitet. Aber deine Bestätigung wäre trotzdem gut. Wenn ich bedenke, dass die mir eine Kamera für zweitausend Euro geklaut haben, könnte ich vor Wut platzen.«

Franz sprach jetzt fast unhörbar. Sodass Max Mühe hatte, ihn zu verstehen, obwohl er sich ganz nah zu ihm hinübergebeugt hatte. Aber schließlich gingen polizeiliche Ermittlungen Außenstehende nun mal nichts an. Erst recht nicht, wenn man bei der Trauerfeier des Opfers saß. Da könnte der Mörder nämlich ohne Weiteres unter den Gästen sein. Das wusste Max genauso gut wie Franz.

»Lieber nicht«, antwortete der blonde Exkommissar seinem alten Freund und Exkollegen mit ebenfalls stark gesenkter Stimme. »Sonst gibt es einen Riesenfettfleck auf deinem Stuhl. Außerdem war es ja nicht deine private Kamera.«

»Gott sei Dank. Da wäre ich erst grantig. Das kannst du mir glauben. Aber jetzt lass uns das Thema wechseln. Schorsch und Josef kommen mit Monika und Clara angedackelt. Und wie ich das sehe, haben sie die gute Anneliese auch noch im Schlepptau.« Franz legte seinen Zeigefinger auf den Mund.

»Logisch«, versicherte ihm Max und setzte sich wieder gerade hin.

»Was habt ihr beiden denn nur schon wieder Geheimes zu besprechen?« Sandra nahm sich auch eine Brezn.

»Nichts!«, beteuerte Franz.

»Stimmt!«, bestätigte Max.

»Aha, nichts. Wie immer, oder? Ihr seid mir schon so ein Paar. Pech und Schwefel haben sie, glaube ich, extra für euch erfunden.«

Natürlich hatte sie recht. Franz stand Max mindestens genauso nahe, wie Giovanni es getan hatte. Wenn man es ganz genau betrachtete, sogar noch ein gutes Stück näher. Schließlich hatten die beiden gemeinsam den Kindergarten besucht, zur selben Zeit an derselben Schule ihr Abi gemacht, und im selben Job waren sie dann auch noch gelandet. Seit den ersten gemeinsamen Ausflügen ihrer Mütter mit den Kinderwägen waren sie eher Brüder als Freunde füreinander. Sie hatten beim anderen übernachtet, sich gegenseitig Geheimnisse anvertraut, von denen niemand sonst wissen durfte, hatten Probleme mit den Lehrern und den Eltern miteinander durchgestanden und waren noch heute unzertrennlich.

»Hallo, Clara«, begrüßte Franz jetzt die trauernde Witwe. »Noch mal herzliches Beileid. Ich wünsche dir, dass es dir bald wieder besser geht.«

Er und Sandra schüttelten ihr mitfühlend dreinblickend die Hand.

»Danke, Franzi. Danke, Sandra. Ach ja. Es tut immer noch so weh!«

Während Clara das ungleiche aber glückliche Ehepaar vor sich ansah, stiegen ihr schon wieder die Tränen in die Augen. Dem langen Georg war das nicht entgangen.

»Aber jetzt sollten wir alle unser Essen genießen«, mahnte er schnell, damit die Stimmung nicht zu sehr in den Keller ging. »Schaut doch nur. So viele feinste bayrische Spezialitäten zur Vorspeise. Genau wie Giovanni es in seinem letzten Willen geschrieben hatte.« Er zeigte auf den üppig mit Zwiebeln, Salzstangen und Schnittlauch dekorierten Obatzten auf jedem Tisch und die tönernen Terrinen mit der dampfenden Leberknödelsuppe. Daneben warteten fein geschnittener kalter Braten, eingelegter saurer Presssack, rot und weiß, ein deftiges Geräuchertes, Leberwurst, geräucherte Forellen sowie diverse Salate darauf, verspeist zu werden.

»Du hast ja recht, Georg«, entgegnete ihm Clara. »Lasst uns essen. Einen guten Appetit wünsche ich euch. Auch im Namen von Giovanni.«

Sie wollte nicht mehr weinen. Aber sobald sie den Namen ihres verstorbenen Mannes aussprach, konnte sie einfach nicht anders. Erneut flossen ihr ein paar dicke Tränen über die Wangen.

»Alles wird gut. Guten Appetit!« Josef blickte entschlossen in die Runde, setzte seine dunkle Sonnenbrille, die er gerade gründlich geputzt hatte, auf seine lange Nase über dem riesigen Schnauzbart zurück und schaufelte sich als Erster eine ansehnliche Portion Obatzten auf den Teller.

Das Eis war damit gebrochen und auch die anderen bedienten sich. Essen und Bier schmeckten hervorragend. Georg vernahm die diesbezüglichen Lobeshymnen der Anwesenden nicht ohne Stolz. Natürlich auch die von den anderen Tischen. Immerhin hatte er das Menü ausgesucht. Nach Giovannis groben Vorgaben zwar, aber letztlich war er es gewesen, der genau festgelegt hatte, was im Einzelnen und wie viel davon aufgetragen werden sollte.

Es dauerte nicht lange und schon ergab sich eine muntere Unterhaltung über die gesellschaftliche Relevanz von Blondinen- und Österreicherwitzen und die letzten Ergebnisse der Fußballbundesliga. Natürlich mehr von Max, Franz, Georg und Josef geführt als von den weiblichen Anwesenden. Clara, Anneliese, Sandra und Monika schossen sich stattdessen lieber auf den Themenkreis Sommer, Mode und Urlaubsziele ein.

»Was hast du eigentlich mit deinem Auge angestellt, Franzi«, fragte Monika besorgt, als der Hauptgang, Schweinsbraten mit Semmelknödeln und Kraut, serviert wurde. »Seid ihr zwei gestern etwa an die Falschen geraten?«

»Ich würde mal so sagen«, antwortete Max anstelle seines Freundes. »Unser Franzi hat einfach einen gefährlichen Beruf. Da kann es schon mal passieren, dass man sich sauber eine einfängt. Ich weiß schon, warum ich bei der Polizei ausgestiegen bin. Oder sieht etwa irgendjemand ein blaues Auge in meinem Gesicht?« Er hielt triumphierend seinen verbundenen Finger in die Luft.

Sogar Clara musste grinsen. Unser Max kann so ein witziger Kerl sein, dachte sie. Mein Giovanni hat ihn wirklich gern gehabt. Schön, dass er einen solchen Freund hatte.

Als Nachspeise gab es Bayrischcreme und diverse Kuchen. Und einen schönen Schnaps natürlich auch. Als sich alle danach wieder aufs Floß begaben, brachte Josef noch einmal seine Frage vom Vormittag aufs Tapet.

»Also, ich weiß ja wirklich nicht, ob diese paar dürren Holzstangerl so viele Schweinsbraten und Knödel in so vielen dicken Bäuchen heil bis nach Thalkirchen bringen können?«, sorgte er sich stirnrunzelnd.

»Wird schon hinhauen, Josef!«, entgegnete ihm Max. »Zur Not muss halt einer hinterher schwimmen. Und stell dir vor, ich weiß auch schon wer.«

»Der Franzi?«

»Falsch.«

»Du?«

»Wieder falsch.«

»Ja, wer denn dann?«

»Überleg weiter! Es fällt dir bestimmt noch ein.«

23

»Stop! Den Franzi hat es ins Wasser gehauen. Anhalten, Leute! Der säuft uns noch ab!« Josef sprang aufgeregt von einem Bein auf das andere und gestikulierte wild mit den Armen. Er zeigte dabei immer wieder auf den kleinen, glatzköpfigen Hauptkommissar, der schnaubend und prustend neben ihnen hertrieb.

»Kein Problem, das kennen wir schon.« Der bärtige Urbayer am Ruder ließ sich nicht aus seiner Bierruhe bringen. Gemächlich zauberte er von irgendwoher einen Rettungsring hervor und warf ihn Franz zu.

»Daneben! Noch mal!«, plärrten mindestens zehn stockbetrunkene Mitglieder des FC Kneipenluft unisono und lachten sich anschließend halb kaputt.

»Hilfe, ich ertrinke!«, plärrte Franz derweil verzweifelt aus den trägen grauen Fluten des Isarkanals zurück.

Der Steuermann in der kurzen Krachledernen warf den Rettungsring erneut und diesmal erwischte ihn Franz. Er hielt sich daran fest und ließ sich an Bord ziehen. Sein Anzug triefte wie ein kleiner Wasserfall, als er schlotternd vor Kälte wieder auf den zusammengebundenen Stämmen der kleinen Partyinsel stand.

»Herrgott, Franzi. Du alter Depp. Wie hast du das denn wieder geschafft? Zieh sofort die Sachen aus!« Sandra half ihrem Mann genervt dabei, sich zu setzen und seine durchnässten Klamotten loszuwerden. »Gibt es eine Decke an Bord?«, erkundigte sie sich beim Steuermann.

»Logisch. Kommt sofort«, brummte der amüsiert und kehrte kurz darauf mit einer grauen Wolldecke zurück. »Wollen Sie gleich ans Ufer oder fahren Sie noch mit bis zur Endstation?«

»Ich fahre weiter«, entschied Franz. »Ich brauche aber dringend einen Schnaps. Mir ist saukalt.«

»Sowieso. Kommt sofort«, entgegnete der Mann vom Ruder.

»Also doch der Franzi. Hab ich's nicht gesagt? Wie du siehst, habe ich wieder mal recht gehabt, Max.« Josef, der die Rettungsaktion gemeinsam mit Max beobachtet hatte, schaute seinem Vereinskameraden mit einem überlegenen Besserwisserblick ins Gesicht.

»Stimmt, Josef«, erwiderte Max und grinste. »Der gute Herr Wurmdobler schafft es wirklich immer wieder, sich in Schwierigkeiten zu bringen.«

Sie gingen gemeinsam zu Franz hinüber, der inzwischen einen doppelten Obstler in der Hand hielt und gerade zum Trinken ansetzen wollte.

»Schäm dich, Franzi!«, rief Josef. »Sich als Erwachsener derart nass zu machen!«

»Herrschaftszeiten. Wie hast du das bloß wieder geschafft, Herr Hauptkommissar?« Max, der inzwischen zunehmend Mühe hatte, sein Gleichgewicht zu halten, trank einen Schluck aus seinem Maßkrug und schüttelte den Kopf.

»Was weiß denn ich, verdammte Scheiße. Ich stand da vorne am Rand, und auf einmal bin ich ausgerutscht und schon war es passiert.« Franz schluckte zackig seinen Schnaps und bat um einen weiteren.

»Unglaublich. Reicht dir dein blaues Auge denn nicht?« Max konnte nicht mehr anders. Er begann lauthals zu lachen.

Solange, bis das halbe Floß mitlachte – Giovanni möge allen verzeihen – und mit ausgestreckten Fingern auf Franz zeigte. Der ließ sich aber nicht im Geringsten provozieren. Er kuschelte sich in seine warme Decke, während Sandra seine nasse Kleidung auf der Bierbank zum Trocknen ausbreitete, und trank weiter Obstler. Und siehe da. Nach dem fünften Doppelten sah die Welt schon wieder viel rosiger aus.

Um vier Uhr nachmittags war die Endstation München Thalkirchen erreicht. Es hatte keine weiteren Reinfälle in den Isarkanal gegeben, obwohl das wiederum fast an ein Wunder grenzte. Fakt war nämlich, dass einige Vereinskameraden des Verstorbenen eine regelrechte Druckbetankung mit dem auf dem Floß dargebotenen bayrischen Hopfentee vorgenommen hatten und längst außerstande waren, auch nur einen Schritt geradeaus zu gehen. Wie sie es die ganze Zeit über geschafft hatten, nicht wie Franz von Bord zu kippen, konnte sich im Nachhinein niemand erklären. Sie selbst eingeschlossen, vorausgesetzt, sie wären in der Lage gewesen, sich überhaupt noch etwas zu erklären. Zum Beispiel, warum tagsüber die Sonne schien und nachts nicht. Oder warum eins und eins zwingend zwei ergab.

Nachdem alle anderen auf dem Nachhauseweg waren, begleiteten der nasse Franz in seiner Decke, seine fesche Frau Sandra, der lange Georg, der betrunkene Max und die schöne Monika die traurige Clara noch zu ihrer Wohnung. Sie gingen die paar Meter zu Fuß. Es war zwar noch hell, aber es hatte doch merklich abgekühlt, und so legten sie einen Zahn zu, damit sie nicht froren. Als sie vor dem ›Da Giovanni‹ angelangt waren, fragte Clara, ob sie alle noch einen Espresso bei ihr trinken wollten.

»Lieb von dir, Clara«, sagte Max inzwischen gewaltig schwankend. »Aber ich glaube, Moni und ich gehen jetzt besser heim. Ich sehe teilweise schon doppelt, und Moni muss ihren Laden gleich aufsperren. Und dabei werde ich ihr selbstverständlich helfen. Ehrensache. Nach dem ganzen Trubel kann sie meine Hilfe bestimmt bestens gebrauchen.«

»Da muss ich dir ausnahmsweise recht geben, Max«, stimmte ihm Monika zu. »Obwohl. Wenn ich dich so anschaue. Eine große Hilfe wirst du mir heute wohl nicht mehr sein. Vielleicht wollen Franzi, Sandra und Schorsch ja noch einen Kaffee, Clara?«

»Ich hätte gerne einen. Und Sandra bestimmt auch«, meinte Franz immer noch zitternd. »Und umziehen kann ich mich bei dir doch bestimmt auch, oder Clara?«

»Aber sicher, Franzi. Kein Problem.«

»Und ich bin bekanntermaßen sowieso Espressofan«, meinte Georg und hakte sich bei Clara unter.

»Na wunderbar«, freute die sich. »Kommt alle rein.«

»Bis bald, ihr zwei«, wandte sie sich dann noch zum Abschied an Max und Monika. »Und vielen Dank noch mal für eure Hilfe. Max, kann sein, dass dich mein Vater morgen noch mal anruft. Wegen der Suche nach dem Täter. Du kannst ja einfach so tun, als würde dich seine Meinung interessieren. Und wenn er dich dann treffen will, sagst du, dass du keine Zeit hättest, weil du arbeiten müsstest. Okay?«

»Irgendwie in der Art werden wir dieses Problem lösen«, erwiderte Max. »Mach dir keinen Kopf, Clara. Franzi und ich finden den Kerl schon. Ganz sicher. Tschau. Servus, Franzi und Sandra. Und wir zwei sehen uns am Sonntag beim Spiel, Schorsch. In alter Frische. Okay? Hast du übrigens die Trauerbinden bekommen?«

»Habe ich schon mal irgendwann etwas nicht bekommen?« Der erfolgreiche EDV-Tycoon Georg Schießler sah ihn nur vielsagend an.

»Natürlich nicht. Wie konnte ich bloß an dir … zweifeln? Herrschaftszeiten. Jetzt wäre mir doch fast das Wort nicht mehr eingefallen. Na, so was. Also dann, Servus.«

»Servus, Max. Bis Sonntag.«

Monika hakte sich bei Max ein und hielt seinen Arm gut fest. Nach dem heutigen Tag auf dem Friedhof wollte sie alles, nur nicht, dass ihr berauschter Exkommissar die Isarbrücke hinunterstürzte und sich am Ende noch das Genick brach.

Giovanni, Giovanni. Einen deiner Mörder haben wir schon, resümierte Max, während sie der anderen Seite des Flusses entgegenstrebten. Aber nur mal angenommen, dass es diese Ganoven aus der ›Bar Verona‹ gar nicht waren?

Dann haben wir ihn eben doch nicht. Aber warum hat einer von denen dann gesagt, du hättest es nicht anders gewollt? Und warum haben sie dabei so hämisch gelacht? Oder meinten sie wirklich nicht dich damit, mein toter Freund? War alles nur ein dummer Zufall? Herrschaftszeiten. Hier muss Klarheit rein. Absolute Klarheit. Aber am besten reden wir morgen noch mal drüber. Heute krieg ich das nicht mehr auf die Reihe.

»Wir sind da, Herr Raintaler.« Monika lehnte Max gegen die Hauswand, damit er nicht umfallen konnte, und öffnete ihre Handtasche, um nach ihrem Schlüssel zu suchen.

»Soll ich nicht lieber einfach ein Schild raushängen, dass heute wegen Trauerfall geschlossen ist? Was meinst du?«, fragte sie ihn.

»Gute Idee, Moni. Mit meinem Rausch wäre ich sowieso keine … äh, Hilfe. Ha! Schon wieder das Wort vergessen. Raintaler, Raintaler. Du alter Wortvergesser. Hi, hi … Aber wenn du willst, kannst du ruhig trotzdem arbeiten, Moni. Ich lege mich solange ins Dings … Wie heißt es noch wieder? … Äh, ins Schlafzimmer rauf. Ganz genau … So heißt das.« Er hatte jetzt den entrückten Blick eines indischen Weisen im Gesicht, der kurz davor war, ein für allemal die Grenze zum Nirwana zu überschreiten.

»Das könnte dir so gefallen. Nein, nein. Ich lasse das Lokal heute zu und lege mich auch hin. Basta. Nicht nur du hast Bier getrunken, Max. Ich habe auch ein paar Gläser zu viel. Gott sei Dank, da ist er ja.« Sie hielt erleichtert ihren Hausschlüssel hoch.

»Na gut. Wie du meinst, Frau Schindler. Gehen wir einfach rauf und schlafen.«

»Aber du schläfst auf der Couch. Ich habe nicht die geringste Lust auf deine Schnarcherei.«

»Ganz wie du willst, teure Gefährtin. Lass mich nur endlich irgendwo liegen. Okay?« Er legte die Hand auf ihre Schulter und hielt sich wegen des wackeligen Untergrundes gut daran fest.

»Okay.« Monika sperrte auf und sie stiegen hintereinander die Treppe hinauf. Oben schob sie ihn mit dem Auftrag, sich ausgiebig zu duschen, ins Badezimmer und richtete ihm sein Bett auf der kleinen Gästecouch im Wohnzimmer. Als sie nach zehn Minuten im Bad nach dem Rechten sah, musste sie zuerst grinsen und fing dann lauthals an zu lachen. Er lag mit einem großen knallroten Badehandtuch auf dem Kopf nass und nackt in der Badewanne und schlief. Anscheinend hatte er es gerade noch geschafft, sich zu duschen. Aber der Weg ins Bett war ihm dann zu anstrengend gewesen. Ihr Lachen wurde immer lauter. Bis ihr die Tränen kamen. Dann lachte und weinte sie gleichzeitig. Die ganze Anspannung der letzten Tage fiel von ihr ab. Es ist wirklich nicht immer einfach, stark zu sein, dachte sie. Wie mag es Clara wohl gehen? Ob Georg und die anderen sie noch trösten konnten? Aber warum frage ich sie eigentlich nicht selbst? Sie putzte sich kräftig die Nase, holte sich das Telefon aus dem Wohnzimmer und wählte.

»Hallo«, meldete sich Clara mit weinerlicher Stimme am anderen Ende der Leitung.

»Hallo, Clara. Ich bin's, Moni. Ich wollte nur noch mal hören, wie es dir geht. Sind die anderen noch da?«

»Nein, Moni, sie sind gerade alle drei nach Hause gefahren. Ich bin wieder alleine.«

»Ganz alleine!«, fügte sie dann noch hinzu. »Soll ich zu dir rüberkommen?«

»Nein. Bleib du nur zu Hause und ruh dich aus. Ihr habt mir sowieso alle schon so viel geholfen. Ich trinke noch einen Grappa und warte auf meine Eltern. Die wollten gleich noch kurz vorbeischauen.«

»Na gut, Clara. Ich hau mich aufs Ohr. Bin hundemüde. Meine Kneipe lasse ich heute Abend geschlossen. Wir telefonieren morgen wieder. In Ordnung?«

»Alles klar, Monika. Danke, dass du noch mal angerufen hast. Schlaf gut. Tschau.«

»Du auch. Tschau.«

Monika trocknete Max und die Badewanne um ihn herum, so gut es ging, ab und deckte ihn mit einer warmen Decke zu. Was blieb ihr sonst übrig? Sie hatte ein paar Mal versucht, ihn zu wecken, das völlig sinnlose Unterfangen aber bald darauf wieder eingestellt. Und ins Wohnzimmer tragen konnte sie ihn alleine nicht.

»Was für ein Tag«, murmelte sie leise vor sich hin, während sie in ihr Schlafzimmer ging. »Giovanni liegt seit heute Vormittag im Ostfriedhof. Keine gemeinsamen Urlaube mehr in seiner Villa bei Pesaro. Keine Nächte mehr unter Sternen auf seiner riesigen Terrasse. Keiner mehr, der flaschenweise Champagner an den Tisch bringt und mir damit zum Geburtstag gratuliert. Keine feurige Pizza nach Omas Familienrezept. Und kein Lächeln mehr von ihm. Das hat er alles mit ins Grab genommen. Hoffentlich findet Max den miesen Kerl, der uns allen das angetan hat. Und hoffentlich bekommt der seine gerechte Strafe. So bald wie möglich. Ach, wäre ich doch nur selbst Polizistin. Wie diese kluge Kommissarin im Fernsehen, die immer dienstags ihre Verbrecher jagt. Dann würde das bestimmt nicht lange dauern. Garantiert.«

Sie legte sich hin, deckte sich zu und war keine zwei Minuten später eingeschlafen.

24

»Oh, weh. Mein armer Kopf. Was mach ich eigentlich hier? Wieso bin ich nicht zu Hause? Und wo sind meine Blutdrucktabletten?« Max stand vor Monikas Bett und rieb sich laut jammernd mit beiden Händen die angegrauten blonden Schläfen.

»Was zum Teufel …?« Monika schoss wie von der Tarantel gestochen hoch. Ihre schönen, blauen Augen funkelten ärgerlich. »Mein Gott, Max. Du schon wieder. Ja Herrschaftszeiten! Kannst du mich denn nicht wenigstens ein einziges Mal ausschlafen lassen, wenn du hier übernachtest?«, raunzte sie ihren nackten Teilzeitlebensabschnittsgefährten mit dem Turban auf dem Kopf grantig an.

Depp, blöder. Jedes Mal muss er mich wecken, fluchte sie innerlich. Doch schon im nächsten Moment fiel ihr wieder ein, wo genau Max die Nacht verbracht hatte, und sie begann zu grinsen. »Na, hast du dich gut erholt? War sie auch schön weich, deine neue Lieblingsmatratze?«, erkundigte sie sich scheinheilig.

»Natürlich nicht. Ich glaube, ich habe mir alles verstaucht, was man sich nur verstauchen kann. Vor allem das Genick«, erwiderte er. »Aber jetzt mal im Ernst, Moni. Ich finde meine Klamotten nicht. Und meine Blutdrucktabletten brauche ich auch.«

»Deine Klamotten samt Blutdrucktabletten liegen im Wohnzimmer neben der Couch, wo du gestern ursprünglich übernachten solltest. Aber zu deinem eigenen Leidwesen hast du dich ja für die Badewanne entschieden. Und was dein andauerndes Theater mit deinem Blutdruck betrifft, habe ich folgenden Tipp, Herr Raintaler. Sauf doch mal zwei Wochen nichts und geh dann zum Arzt und lass ihn messen. Ohne Blutdrucktabletten. Ich trau mich fast zu wetten, dass er dann völlig normal ist.«

»Davon verstehst du nichts, Moni. Schließlich bist du kein Arzt. Ich geh mich anziehen. Hast du Kopfschmerztabletten?«

»In der Schublade im Küchentisch. Du darfst mich rufen, wenn das Frühstück fertig ist.« Sie drehte sich um und zog sich die Decke über den Kopf.

»Alles klar, Frau Gräfin. Mach ich.«

Max kleidete sich an und setzte Kaffee auf. Dann spülte er seine Blutdrucktablette und zwei Aspirin mit einem guten halben Liter Wasser hinunter. Während die Kaffeemaschine langsam vor sich hin zischte und brodelte, deckte er den Tisch mit kleinen Tellern, Messern, kleinen Löffeln, Eierbechern und verschiedenen Marmeladen. Eier, Käse und Wurst durften natürlich auch nicht fehlen, aber Monika hatte nichts davon im Kühlschrank. Mist, dachte er. Vor dem Frühstück einkaufen gehen macht einfach keinen Spaß. Trotzdem, was sein muss, muss sein. Hilft ja nichts. Er zog seine Lederjacke über, trampelte die alten, quietschenden Holztreppen hinunter und trat hinaus an die frische Luft. Mann, ist das hell hier. Er stiefelte die hundert Meter zum Supermarkt hinüber. Dort würde er alles finden. Semmeln, Eier, Brezn, Wurst, Käse und Orangensaft.

Als er in die Küche zurückkam, stand Monika angekleidet am Herd und briet Rühreier.

»Magst du auch welche?«, fragte sie ihn.

»Na, klar. Aber wo hast du die denn her? Ich bin gerade extra in den Supermarkt gegangen, um welche zu holen. Und wo kommen auf einmal der Schinken und der Emmentaler her?«

»Schon mal was von dem altmodischen Wort Speise-kammer gehört?«

»Ach du Schande. Daran werde ich mich nie gewöhnen. Die habe ich natürlich wieder mal total vergessen. Na gut, dann habe ich jetzt wenigstens etwas für meinen eigenen Kühlschrank daheim.« Er hob kurz die große Plastiktüte in seiner Hand in die Luft und stellte sie neben der Tür auf dem hell gefliesten Boden ab.

»Lieb von dir, dass du extra beim Einkaufen warst. Ich dachte schon, du wärst abgehauen.«

»Und wozu hätte ich dann für zwei Leute decken sollen?«

»Stimmt auch wieder, Herr Exkommissar.« Sie kam mit den Rühreiern an den Tisch und verteilte sie auf ihre Teller. Dann stellte sie die heiße Pfanne auf den Herd zurück, zog die gläserne Kaffeekanne aus der Maschine und setzte sich damit zu ihm.

»Ich glaube, die nächsten zwei Wochen brauche ich wirklich mal verstärkt Sport und keinen Alkohol«, meinte er, als er gierig den ersten Bissen seiner Rühreier verschlungen hatte.

»Einsicht ist der erste Schritt zur Besserung. Du becherst zurzeit ja fast wie in alten Zeiten.«

»Immerhin ist Giovanni tot, Monika. Und das ist schließlich eine Extremsituation. Da kann es schon mal vorkommen, dass man einen Schluck zu viel erwischt.« Muss sie mich eigentlich andauernd zurechtweisen? Ich bin doch kein Kleinkind.

»Einen Schluck zu viel? Dass ich nicht lache. Eher ein Fass zu viel.« Sie klopfte ihm mit der flachen Hand auf den Bauch.

»Ja, ja. Ist ja schon wieder gut. Ich habe es ja schon selbst zugegeben. Können wir jetzt friedlich frühstücken oder wollen wir weiter meine ach so schlimmen Verfehlungen diskutieren?«

»Du hast doch damit angefangen.«

Das gibt es doch nicht. Muss sie immer das letzte Wort haben? Herrschaftszeiten noch mal.

»Stimmt. Darf ich dann auch wieder damit aufhören?«

Gut gebrüllt, Raintaler. Das sollte sie endlich zum Schweigen bringen.

»Klar. Aber das heißt noch lange nicht, dass ich damit aufhören muss.«

Ja, verdammt noch mal. Ich glaub, ich spinn. Merkt die blöde Kuh eigentlich nie, wann sie den Bogen überspannt? Da holt man extra noch Semmeln und Brotaufstrich und zur Belohnung darf man sich nur Vorwürfe anhören. Und Frechheiten! Er bekam ein knallrotes Gesicht, stand ruckartig auf, zog seine schwarze Lederjacke an und hob seine Plastiktüte vom Boden auf.

»Wir telefonieren wieder, Frau Schindler. Irgendwann! Vielleicht!«, schleuderte er ihr beleidigt entgegen, bevor er hinausstob und die Tür hinter sich zuschlug.

»Mist. Das hättest du nicht tun dürfen, Monika«, murmelte sie kopfschüttelnd vor sich hin, während er lautstark die Treppen hinunterpolterte. »Wo er doch sowieso immer so empfindlich ist. Und dann auch noch der Kater und der Stress mit der Beerdigung und der Mörderjagd. Am besten rufst du ihn später mal an und entschuldigst dich. So was Blödes aber auch.«

Max warf auch die Haustür unten mit einem kräftigen Schwung ins Schloss und stapfte Richtung Innenstadt. So eine dumme Sau. Immer kommt sie mir mit ihren Scheißvorwürfen, schimpfte er in Gedanken. Höchste Zeit für eine Sendepause. Ich melde mich die nächste Zeit jedenfalls nicht bei ihr. Vielleicht merkt sie dann endlich mal, was sie an mir hat. Oder auch nicht. Ist mir langsam wirklich scheißegal. Herrschaftszeiten. Auf jeden Fall besuche ich jetzt erst mal Franzi. Der wartet sicher schon im Büro auf mich. Wegen der Computerbilder. Das hatte er gestern noch mitbekommen. Und auch, dass Franz in den Kanal gefallen war. Alles, was danach gewesen war, wusste er nicht mehr so genau.

Nach einer Dreiviertelstunde Weges durch die morgendlich kühle Frühlingsluft hatte er seine ehemalige Arbeitsstätte erreicht. Er grüßte den diensthabenden Pförtner, der ihn immer noch erkannte, und stieg in den zweiten Stock des grauen Gebäudes hinauf, wo die Abteilung für Mord und Gewaltverbrechen ihre Büros hatte. Schwer schnaufend klopfte er an Franz' Tür.

»Guten Morgen, mein Lieber. Na, auch so einen dicken Kopf auf?«, begrüßte ihn sein Exkollege, nachdem Max in das mit altmodischen Holzschreibtischen und Blechschränken eingerichtete Zimmer eingetreten war.

Es roch nach Bohnerwachs und Fensterputzmittel. Pfui, Teufel. Genau derselbe Mief wie früher. Er rümpfte ausgiebig die Nase.

»Schlimmer! Hör mir bloß damit auf. Ich habe das Gefühl, als wäre mein Genick glatt durchgebrochen«, erwiderte er dann und stöhnte kurz auf, um seine Qualen zu verdeutlichen. »Und Krach mit Moni hatte ich auch noch.«

»Oh je. Na ja. Wird schon wieder werden. Ich habe mir dafür gestern im Isarkanal einen sauberen Schnupfen eingefangen. Aber schau mal, hier. So sehen die zwei Burschen aus, die ich in unserer Verbrecherkartei wiedergefunden habe. Der Dicke und dieser kleine, schwarzhaarige Lockenkopf waren doch auf jeden Fall dabei. Stimmt's?« Franz zog flink sein graues Wollsakko aus und hängte es über die Lehne seines abgenutzten Bürostuhls. Dann lief er um den Tisch herum und reichte Max die Ausdrucke, die er heute Morgen von den Bildern der beiden gemacht hatte.

»Auf jeden Fall. Die waren da«, bestätigte der, während er sich auf einen der zwei Besucherstühle setzte und die Gesichter der Verdächtigen studierte.

»Und sie haben jede Menge Dreck am Stecken«, fuhr Franz fort. »Die Liste geht von Erpressung über Diebstahl, unerlaubten Waffenbesitz, unerlaubtes Halten von Kampfhunden bis zu schwerer Körperverletzung. Engel sind das auf keinen Fall.«

»Und die anderen beiden?« Max legte die Blätter auf Franz' Schreibtisch zurück.

»Hier. So müssten sie aussehen. Die Zeichnung haben wir mit dem Computer angefertigt. Aus meiner Erinnerung heraus. Sie waren in der Kartei nicht aufzutreiben gewesen. Jetzt sag du. Sahen die wirklich so aus?« Franz nahm zwei weitere Computerbilder in die Hand und gab sie Max. Dann zog er ein riesiges, kariertes Stofftaschentuch aus der Hosentasche und schnäuzte kräftig hinein.

»Stimmt. Das waren sie. Aber ich glaube, der eine von ihnen hatte eine kleinere Nase. Etwa so wie ich.« Max zeigte auf sein eigenes Gesicht.

»Da habe ich doch in weiser Voraussicht glatt schon was vorbereitet. Schau mal. Etwa so?« Franz zog noch mal einen Ausdruck von dem kleinen Stapel auf seinem Tisch.

»Genau so sah er aus. Super Arbeit, Franzi. Und die beiden hier hast du nirgends in der Kartei entdeckt?« Max gab ihm die Ausdrucke zurück.

»Leider nein. Aber die vier Herren stehen alle bereits auf den Fahndungslisten. Das eine Bild tausche ich noch aus. Und da es einen Angriff auf einen Polizisten und einen Expolizisten gegeben hat, werden sich unsere Kollegen sicher sehr um ihre Ergreifung bemühen.« Franz nahm die

Blätter vom Tisch und legte sie in die oberste Schublade des blechernen Beistellschränkchens darunter.

»Wollen wir es hoffen. Kann ich dabei irgendwie helfen?«, fragte Max.

»Nicht, dass ich wüsste«, antwortete Franz und putzte sich erneut die Nase. »Außer, du triffst einen oder mehrere der Burschen zufällig irgendwo auf der Straße. Oder sonst wo. Aber lass uns nur machen. Das ziehen wir ganz groß auf. Die Kerle entkommen uns garantiert nicht. Schließlich brauche ich meine Kamera wieder.« Er ließ sich mit einem selbstzufriedenen Lächeln in seinen Drehstuhl fallen.

»Na gut. Und mit dem Zettel von meinem Auto … bist du da weitergekommen?« Max war heute Vormittag noch weniger als in all den Tagen zuvor nach einem Lächeln zumute.

»Nein, Max. Fühlst du dich deswegen bedroht? Willst du Polizeischutz? Können wir schon machen.« Franz' Lächeln mutierte zu einem breiten, provozierenden Grinsen.

»Geh, Franzi. Hör halt einmal mit deinen blöden Witzen auf. Ich will bloß wissen, wer geschrieben hat, dass er weiß, wo ich wohne. Den Rest erledige ich dann schon selbst.«

»Das glaub ich dir aufs Wort, alter Freund. Aber ich habe nichts. Ich sage dir Bescheid, sobald ich etwas weiß. Gut?«

»Perfekt. Vielen Dank, Franzi. Was passiert eigentlich mit unserem gruseligen Messerkämpfer?«

»Der wird wegen versuchter Tötung an dir angeklagt.«

»Ist das wirklich schon durch? So schnell?« Max zog erstaunt die Brauen hoch.

»Gelegentlich mahlen die Mühlen der Justiz auch mal schneller als sonst.«

»Aber versuchte Tötung. Ist das nicht ein bisserl übertrieben? Wie hätte der mich denn mit seinem Zahnstocher umbringen sollen?«

»Das ist schon in Ordnung so. Du weißt doch, wie das läuft, Max. Erst wird ein Riesenfass aufgemacht. Auch für die Presse und so. Und wenn der Rechtsanwalt des Täters gut genug ist, läuft es am Ende wahrscheinlich doch bloß auf eine harmlose Rauferei raus.« Franz grinste grimmig ob der allenthalben anwesenden Ungerechtigkeit auf dieser Welt.

»Na gut. Aber sind wir ehrlich, Franzi. Recht viel mehr war es in diesem speziellen Fall auch nicht. Und eine Saubere eingefangen hat er sich noch dazu von mir.«

Max stand auf und Franz nahm den Hörer seines Telefons aus der Gabel.

»Also, Servus, alter Freund«, sagte er. »Ich muss weiterarbeiten. Bis die Tage.«

»Servus, Franzi. Spätestens am Sonntag auf dem Fußballplatz. Du kommst doch zum Anfeuern hin, oder?«

»Wahrscheinlich schon. Aber ich weiß es noch nicht so genau. Sandra hat da irgendwas von einem Brunch bei einer Bekannten erzählt. Und du weißt ja, wie gern ich esse. Ich sag dir aber auf jeden Fall noch Bescheid.«

»Alles klar. Gute Besserung mit dem Schnupfen.« Max öffnete die Tür und trat in den leeren Flur hinaus. Jahrelang bin ich hier rauf und runter geeilt, dachte er, als er das Treppenhaus hinunterstieg. Bis ich wegen dieser Sache mit dem Schwein da oben gehen musste. Ein mächtiger Mann aus den oberen Etagen hatte ihn gelinkt und abserviert, weil Max etwas über ihn herausgefunden hatte, das er besser nicht herausgefunden hätte. Danach wurde ihm nahegelegt, sich arbeitsunfähig schreiben zu lassen, was er auch getan hatte. Aber eines Tages würde er den wirklichen Verantwortlichen schon noch zur Rechenschaft ziehen. Und dann durfte der sich warm anziehen. So viel war sicher.

Doch jetzt war es auf jeden Fall erst mal höchste Zeit, Richtung Schwabing zu fahren. Annika würde um halb zwei vor der Uni auf ihn warten.

Just in dem Moment, als er in die U-Bahn einsteigen wollte, rief ihn Claras Vater an, um ihm abermals seine Hilfe anzubieten. Max bedankte sich vielmals höflich bei ihm dafür, erklärte ihm, dass er auf jeden Fall gerne darauf zurückkommen werde, sobald es erforderlich sei, und legte auf. Natürlich würde er das nicht tun. Nicht mal im Traum. Schon aus Prinzip nicht. Logisch. Und dann hatte der alte sizilianische Patriarch doch garantiert auch noch mit der Mafia zu tun. Aber so würde er wenigstens nicht mehr anrufen. Und bevor er sich auf Max' Versprechen besinnen würde, hätte der den Mörder sowieso längst gefasst. Ehrensache. Herrschaftszeiten. Welcher miese Dreckskerl hat mir bloß diesen Zettel an die Windschutzscheibe geklemmt? Das würde ich wirklich zu gerne wissen, dachte Max.

25

Der Englische Garten war ja immer ein faszinierendes Stück München. Doch heute zeigte er sich bei strahlendem Sonnenschein noch dazu in seinem schönsten Frühlingsgewand. Alles blühte in den herrlichsten Farben. Auf der großen Wiese vor dem Monopteros lagen und saßen Studenten, Freaks, Arbeitslose, Schulschwänzer, Kiffer, Geschäftsleute und Urlauber friedlich nebeneinander und genossen faul den ersten richtig warmen Tag des Jahres. Beim Eisbach hatten die ersten Nacktbader der Saison bereits ihre Hüllen fallen lassen. Und die zahlreichen Hunde, die sich hier endlich einmal gefahrlos ohne Leine austoben können, fetzten wie wild geworden durch die zahlreichen Spaziergänger hindurch.

»Nicht schlecht, oder?« Max zeigte ins Rund, als würde er Annika gerade sein neues Grundstück in Grünwald präsentieren.

»Sehr schön. So viel Grün, mitten in der Stadt. Hier bei euch lässt es sich wirklich leben«, antwortete sie.

»Das kannst du laut sagen.« Max liebte sein München. Klar gab es auch gewisse Dinge zu bemängeln. Wie zum Beispiel die arrogante Wir-sind-wir-Mentalität einiger Einwohner. Oder den steten, leicht muffigen Hauch großbürgerlicher Spießigkeit, der hier winters wie sommers über den Straßen und Häusern schwebte. Aber alles in allem war München in seinen Augen eine absolute Schau. Das größte Dorf der Welt, sagte er immer. Überschaubar, gemütlich, sauber, aber dann eben auch wieder eine Weltstadt. Vom besten Bier der Welt, das seiner Meinung nach hier an der Isar gebraut wurde, einmal ganz zu schweigen. Und doch lebten hier auch Menschen, die einem freundlichen italienischen Gastwirt den Schädel einschlugen. Es hat eben alles zwei Seiten im Leben. Das Gute kann es ohne das Böse nicht geben. Und umgekehrt ist es genauso.

»Von Hamburg würde ich aber trotzdem nie weggehen«, fuhr Annika fort. »Ich würde den Hafen, den Wind auf dem Deich und die Sprache dort oben zu sehr vermissen.«

»Na, dann wird es wohl doch nichts mit unserer Ehe«, entgegnete ihr Max grinsend.

»Spinner!« Sie lachte.

Na also, Raintaler. Wenigstens rastet sie nicht wie beim letzten Mal gleich aus, wenn man einen blöden Spruch macht. Obwohl, wer weiß? Was nicht ist, kann ja noch werden.

»Es gibt einen wunderschönen Biergarten an einem kleinen See nicht weit von hier. Sollen wir auf ein Glas hinschauen?« Er blickte der hübschen Nordseefee fragend ins Gesicht.

»Na klar. Warum nicht? Wenn es bei einem Glas bleibt?«

»Das weiß man im Biergarten nie so genau. Kommt immer darauf an, wer einem über den Weg läuft. Da kann es auch auf einmal Abend werden, ohne dass man es richtig mitbekommt.«

»Na, gut. Dann lassen wir uns eben überraschen.« Annika lachte wieder und küsste ihn flüchtig auf die Wange.

Da schau her. Sie scheint heute wirklich besser drauf zu sein als letztes Mal. Nur weiter so.

»Was hast du eigentlich mit deinem Finger gemacht?«, wollte sie noch wissen, als sie gleich darauf aufbrachen. Sie zeigte auf den kleinen Verband an Max' linker Hand.

»Ach, nichts weiter«, spielte er die Sache tapfer herunter. »Nur ein kleiner Schnitt. Brennt zwar manchmal noch höllisch, ist aber nicht weiter wild.«

Sie ließen die Liegewiesen hinter sich und spazierten unter riesigen Buchen, Linden und Eichen nordwärts zum Kleinhessloher See. Dem Treffpunkt von Wasservögeln jeder Art mitten in der Stadt. Wenn man ihnen ganz nahe sein wollte, konnte man sich ein Tretboot oder ein Ruderboot mieten. Das Bier in dem meist gut besuchten Biergarten am Ostufer war zwar etwas teurer als üblich, dafür wurde der Gast mit einer traumhaften Aussicht entschädigt.

»Wunderbar.« Annika seufzte überwältigt von der Schönheit der künstlich geschaffenen Natur rund um sie herum. »Wer hat denn diesen riesigen Garten eigentlich angelegt?«

»Das kann ich dir sogar ganz genau sagen. Der gute Mann hieß Friedrich Ludwig von Sckell. Den Auftrag dazu hat er vom pfälzischen Kurfürsten Carl Theodor bekommen, der das Land vom kinderlosen bayrischen Kurfürsten Maximilian geerbt hatte.«

»Aha. Und woher wissen Sie das so genau, Herr Fremdenführer?« Sie lachte und machte ein erstauntes Gesicht.

Ja, ja. Mit meinen profunden Geschichtskenntnissen konnte ich schon immer gut punkten, amüsierte sich Max innerlich.

»So was weiß man einfach. Gehört bei uns zur Schulbildung. Heimatkunde.« Er hob schulmeisterlich seinen intakten rechten Zeigefinger.

»Aha. Respekt. Gut gemerkt.« Sie lächelte immer noch.

Gott sei Dank. Bis jetzt hatte er anscheinend alles richtig gemacht.

»Ich hole uns was zu trinken. Du musst unbedingt ein Weißbier probieren. Okay?«

»Gerne. Kenne ich aber schon längst. Bei uns zu Hause in Hamburg gibt es das auch. Und zwar seit Jahren.«

»Aber so gut wie hier schmeckt es bestimmt nicht. Bis gleich. Übrigens, ich mag dein Lachen.« Er blickte sie offen an.

»Ich deins auch«, kam ihre prompte Antwort.

Herrschaftszeiten. Die war ja so was von freundlich heute. Unglaublich. War das wirklich dieselbe Frau, mit der er in ›Rosis Bierstuben‹ und in der ›Bar Verona‹ gewesen war?

»Diese Touristen, keine Ahnung von Weißbier«, murmelte er, als er sich gleich darauf umdrehte. »Ein Weißbier muss man da trinken, wo es gemacht wird. In der salzigen Nordseeluft kann das doch gar nicht so gut schmecken wie hier bei uns.« Er schlenderte gemütlich zum Ausschank und kam nach ein paar Minuten mit zwei vollen Gläsern wieder zurück.

»Verrätst du mir bitte, wo hier die Toiletten sind?«, fragte Annika, nachdem sie den ersten Schluck des heiligen Getränks genossen und höflich gewürdigt hatte.

»So schnell geht das bei dir?« Max lachte über seinen gelungenen Scherz. Doch sie gab sich nur gnädig. Er merkte sofort, dass sein Humor gerade nicht so gut bei ihr ankam. Oh je. Das Treffen hatte so nett begonnen. Hoffentlich rastete sie nicht gleich wieder aus.

»Pass auf«, fuhr er fort, um schnell von seiner misslungenen Pointe abzulenken. »Das ist ganz einfach. Du gehst erst dort hinter, dann ein kleines Stück rechts und dann siehst du sie schon auf der linken Seite. Es ist so ein kleines, gelb bemaltes Gebäude. Warte, ich gebe dir fünfzig Cent mit. Die kassieren dort fröhlich ab.«

»Echt, hier im Biergarten auch?« Sie runzelte die Stirn, so als würde sie ihm nicht glauben.

»Echt, Annika. Warte noch ein paar Jahre, dann bezahlen wir auch noch für die Luft, die wir einatmen. Oder sie erfinden eine Furzsteuer.«

»Also bitte, Max.« Sie rümpfte die Nase, schüttelte angewidert den Kopf und machte sich auf den Weg.

Schön ist es hier, dachte er währenddessen. Die Sonne scheint, dass der See nur so glitzert. Nicht zu viele Leute sind unterwegs. Und Annika macht alles noch runder. Sie ist wirklich richtig gut gelaunt heute, keine Spur mehr von Aggressionen oder Eifersucht. Und verdammt hübsch ist sie. Unterm Strich könnte man bei ihr schon schwach werden, wenn man nicht anderweitig gebunden wäre. Aber bin ich das eigentlich? Monika hat ja gestern auf dem Floß mal wieder lautstark vor allen Anwesenden betonen müssen, wie frei wir beide wären. Und wie gut sie das persönlich fände. Jeder von uns könne jederzeit tun, was er wolle. Schon merkwürdig. Aber na gut. Wenn sie meint. Und wenn sie wie heute Morgen ständig alles besser wissen muss. Schauen wir halt mal. Dann sehen wir schon, wie es weitergeht.

»Ja, Mensch. Wenn das nicht der geilste Country- und Bluessänger Bayerns ist. Servus, Max!«

Mike und Jane, die beiden jungen Leute aus der ›Bar Verona‹, standen auf einmal wie aus dem Nichts vor seinem Tisch. Sie trugen weite, gebatikte Hippieklamotten mit riesigen Blumenmustern, wie sie in den späten Sechzigern modern waren. Sie ein Hemd und einen langen Rock ganz in rosa Farbtönen, er ein Hemd und eine weite Schlaghose in Blau und Weiß. Beide hatten ein buntes Band um den Kopf gebunden, eine lange Kette aus bunten Holzperlen um den Hals, gut 15 Zentimeter hohe Plateauschuhe an den Füßen und trugen kleine, kreisrunde Sonnenbrillen. Sie grinsten simultan zu ihm herunter.

»Der Jimmy Hendrix und die Janis Joplin! Ja, Servus. Na, von den Toten wiederauferstanden?« Max grinste freundlich zurück.

»Ja sowieso«, fuhr Mike fort. »Im Himmel haben sie uns zu viel Harfe gezupft. Zu wenig Rock 'n' Roll. Du verstehst?«

»Logisch!«

»Schon witzig, Max. Was? Erst sieht man sich monatelang nicht und dann gleich zweimal in einer Woche. Wer da noch an Zufall glaubt, ist selber schuld. Ist bei dir noch was frei? Dürfen wir uns dazusetzen?« Mike zeigte mit seiner üppig beringten, rechten Hand auf den Tisch.

»Ja … schon …« Der Exkommissar und Hobbymusiker zögerte.

»Aber natürlich nur, wenn wir nicht stören. Wie man sieht, bist du nicht alleine.« Mike zeigte auf das fast volle Weißbierglas, das gegenüber von Max auf dem Tisch stand. »Ist dein kleiner Freund auch hier?«, fragte er.

»Wen meinst du damit?«, erwiderte Max und lachte. Mit Musikern bin ich einfach gerne zusammen. Da muss man nicht viel erklären, und es kommt sofort gute Stimmung auf.

»Den aus der Bar natürlich. An wen dachtest du denn?« Mike lachte ebenfalls.

»Nein, der Franzi ist in der Arbeit.«

Max wollte gerade erklären, dass das Bier einer Bekannten aus Hamburg gehöre, die hier zu Besuch sei, als Annika, weitaus schneller als er gedacht hatte, wieder zurück war.

»Hallo, ich heiße Annika«, stellte sie sich hektisch bei Mike und Jane vor. »Max, ich finde die Toiletten einfach nicht. Kannst du kurz mitkommen und sie mir zeigen? Bevor noch was Schlimmes passiert.«

»Toilette? Ich muss auch.« Jane grinste kurz irgendwo ins Leere. Dann sah sie Annika direkt in die Augen und nahm ihren Arm. »Komm mit. Ich kenne den Weg.«

»Super. Danke.«

»Ein hübsches Bild, zwei so schlanke Blondschöpfe, was?«, stellte der dunkelhaarige Späthippie Mike fest. Er sah den beiden wirklich sehr gut aussehenden Frauen fasziniert nach. Und er war nicht der Einzige. Auch ein paar junge Burschen an einem der Nachbartische waren ihren Reizen offenbar sofort erlegen. Sie johlten und pfiffen laut hinter ihnen her, als sie bei ihnen vorbeikamen.

»Ich hole was zu trinken. Magst du auch noch eins?«, fuhr er fort, als er sich wieder eingekriegt hatte, und deutete auf Max' inzwischen fast halb leeres Weißbierglas.

»Na gut. Wenn du sowieso schon dabei bist, nehme ich halt auch noch eins. Warum nicht.« Max kramte seinen Geldbeutel hervor und fummelte einen Zehner heraus.

»Lass gut sein, Max. Die Runde geht auf mich. Okay?«

»Na gut. Danke.«

Im Grunde mochte Max es nicht, wenn man ihn einlud. Es brachte ihn in Zugzwang. Er hatte danach jedes Mal das Gefühl, die nächste Runde bezahlen zu müssen. Und wenn man Pech hatte, ging es die ganze Zeit so weiter. Denn nach der zweiten Runde kam der andere wiederum in Zugzwang. Dann wurde die dritte Runde bestellt und so fort. Das Endergebnis war in den meisten Fällen ein sauberer Rausch, den man gar nicht wollte. Und darauf hatte er heute wirklich keine Lust. Die gestrige, feuchtfröhliche Trauerfeier steckte ihm noch in allen Knochen. Außerdem wollte er vor Annika nicht als bayrischer Bierdimpfel dastehen.

Als Mike zurück war, unterhielten sie sich über Musik und die manchmal echt lahme Münchner Szene und tranken gemütlich vor sich hin. Die Gläser waren schnell geleert und Max holte noch einmal zwei volle. Sie tranken weiter und bemerkten dabei gar nicht, wie die Zeit verging, und dass Annika und Jane eigentlich längst von der Toilette hätten zurück sein müssen. Nach einer halben Stunde sah Max zufällig auf die Uhr und blickte sich anschließend suchend um.

»Wo bleiben eigentlich unsere beiden Hübschen?«, fragte er. »Haben die zwei fesche Millionäre aufgerissen und sich gedacht, lass uns die Musiker in die Wüste schicken?«

»Kann schon sein. Reich wird man ja auf keinen Fall mit unserem schönen Hobby«, antwortete Mike und lachte.

»Aber eine halbe Stunde ist wirklich lange für einmal was auch immer auf der Toilette. Ich glaube, ich schau mal nach, was da los ist. Bleibst du so lange hier, Mike?«

»Mach ich. Aber vorher hole ich noch zwei Weißbier. Okay?«

»Ich habe es fast befürchtet«, antwortete Max. »Aber gut. Zwei mehr können jetzt auch nicht mehr schaden. Stimmt's?«

»Stimmt. Den kürzesten Musikerwitz kennst du ja, oder?«

»Welchen?«

»Welchen? Es gibt bloß einen. Pass auf, er geht so. Gehen zwei Musiker an einer Kneipe vorbei.«

»Ja, so ein Schmarrn.« Natürlich kannte er den Witz. Trotzdem musste Max lachen. Nach drei Weißbieren sah man die Welt eben mit anderen Augen. Da konnte es dann sogar vorkommen, dass man sich ausgiebig über Witze amüsierte, die man bereits in- und auswendig kannte. Ach, Giovanni, könntest du das hier doch noch miterleben. Du hättest deinen Spaß mit uns gehabt. Garantiert, mein alter Freund.

Als er bei den Toiletten ankam, fiel ihm ein Krankenwagen auf, der ein paar Meter davon entfernt geparkt war. Daneben erkannte er Jane, die mit den Händen zu gestikulieren begann, als sie ihn kommen sah. Da wird doch niemand ins Klo gefallen sein, dachte er kurz, rief sich aber gleich wieder zur Ordnung. Herrschaftszeiten, Raintaler. Etwas mehr Ernst bitte. Was, wenn Annika etwas zugestoßen ist?

»Hey, Jane. Wo bleibt ihr denn? Wo ist Annika?«, fragte er, als er vor Mikes platinblonder Managerin und Stilistin stand.

»Ich bin hier, Max«, meldete sich daraufhin Annikas Stimme aus dem Inneren des ockerfarbenen Transporters.

Er ließ Jane stehen, wo sie stand, und lief um den Wagen herum, bis er vor der geöffneten hinteren Tür ankam. Annika lag auf einer Trage und bekam gerade eine Spritze.

»Ja, um Gottes willen, Annika. Was ist denn passiert?«

»Nichts Schlimmes, Max. Ein Hund hat mich mit seinen scharfen Krallen gekratzt, als er an mir hochsprang. Hier schau mal hin.« Sie streckte ihm ihr linkes Bein hin. Die weiße Jeans hatte einen langen, rot gefärbten Riss unter dem Knie.

»Oha! Und wozu die Spritze?« Max sah sie verwirrt an.

»Tetanus. Mein Retter hier hat gemeint, das müsse sein.« Sie zeigte auf den jungen, gut aussehenden Notarzt neben ihr.

»Ich hatte Glück. Zufällig stand der Krankenwagen hier, weil eine ältere Touristin einen Kreislaufkollaps hatte.«

»Ach so. Na, Gott sei Dank. Ja, und wo ist das Herrchen von dem Untier? Oder das Frauchen?«, wollte Max wissen.

»Der Kerl dürfte inzwischen über alle Berge sein. Ich soll dir übrigens etwas von ihm ausrichten: ›Sag dem Bullen, er soll sich raushalten‹. Da hat er doch bestimmt dich gemeint, oder?«

»Keine Ahnung. Wie sah er denn aus?«

»Es war so ein kleiner, schwarzhaariger Lockenkopf. Seinem Akzent nach hätte er Italiener sein können.«

»Na, schau mal an. Und der Hund?«

»Ich glaube, das war so ein Pitbull.«

Max horchte auf. Kampfhund? Kleiner italienischer Lockenkopf? Das kommt mir doch bekannt vor. Wenn das mal nicht einer der abgängigen Burschen aus der ›Bar Verona‹ ist. Wäre zwar schon ein Riesenzufall. Aber auf keinen Fall unmöglich. Vielleicht verfolgt er mich ja, weil er sauer auf mich ist. Immerhin habe ich seinen Boss ausgeknockt. Auf jeden Fall schien er gewusst zu haben, dass ich hier bin. Sonst hätte er Annika nicht diese Botschaft hinterlassen. Am Ende war es auch er, der die Drohbotschaft an meine Windschutzscheibe geklemmt hat. Logisch. Bestimmt hat er mich bereits von der ›Bar Verona‹ aus verfolgt, als ich mit Annika dort war. Hat er aus irgendeinem Grund etwa da schon gewusst, dass ich Giovannis Mörder jage?

»Na, da hast du aber Glück gehabt. Wenn der dich gebissen hätte, würde dein Bein bestimmt ganz anders ausschauen«, sagte er und dachte kurz an seinen wehen Finger.

»Denke ich auch. Sehr viel Glück.« Sie grinste tapfer.

»In welche Richtung sind die beiden denn abgehauen?«

»Das weiß ich nicht, Max. Es ging alles so schnell. Frag Jane. Ich glaube, die hat sie davonlaufen gesehen.«

Er drehte sich um und eilte zu Mikes obercooler Freundin zurück, die immer noch dort stand, wo er sie gerade verlassen hatte. Wartet sie auf irgendwas? Auf eine Erleuchtung? Oder auf irgendwen? Auf Annika? Wieso geht sie denn nicht zu ihr?

»Hey, Jane, in welcher Richtung ist der Mann mit seinem Hund verschwunden?«, fragte er sie.

»Dort hinunter.« Sie zeigte im Zeitlupentempo nach Norden.

»Also nach Schwabing rüber?«

»Ja, rechts um den See herum.« Sie lachte laut auf.

Was war denn mit der los? Ganz normal war sie auf jeden Fall nicht. Aber wer war heutzutage schon normal?

»Und wann war das?«

»Es ist noch nicht lange her. Glaube ich jedenfalls.« Sie lachte weiter und schüttelte dabei unentwegt ihre lange, gewellte Mähne. Bestimmt hat sie was eingenommen. Sie ist ja total weggetreten. Langweilig wird es Mike sicher nicht mit ihr.

»Was habt ihr denn die ganze Zeit vorher gemacht? Ihr seid ja ewig lang weg gewesen.«

»Wir haben eine Freundin von mir getroffen und über Klamotten geredet. Und über Männer.« Jane brüllte jetzt vor Lachen.

Das muss ja saulustig gewesen sein, dachte Max. Herrschaftszeiten. Spinnen denn bald alle?

»Sag mal, hast du irgendwas eingeworfen?«, fragte er stirnrunzelnd.

»Nur geraucht.«

»Und was?«

»Gras.«

»Aha. Wie schön für dich. Okay. Ich schau mal, ob ich den Kerl noch erwische.« Er sah sich suchend um, entdeckte dabei einen älteren Freizeitradsportler in bunter Rennfahrermontur, der gleich hinter dem Krankenwagen stand und rannte eilig zu ihm hinüber.

»Ich bin von der Polizei. Würden Sie mir bitte kurz ihr Fahrrad leihen?«, fragte er.

»Da kann ja jeder kommen. Haben Sie einen Ausweis?«, brummte der Mann unwillig.

»Sie können ihm ruhig glauben«, rief Annika vom Krankenwagen aus dazwischen. »Ich kenne ihn. Ich bleibe hier bei Ihnen, bis er Ihr Rad wieder zurückbringt. Versprochen.«

»Na gut. Wenn es der Gerechtigkeit dient, will ich mal nicht so sein. Aber passen Sie gut darauf auf. Das Rad war teuer.«

»Sicher!«, versprach Max und schwang sich in den Sattel. Na, warte, Bürscherl, dich kriege ich. Mir eine Drohung ausrichten lassen, meine Bekannte verletzen und dann abhauen. So geht es nicht. Und wenn du wirklich einer von diesen Kerlen bist, die uns in der ›Bar Verona‹ überfallen haben und etwas mit Giovannis Tod zu tun hast, dann gnade dir Gott. Er trat kräftig in die Pedale und befand sich kurz darauf auf dem kleinen Fußgängerpfad, der vom See aus nach Schwabing führte.

»Aus dem Weg!«, rief er in eine Gruppe älterer Damen hinein, die sich im Gegenzug lautstark über den wild gewordenen Rambo auf einem öffentlichen Fußweg beschwerten.

Ja, so war das im Leben. Jedes Opfer wurde irgendwann selbst zum Täter. Stimmt's Raintaler? Er dachte an den unverschämten Radfahrer an der Isar, der Monika am Dienstag beinahe umgefahren hätte. Dann sah er ihn. Klein, schwarzhaarig, Lockenkopf, Pitbull an der Leine. Keine fünfzig Meter weit vor ihm. Er drehte sich gerade zu seinem Hund um. Kein Zweifel. Es war einer der Kerle aus der ›Bar Verona‹. Er erkannte ihn sofort.

26

»Jetzt mache ich diesen Job ja wirklich schon lange«, erklärte Franz seinem Zimmerkollegen Bernd Müller. »Aber so was ist mir auch noch nicht untergekommen. Diese Kerle aus der ›Bar Verona‹ sind anscheinend spurlos verschwunden. Mist, verdammter. Gott sei Dank haben wir wenigstens den Anführer.« Er hob ärgerlich die mageren Akten auf seinem Schreibtisch hoch und ließ sie wieder fallen.

»Eben, Franzi«, erwiderte Bernd. »Und wer weiß? Vielleicht hat ja sogar dieser Anführer unseren Giovanni Vitali auf dem Gewissen. Wir müssen ihn halt mal etwas mehr unter Druck setzen. Irgendwann redet der schon. Soll ich mich mal um ihn kümmern?«

Der scharfe Bernd, wie ihn alle nannten, hatte einen unbestechlichen Riecher für Lügner, und seine Verhörergebnisse waren stets hervorragend. Dass ihm dafür gelegentlich schon mal die Hand ins Gesicht der Beschuldigten ausrutschte, wurde von seinem Chef stillschweigend hingenommen. Aber nur, solange Bernd Erfolge vorweisen konnte. Wäre dies einmal nicht mehr der Fall, bekäme er gründlich den Kopf gewaschen.

»Nein, das mache ich selbst. Ich koche den Burschen schon weich. Wäre doch gelacht. In einer halben Stunde treffe ich ihn im Verhörraum.« Franz wollte es sich nicht nehmen lassen, den Ganoven, der seinen Freund Max abstechen wollte, höchstpersönlich wegen eines Alibis zur Tatzeit im ›Da Giovanni‹ zu befragen. Er würde ihm schon klarmachen, wie lausig seine Aussichten wären, so bald wieder aus dem Gefängnis zu kommen, wenn er nicht redete.

Als er dem mit Handschellen gefesselten, unrasierten Mario Albertini etwas später gegenübersaß, ging er noch einmal in Gedanken durch, was er ihn fragen wollte.

»Soll ich wieder gehen?«, erkundigte sich der Riese mit der langen Narbe im Gesicht nach zwei stillen Minuten und grinste dabei frech. »Ich meine nur. Vielleicht wollen Sie ja gar nichts von mir wissen.«

»Ja, da schau her. Sie können also doch reden, Herr Albertini. Nach unserem letzten Treffen dachte ich schon, sie hätten ein Schweigegelübde abgelegt.«

Na also. Das Schweigen anderer scheint ihn zu verunsichern, dachte Franz. Gut zu wissen. Herrschaftszeiten. Er schaut ganz schön fertig aus. Das Blut sickert schon durch sein Pflaster. Anscheinend hat ihn Max doch recht heftig mit dem Aschenbecher getroffen.

»Ein Schweinegelübde?«

»Nein, ein Schweigegelübde, Herr Albertini. Können Sie in jedem Lexikon nachlesen. Keine Angst. Sie kommen gleich dran.« Er schwieg noch eine Weile lang mit verschränkten Armen weiter. Dann beugte er sich vor und schaltete das Aufnahmegerät ein, das bei Verhören Beschuldigter immer mitlaufen musste. »So, Herr Albertini. Los geht's«, eröffnete er das Verhör. »Wo waren sie am Montag zwischen sieben Uhr morgens und zehn Uhr vormittags?«

»Wieso am Montag? Was war am Montag? Wann war Montag?« Der Italiener fuchtelte genervt mit seinen zusammengebundenen Händen vor sich in der Luft herum.

»Vor vier Tagen. Heute haben wir Freitag und morgen Samstag, wenn Ihnen das hilft.«

»Keine Ahnung.« Albertini starrte mit leerem Blick durch Franz hindurch.

»Sie werden doch noch wissen, was Sie am Montag gemacht haben, Mann. Wollen Sie mich verarschen?« Franz wurde laut. Ich kann auch ganz anders, Bürscherl. Wart's nur ab.

»Nein. Ich weiß es nicht. Wir haben am Sonntag viel getrunken und am Montag glaube ich auch.«

Albertini zuckte mit den Schultern und sah zur Decke hinauf.

»Glauben Sie bloß nicht, dass Sie damit durchkommen, Mann.« Franz kniff sein linkes Auge zu einem schmalen Schlitz zusammen. Das rechte war ja ohnehin nach wie vor zugeschwollen. »Passen Sie auf«, fuhr er fort. »Es ist so. Wegen der versuchten Tötung an meinem Kollegen werden Sie sowieso angeklagt. Das wissen Sie ja bereits.«

»Weiß ich nicht.«

»Na gut, dann wissen Sie es jetzt. Und ich schwöre Ihnen eins. Für den Mord an Giovanni Vitali kriegen wir sie ebenfalls dran, wenn Sie es waren. Wir finden alles heraus. Es ist besser für Sie, wenn Sie reden. Ein Geständnis wirkt immer strafmildernd. Also, kommen Sie. Sagen Sie schon endlich, wo Sie sich am Montagvormittag aufgehalten haben.«

»Wer soll dieser Vitali sein? Und von was für einem Mord reden Sie? Ich habe getrunken, nicht gemordet. Haben Sie eine Zigarette?«

Wenn Unschuldsengel riesig waren und große Narben im Gesicht trugen, saß im Moment ein wahres Prachtexemplar ihrer Gattung vor Franz.

»Klar habe ich eine.« Franz tat absichtlich so, als hätte er die Frage wörtlich genommen. »Gut. Sie haben getrunken«, fuhr er ungerührt fort. »So viel wissen wir jetzt schon mal. Dann können Sie mir ja sicher auch sagen, wo das war.«

»Ich weiß es nicht, Commissario. In der ›Bar Verona‹ und dann noch irgendwo in der Stadt. Aber wo habe ich vergessen. Ich schwöre. Bitte geben Sie mir eine Zigarette.« Albertini legte stöhnend sein Gesicht in die gefesselten Hände und sah nach unten.

Hat er etwa immer noch Kopfschmerzen von Max' Schlag mit dem Aschenbecher?, fragte sich Franz. Wundern täte es mich nicht. Er hat ihn ja sauber ausgeknockt.

»So, so. Einfach so vergessen. Und das soll ich glauben?« Der kleine dicke Hauptkommissar klang jetzt wie ein Freund.

»Nicht einfach so. Zu viel Alkohol.« Albertini sprach weiter mit dem Fußboden.

»Da!« Franz holte eine Zigarette aus seiner Schachtel und warf sie vor ihm auf den Tisch. Als der Italiener den

Kopf hob und sie in den Mund steckte, gab er ihm auch noch Feuer.

»Das sieht nicht gut für Sie aus, Herr Albertini. Gar nicht gut. Wir wissen, dass jemand aus Ihrer Gruppe über Herrn Vitali gesprochen hat. Und dass dabei der Spruch ›er wollte es ja nicht anders‹ gefallen ist, wissen wir auch. Was meinen Sie denn nun selbst, was wir uns dabei denken? Sagen Sie es mir.« Franz verschärfte seinen Ton wieder.

»Ich weiß nicht, von welchem Giovanni Vitali Sie reden. Ich kenne fünf oder sechs Giovannis. Einer davon ist mein Bruder, ein anderer mein Cousin. Wer soll denn dieser Giovanni Vitali sein?« Der riesige Ganove blickte dem Kriminaler auf der anderen Seite des Tisches geradewegs ins Gesicht.

»Sie wollen mir doch nicht erzählen, dass Sie als Italiener Giovanni Vitali nicht kennen? Den Wirt des ›Da Giovanni‹ beim Tierpark?«

»Nein, kenne ich nicht. Nicht jeder Italiener in München kennt alle anderen Italiener. Wir sind über zwanzigtausend. Kennen Sie jeden Münchner, der in Thalkirchen wohnt?«

»Die Fragen hier stelle ich, Herr Albertini.« Verdammter Mist, das läuft gar nicht gut, dachte Franz. So kriege ich nichts aus dem raus. Oder er weiß wirklich nichts. Würde mich zwar sehr wundern, kann aber natürlich auch sein.

»Also los, versuchen Sie sich zu erinnern. Kommen Sie schon.«

»Kann sein, ich war beim Viktualienmarkt. In der ›Alten Maus‹. Dort ist rund um die Uhr geöffnet. Wenn die anderen Lokale schließen, gehen wir meistens noch da hin. Sie können ja mal bei denen nachfragen. Die müssen mich auf jeden Fall gesehen haben, wenn ich dort war.«

»Na gut, Herr Albertini. Wir überprüfen das.« Franz schaltete das Tonband aus und erhob sich von seinem Stuhl.

»Bringen Sie Herrn Albertini in seine Zelle«, beauftragte er den uniformierten Beamten, der die ganze Zeit über im Eck des Verhörraumes gestanden hatte. Dann ging er nachdenklich in sein Büro zurück.

»Und?« Bernd blickte ihm gespannt entgegen.

»Nichts. Leider. Er kann sich angeblich an nichts erinnern. Entweder ist er ein perfekter Schauspieler oder er sagt die Wahrheit. Er meint, dass er zur Tatzeit eventuell in der ›Alten Maus‹ am Viktualienmarkt gewesen sein könnte. Na ja. Wenn er wirklich dort war, hat er ein Alibi. Dann bleiben uns nur noch die anderen vier. Aber die sind ja weg. Wie vom Erdboden verschluckt. So, als hätte es sie nie gegeben.« Franz fuhr sich ratlos über seine Glatze.

»Mist«, fluchte Bernd und verzog ärgerlich die Mundwinkel.

»Das kannst du laut sagen. Aber warte mal. Da fällt mir gerade noch jemand ein. Da war noch so ein kleiner windiger Bursche in der ›Bar Verona‹. Marco hieß er. Den knöpfe ich mir gleich mal vor. Er schien einiges über unsere Gesuchten zu wissen.« Franz schlüpfte in sein gemütliches, graues Wollsakko.

»Habt ihr seine Personalien?«, fragte Bernd.

»Nein. Er war leider schon weg, als die Verstärkung kam. Anscheinend gibt es dort einen Hinterausgang für spezielle Stammgäste. Auf jeden Fall werde ich ihn da zuerst suchen.«

»Soll ich dir dann die ›Alte Maus‹ abnehmen?«

»Das wäre sozusagen genial, Kollege.«

27

Max legte einen Zahn zu. Nur noch zwanzig Meter, dann hätte er den Ganoven mit dem Pitbull eingeholt. Doch genau in dem Moment, als er über die kleine Holzbrücke fahren wollte, hinter der sein Verdächtiger gerade nach rechts abgebogen war, rannte vor ihm ein Schäferhund über den Weg. Er reagierte gewohnt schnell und zog die Bremsen. Und das Rad, das offensichtlich über frische Bremsbeläge verfügte, blieb auch auf der Stelle stehen. Max nicht. Er wurde von den auftretenden Fliehkräften aus dem Sattel gehoben, setzte kurz zum Weiterflug an, musste diesen aber gleich wieder abbrechen, da die Schwerkraft die Oberhand gewann. Sekundenbruchteile später landete er im schönsten Dreck auf dem Bauch.

»Uff!«, tönte es aus seinen zusammengequetschten Lungen.

Er sah vom Boden aus, wie sich der Bursche aus der ›Bar Verona‹ zu ihm umdrehte, ihn offenbar ebenfalls erkannte und seinen Hund daraufhin lautstark zur Eile antrieb. Der schien im Moment jedoch nicht die geringste Lust zum Laufen zu haben. Er ließ sich einfach auf den Rücken fallen.

»Komm schon. Lauf, Graziano!«, hörte Max sein kriminelles Herrchen hektisch rufen. »Oder willst du als Salami enden?«

Das schien das Zauberwort zu sein. Als hätte der Pitbull genau verstanden, drehte er sich wieder auf die Beine und trabte los. Auch Max rappelte sich hoch, stellte fest, dass dem teuren Fahrrad nichts weiter zugestoßen war, und stieg auf. Zu Fuß habe ich sowieso keine Chance, sagte er sich. Habe mir wohl sauber den Oberschenkel geprellt.

Verdammter Mist, verdammter. Als würde der Schnitt im Finger nicht schon reichen.

Kurz vor der Treppe, die zur U-Bahn hinunterführte, hatte er den Italiener fast eingeholt. Der bemerkte es, als er sich zum wiederholten Mal hektisch umsah, schnappte sich blitzschnell seinen Hund und trug ihn eilig zum Bahnsteig hinunter. Max überlegte noch, ob er das Fahrrad unabgesperrt stehen lassen sollte, nahm es dann aber lieber doch über die Schulter und rannte ihm trotz der Schmerzen in seinem Bein hinterher. Nicht, dass irgendein Depp jetzt auch noch das geborgte Rad klaute. Er humpelte, so schnell es seine Verletzung zuließ, weiter. Vorbei an den Fahrkartenautomaten und an meckernden Passanten, hinunter zu den Gleisen. Als er dort völlig außer Atem ankam, sah er gerade noch, wie das Hinterteil des Pitbulls durch zwei sich schließende Türen gezerrt wurde. Zu spät. Verfolgungsjagd erfolglos beendet. Er setzte sich erst einmal auf die nächststehende Bank und schnaufte durch. Dann holte er sein Handy heraus und rief Franz auf dessen Handy an.

»Franzi? Max hier. Ich habe gerade einen der Burschen aus der ›Bar Verona‹ bis in die U-Bahn verfolgt. Den kleinen Lockenkopf. Er ist Haltestelle Münchner Freiheit in die U6 Richtung Stadtmitte gestiegen und hat einen weißen Pitbull dabei.«

»Gerade eben?« Franz klang freudig überrascht. So als hätte ihm jemand ein lang ersehntes Geschenk gemacht.

»Ja. Im Moment. Wenn du sofort ein paar Leute an den nächsten Haltestellen postierst, erwischst du ihn vielleicht noch.«

»Mach ich, Max. Warte kurz. Ich ruf dich gleich noch mal zurück.«

Während Franz die Uniformierten verständigte, ging eine ältere Frau in einem beigefarbenen Kostüm an Max vorbei.

»Fahren Sie doch auf der Straße mit Ihrem Fahrrad, wenn Sie es so eilig haben, anstatt harmlose Leute herumzuschubsen«, beschwerte sie sich, ihren Kopf mit den lila Locken schüttelnd.

»Entschuldigung. Wird nicht wieder vorkommen«, entgegnete Max ihr immer noch atemlos.

»Na hoffentlich, junger Mann. Außerdem ist eine solche Hetzerei gar nicht gut für Ihr Herz.«

»Ich werde in Zukunft daran denken. Danke.« Max musste grinsen. Wenn die Gute wüsste, wie recht sie hat. Mit einem solchen Kater, wie ich ihn heute habe, sollte man wirklich nicht so durch die Gegend jagen.

Dann klingelte sein Handy. Franz war wieder am Apparat.

»Erledigt, Max. Zusammen mit der U-Bahnwache erwischen wir ihn. Wie hast du diesen Burschen denn ausfindig gemacht?«

»Ich glaube, der hat eher mich ausfindig gemacht. Jedenfalls hat sein Hund eine Bekannte von mir gekratzt und er hat dabei eine Drohung für mich hinterlassen. Von wegen ich solle mich raushalten.«

»Das wird ja immer besser. Jetzt gehen die Kerle schon in freier Wildbahn auf die Ermittler und ihre Bekannten los. Na, der darf sich warm anziehen. Vorausgesetzt, wir kriegen ihn. Was für eine Bekannte eigentlich?«

Immer neugierig, der gute Herr Wurmdobler, was? Anscheinend eine Berufskrankheit, die uns alle nie loslässt. Max musste erneut grinsen.

»Niemand, den du kennst«, erwiderte er. »Also dann. Mach's gut. Und strengt euch gefälligst an, wenn ich schon versagt habe. Mir ist nämlich im Englischen Garten ein Hund vors Rad gelaufen, während ich hinter ihm her war, und ich habe einen spektakulären Sturzflug eingelegt!«

»Oha! Ist alles okay? Bist du verletzt?«

»Ja, Franzi. Mein Stolz ist verletzt. Und mein linkes Bein tut mir weh.«

»Oh je. Das mit dem Stolz ist wirklich schlimm. Ich sag dir Bescheid, sobald ich was Neues habe. Servus.«

»Servus, Franzi.« Max stand auf, hob das Fahrrad erneut auf seine Schulter und humpelte langsam nach oben.

Auf der Straße angekommen, schwang er sich in den Sattel und fuhr in den Biergarten am See zurück. Er bewegte dabei nur das rechte Pedal. Sein linkes, verletztes Bein ließ er gerade herunterhängen. Annika und der Fahrradbesitzer erwarteten ihn bereits bei den Toiletten. Der Krankenwagen war nicht mehr da.

»Na, sagen Sie mal, junger Mann. Wo waren Sie denn? Das hat ja ewig gedauert«, beschwerte sich der ältere Herr, während er langsam von dem dicken Holzgeländer wieder aufstand, auf dem er und Annika Platz genommen hatten.

»Ja, ich weiß. Tut mir leid. Der Kerl ist mir leider entwischt. Und eine Notbremsung musste ich auch noch einlegen. Aber Ihrem Fahrrad ist nichts passiert. Hier bitte.« Er reichte dem Rentner im Rennanzug seine Rennmaschine und wischte sich selbst noch mal den Schmutz von der Hose und den Ellenbogen.

»Hast du dir wehgetan, Max?«, erkundigte sich Annika besorgt.

»Ja, mein Bein tut weh. Aber ich glaube, es ist kein Bruch.«

»Das glaube ich auch nicht. Sonst würdest du kaum so gerade vor uns stehen.«

»Mag sein. Es tut aber trotzdem beschissen weh.« Er hatte sich die ganze Zeit über gefragt, wie gravierend die Verletzung an seinem Oberschenkel wohl war. Aber nachdem er das Bein immer noch einigermaßen belasten konnte, ging auch er jetzt eher von einer geringeren Verletzung aus. Wahrscheinlich eine einfache Prellung, wie er sie beim Fußball schon etliche Male gehabt hatte. Obwohl man da natürlich nie so ganz sicher sein konnte. Und diesmal tat es schon besonders weh. Na ja. Man würde schon sehen. War halt einfach Pech, so was. Konnte man nichts machen. Augen zu und durch. Was soll's? Zur Not konnte man immer noch zum Arzt gehen. Oder in die Klink.

Der weißhaarige Herr in der bunten Radlertracht hatte seinen schnellen Drahtesel auf etwaige Beschädigungen überprüft und wollte gerade aufbrechen, als Max ihm auf die Schulter klopfte.

»Darf ich Sie zum Dank fürs Fahrradleihen auf ein Bier einladen?«, fragte er ihn, bevor er wieder aufsteigen konnte.

»Nein, danke. Sehr freundlich, junger Mann. Aber mit dem Bier habe ich es nicht mehr so. Früher ja. Da war ich jeden Tag in der Wirtschaft und jedes Jahr auf der Wiesn. Aber jetzt hat mir der Arzt Wasser und Bewegung verordnet.« Er deutete ein paar Schwimmbewegungen an und zeigte dann auf sein Rad.

»Na, dann werden Sie doch ein Fisch«, scherzte Max.

»Nein, Schmarrn. Bloß ein blöder Witz. Ich danke Ihnen auf jeden Fall noch mal recht sakrisch fürs Ausleihen. Gute Fahrt.«

»Bitte. Danke. Auf Wiederschauen!« Weg war er.

Max bot Annika seinen Arm an.

»Mike und Jane sind an unserem Tisch. Wollen wir uns noch eine Weile zu ihnen setzen?«, fragte sie ihn, während sie sich bei ihm unterhakte.

»Willst du denn?«

»Ich finde die beiden eigentlich ganz nett.«

»Na dann nichts wie los. Ein schönes Weißbier kann uns

nach der ganzen Aufregung bestimmt nicht schaden.« Max hatte wirklich Durst. Kein Wunder.

»Das glaube ich auch«, stimmte sie zu. »Aber bevor wir gehen, muss ich dich noch was fragen. Dieser Kerl mit dem Hund muss dich doch gekannt haben. Und mich dann auch. Und er muss gewusst haben, dass wir zusammen hier sind. Und mir hat er dann diese Drohung aufgetragen, damit du Angst bekommst. Stimmt's?«

»Könnte so gewesen sein. Keine Ahnung. Auf jeden Fall hat er uns wohl am Dienstag zusammen in der ›Bar Verona‹ gesehen.«

»Wie kommst du darauf?«

»Ich hatte vorgestern dort mit meinem Exkollegen von der Kripo zusammen eine Schlägerei mit ihm und seinen Freunden.«

»Bist du hinter ihm her?«

»Natürlich. Sein Hund hat zum letzten Mal eine schöne Blonde aus dem Norden gekratzt.«

»Ich meine, bist du ohnehin hinter ihm her?« Sie ignorierte seinen Ablenkungsversuch.

»Ja, klar. Wegen der Schlägerei und wegen Mordverdacht.« Max setzte ein ernstes Gesicht auf.

»Okay. Dann ist es zurzeit gefährlich an deiner Seite?«

»Wieder ja.«

»Na gut. Das wollte ich nur wissen.« Sie sah ihn lange ernst an, drehte sich um und stiefelte los.

Hatte sie etwa Angst? Wahrscheinlich. Vielleicht hatte sie ihre Abneigung gegenüber Polizisten ja auch zu Recht. Ungefährlich war es auf keinen Fall an deren Seite. Bevor sie zu dem jungen Musiker und seiner Freundin an den Tisch zurückkehrten, gingen beide noch kurz auf die Toilette. Auf dem Weg bemerkte er, dass sein Bein doch ganz schön wehtat. Hoffentlich war es bis Sonntag wieder besser. Das Gedenkspiel für seinen Freund Giovanni ließe er sich wirklich nur sehr ungern entgehen.

Mike und Jane winkten ihnen von einem Tisch direkt beim Wasser aus zu, als sie sie kommen sahen.

»Ist einfach schöner hier am See«, meinte Mike, während sich die beiden Verletzten zu ihnen setzten. »Wieso humpelst du jetzt auch, Max?«

»Fahrradunfall.«

»Aha. Schöne Scheiße. Und dann auch noch der Finger. Kannst du damit eigentlich Gitarre spielen?«

»Im Moment eher schlecht.«

»Okay. Zum Trost für alle hole ich auf der Stelle was zu trinken. Weißbier?«

»Ja, gerne.«

Das nenne ich doch mal nett. Der scheint echt in Ordnung zu sein, mein Musikerkollege. Und Geld scheint er auch zu haben. Wo die meisten Musiker doch sonst immer pleite sind.

»Bitte, gerne, danke.«

Annika schenkte Mike ein dankbares Lächeln für sein großzügiges Angebot. Er stand schnell auf. Und bekam die Bierbank, die daraufhin wie eine Wippe in die Höhe schnellte, fast ins Gesicht. Jane, die am äußersten Ende der Bank, mit dem Schwerpunkt außerhalb der Stützen, gleich beim Wasser gesessen hatte, rutschte seitlich von der jetzt fast senkrecht stehenden Sitzgelegenheit ab, stolperte mit ihren hohen Plateausohlen über die Uferbefestigung und plumpste wie ein tollpatschiger Hund auf Entenfang kopfüber ins flache Nass.

»Was war denn das?«, quietschte sie laut, als sie wie eine frisch geduschte Meerjungfrau wieder aus den gut zwanzig Zentimeter hohen Fluten emportauchte. »Herrje, Mike. Kannst du nicht Bescheid sagen, bevor du aufstehst?« Dann musste sie lauthals lachen.

»Oh, Gott, Süße!«, rief Mike, der momentan überhaupt nicht wusste, wie er reagieren sollte. Er stand einfach nur da und staunte seine klatschnasse Freundin wie eine außerirdische Erscheinung an.

»Du solltest ihr da wieder raushelfen«, schlug ihm Annika vor und grinste. »Das Wasser ist noch zu kalt zum Baden.«

»Ja, finde ich auch. Das solltest du wirklich tun, Mike.« Auch Max konnte sich einen aufkeimenden Lachkrampf nur schwer verbeißen. Wahrscheinlich hat sie das Gras, von dem sie vorhin geredet hat, nicht alleine geraucht, so bedeppert wie ihr Freund gerade ausschaut, sagte er sich.

Keine fünf Sekunden später erwachte Mike wieder aus seiner Erstarrung.

»Bleib, wo du bist! Ich komme, Jane!«, rief er und stolperte theatralisch durch das knöcheltiefe Nass auf seine Liebste zu.

»Mein Retter. Ich danke dir!«, rief Jane ebenso theatralisch zurück und ließ sich von ihm auf die Arme nehmen.

Er trug sie zur Mitte ihrer Bierbank, die inzwischen längst wieder auf allen vieren stand. Dann setzte er sie vorsichtig ab.

»Möchtest du mein Sweatshirt, Jane?«, fragte Annika, nachdem sie alle gemeinsam fertiggelacht hatten. »Ich habe ein warmes Hemd drunter.«

»Das wäre äußerst edel von Ihnen, liebste Freundin«, alberte Jane weiter. »Nicht dass ich noch erfriere. Also so was. Da hast du mich aber ganz schön nass gemacht, Mike. Und dich auch!«

Brüllendes Gelächter folgte und wollte sich gar nicht mehr beruhigen. Was für ein Nachmittag. Das erleben manche Leute in einem Jahr nicht, was hier heute alles abgeht, dachte Max. Er ließ Mike sich um seine Freundin kümmern und humpelte Bier holen. Als er mit einem Tablett voller Weißbiergläser zu ihnen zurückkam, lagen Janes Sachen und Mikes Hemd sauber auf dem Nachbartisch ausgebreitet in der Sonne. Sie hatte nur ihr Höschen und Annikas Sweatshirt anbehalten. Er saß mit freiem Oberkörper da und zeigte der Welt dabei seine zahlreichen Tätowierungen.

»Ja, ja, die Leute aus dem Showbusiness. Immer müssen sie auffallen. Egal, wo sie hinkommen«, schimpfte Max laut im Scherz, während er sich setzte, und löste damit die nächste Lachsalve aus. Na, das kann ja noch ein heiterer Nachmittag werden, dachte er dann und trank einen großen Schluck Weißbier. Wann habe ich eigentlich das letzte Mal so gelacht? An Monis Geburtstag, als wir mit Giovanni und Clara den Champagner getrunken haben. Giovanni konnte nämlich nicht nur verdammt gut kochen, er war auch ein begnadeter Witzerzähler. Bühnenreif. Sein Handy läutete.

»Max? Franz hier«, meldete sich sein Exkollege, als er abhob. »Ich habe leider schlechte Nachrichten. Der Kerl ist uns am Marienplatz entwischt. Er hat seinen Hund einfach laufen lassen und ist in die andere Richtung abgehauen. Die Männer von der U-Bahnwache meinten, sie hätten noch nie einen so schnellen Läufer verfolgen müssen.«

»Logisch. Weil die alle vor lauter Muskelpaketen nicht mehr rennen können. Herrschaftszeiten, Franzi. Da bleibt uns langsam wirklich bloß noch die Hoffnung auf einen Glücksfall.« Max grinste grimmig.

»Nicht ganz, Max. Der Boss der Bande sagt zwar immer noch nichts. Aber ich knöpfe mir gleich mal den Kleinen vor, diesen Marco mit der Zahnlücke aus der ›Bar Verona‹. Stehe gerade schon davor. Wer so viel weiß, wie der gewusst hat, der weiß auch noch mehr. Es bleibt also spannend.«

Franz klang wie jemand, der sich seine Zuversicht durch

nichts auf der Welt nehmen lassen würde. Und Max war froh darüber. Franz' Optimismus hatte ihn schon früher zu ihren gemeinsamen Bürozeiten immer mitgerissen. Vor allem dann, wenn der kleine, dicke Hauptkommissar seinen liebsten Spruch gebracht hatte. Nämlich dass sie, egal wie schwer es werden würde, jeden Fall auf jeden Fall aufklären würden.

»Viel Glück dabei, Franzi. Ich brauche jetzt erst mal einen Schluck Weißbier. Bin morgen wieder im Spiel.«

»Alles klar, Herr Exkollege. Wart's nur ab. Wir kriegen die Burschen schon noch. Verlass dich drauf. Und wenn ich Interpol und Europol und sämtliche Geheimdienste der Welt mobilisieren muss. Die entkommen uns nicht. Allein schon wegen meiner sauteuren Kamera.«

»Logisch. Servus, Franzi.«

»Servus, Max. Lass es dir schmecken. Ich meld mich wieder.«

28

»Halb zehn. Oha! Doch schon wieder so spät«, staunte Max, rieb sich die Augen, setzte sich in seinem Bett auf und sah sich gähnend in seinem hellgrün getünchten Schlafzimmer um.

Seit Langem fühlte er sich endlich wieder einmal fit und ausgeruht. Nur sein Oberschenkel tat immer noch verflixt weh. Der Finger brannte nur noch leicht. Er hatte gestern noch bis zwölf ferngesehen. Dann hatte er tief und fest geschlafen. Bis gerade eben. Im Biergarten war es nicht mehr allzu lange gegangen. Gleich nachdem Janes Sachen wieder einigermaßen trocken gewesen waren, hatten sich Mike und sie verabschiedet und waren nach Hause gefahren. Max hatte Annika noch mit dem Taxi zu ihrem Hotel gebracht und ihr dort zum Abschied ein Küsschen auf die Wange gegeben. Mehr nicht. Er hatte gespürt, dass sie nicht mehr von ihm wollte, und sie war ihm, so wie es aussah, dankbar dafür gewesen. Wahrscheinlich hat sie einfach Angst, in eine üble Gangstergeschichte mit hineingezogen zu werden, dachte er jetzt. Oder sie hat so was Ähnliches wie gestern schon mal mit ihrem Ex erlebt. Und vielleicht ist sie ja auch gar nicht die, die ich suche. Sie ist ja sehr hübsch und nett. Auf jeden Fall. Wenn auch stellenweise leicht durchgeknallt. Und gut küssen kann sie auch, wenn sie will. Aber soll ich wegen ihr wirklich die Sache mit Moni aufs Spiel setzen? Obwohl ich langsam oft genug nicht mehr weiß, wozu die überhaupt noch mit mir zusammen ist. Entweder sie hat keine Zeit oder sie kritisiert an mir herum. Sonst ist da nicht mehr allzu viel. Egal. Warten wir's ab. Mal sehen, was noch so kommt. Heute Abend werde ich Annika auf jeden Fall noch mal treffen, bevor sie morgen heimfährt. Aber jetzt geht es erst mal ab unter die Dusche. Und meine Blutdrucktablette darf ich natürlich nicht vergessen. Logisch.

Als er fertig geduscht und seine Tablette geschluckt hatte, holte er sich Wurst und Käse aus seinem kleinen Kühlschrank und frühstückte so gut wie katerfrei. Sein Vater hatte immer gesagt, du kannst trinken, Bub, aber vor dem

Saufen hüte dich. Das hat schon so manchen fröhlichen Menschen ins Grab gebracht. Manchmal gehst du mir wirklich sehr ab, Papa, dachte er jetzt. Und die Mama auch. Hoffentlich geht es euch gut, wo immer ihr seid. Übrigens, wegen dem Giovanni. Ihr kennt ihn ja auch. Wenn er bei euch ankommt, seid bitte nett zu ihm und zeigt ihm alles. Er wird sich am Anfang sicher noch alleine fühlen. Vielleicht könnt ihr ihm ja auch helfen, seine Eltern zu finden. Die müssen irgendwo da unten im italienischen Himmel sein. Zeigt ihm doch einfach, wie er da hinkommt, ja? Na, dann macht's gut. Ich hoffe, ihr seid stolz auf euren Sohn. Ich bin es jedenfalls auf euch. Ganz bestimmt. Und ich vermisse euch. Tschau.

Er nahm sein schnurloses Telefon aus der Basisstation auf Tante Isoldes wertvollem, altem Sideboard aus Eichenholz und wählte Monikas Nummer.

»Hallo, Max«, rief sie aufgeregt, nachdem er sich gemeldet hatte. »Es tut mir so leid wegen gestern früh. Ich war total unausgeschlafen. Und dann das ganze Trara mit der Beerdigung. Ich bin immer noch durch den Wind. Ich wollte dich nicht provozieren. Sind wir wieder gut?«

»Na gut, Moni. Ich war vielleicht auch zu überempfindlich. Ich schau nachher mal bei dir vorbei. Okay?« Max war nicht nachtragend. Noch nie gewesen. Reizbar ja. Jederzeit. Und oft und schnell beleidigt auch. Aber keinesfalls nachtragend.

»Ich freue mich.«

Monika war es auch nicht. Wenigstens das hatten sie bei all ihrer Unterschiedlichkeit gemeinsam.

»Alles klar. Ich mich auch. In einer halben Stunde bin ich da.«

»Magst du einen Kaffee?«

»Ja, gerne.«

»Gut. Ich stell ihn schon mal auf. Bis dann.«

Sie legten auf.

Max kleidete sich an, humpelte aus seiner Wohnung hinaus, zog die Tür hinter sich zu und wollte gerade die Treppen hinuntersteigen, als er Frau Bauer in die Arme lief.

»Ja, Herr Raintaler. Guten Morgen. Wie geht es denn?«

»Soweit ganz gut, Frau Bauer. Und Ihnen?«

»Auch gut. Ich habe jetzt einen neuen Hausarzt. Ein sehr netter, junger Mann. Sehr geduldig. Er hört sich alle Sorgen an, die man auf dem Herzen hat. Und das Beste ist, Sie müssen mich und meinen Bertram nicht hinfahren. Er hat seine Praxis nur fünf Minuten von hier. Na, wie finden Sie das?« Ihre Augen glänzten vor Begeisterung.

»Das sind ja wirklich gute Neuigkeiten, Frau Bauer. Aber ich hätte sie gerne auch weiterhin hingebracht. Ist doch Ehrensache.« Max räusperte sich kurz. Natürlich war er froh, dass ab heute keine Krankenfahrten mehr anstanden. Aber das musste Frau Bauer ja nicht unbedingt wissen. Perfekt, Raintaler. Jetzt geht es für dich die nächste Zeit nur noch ums Einkaufen und die paar kleinen Reparaturen bei ihnen drüben. Zumindest so lange, bis die beiden den nächsten neuen Arzt haben.

»Das weiß ich doch, Herr Raintaler. Ein reizender Mensch wie Sie würde uns doch nie im Stich lassen. Ihre selige Tante wäre so stolz auf Sie. Das kann ich Ihnen aber sagen.« Zwei klitzekleine Tränen der Rührung stiegen ihr in die wasserblauen Augen.

Schon Scheiße, wenn man alt wird, dachte Max. Erst bist du immer mehr auf die Hilfe anderer angewiesen und irgendwann landest du vielleicht sogar in so einem Pflegeheim. Dort gängeln und bevormunden sie dich dann, und wenn du Pech hast, arbeitet da zu allem Überfluss auch noch irgend so ein schwarzer Engel, der alte Leute umbringt und ausraubt. Stop. Jetzt ist es aber wieder gut, Raintaler. Andauernd über den Tod grübeln kann es auch nicht sein. Reiß dich mal ein bisserl zusammen. Draußen ist der schönste Frühjahrstag und nicht Totensonntag. Außerdem sind die meisten Pflegeheime absolut in Ordnung. Zumindest hier in unseren Breitengraden.

»Danke, Frau Bauer. Das ist nett von Ihnen. Ich wünsche Ihnen einen schönen Tag. Ich muss los. Bin auf dem Weg zu Moni.« Er steuerte die Treppe an.

»Sagen Sie dem Fräulein Monika einen schönen Gruß!«, rief sie ihm leutselig hinterher.

»Mach ich. Und Sie Ihrem Bertram. Bis später.«

Er trat auf die Straße hinaus, und als ihm die Sonne warm ins Gesicht schien, stahl sich ein Lächeln auf sein Gesicht. Wie gut, dass ich noch lebe, jubelte er innerlich. Auch wenn das Bein wehtut. Und der Finger. Sorry, Giovanni. Eigentlich sollte ich ja eher traurig sein. Aber es gibt Tage, da ist diese Welt einfach nur wunderschön und sonst nichts. Da möchte man am liebsten ewig leben. Oder lieber doch nicht. Man stelle sich bloß vor, man müsste ewig Steuern zahlen. Oder ewig in elender Armut vor sich hinkrepieren. Herrschaftszeiten. Was ist denn bloß los? Kann dieser negative Teufel in mir nicht einfach mal seine Klappe halten und mich nur das, was gerade ist, genießen lassen? Das muss doch möglich sein. Sonst darf ich bald wirklich zu einem Therapeuten gehen.

Sein Weg zu Monika führte ihn wie immer beim alten Anton vorbei. Und wie immer musste er unbedingt eine der köstlichen Bratwürste im Vorbeigehen mitnehmen. Sofort und auf der Stelle. Trotz des Frühstücks, das er gerade zu Hause gehabt hatte. Du wirst noch rund wie ein Fußball, unkte er für sich. Aber diesen leckeren Würsten kann man nun mal nicht widerstehen. Gerade, wenn man Raintaler heißt. Dann lässt du heute halt lieber mal das Mittagessen ausfallen.

»Servus, Anton. Wie immer«, sagte er wie immer.

»Servus, Max. Eine Rote in der Semmel mit viel Senf. Kommt sofort!«, erwiderte Anton wie immer.

Und das war's dann auch schon wieder mit ihrer Unterhaltung. Wie immer.

Der Anton ist ein Mensch, mit dem man wirklich hervorragend reden kann. Max grinste. Als er fertig gegessen hatte, rieb er sich noch kurz mit der kleinen, weißen Papierserviette, die um die Semmel herumdrapiert war, den Senf aus den Mundwinkeln, warf sie anschließend in den Mülleimer neben dem Kiosk und hinkte gut gelaunt weiter. Jetzt noch ein schöner, nicht zu starker Kaffee bei Monika, dann wäre der Tag absolut perfekt. Er wählte die Abkürzung am Fluss entlang. Die Isar führte inzwischen wieder klares Wasser, so als hätte es die tosende, braune Brühe vor ein paar Tagen nicht gegeben. Als er mittendrin kurz einmal stehen blieb, um sein Bein auszuruhen, konnte er sogar einige Forellen darin erkennen. Sie standen träge in der Strömung und warteten auf Beute. So solltest du es mit Giovannis Mörder im Moment am besten auch machen, ging es ihm durch den Kopf. Warten, bis er dir eines Tages über den Weg läuft. Und dann zuschnappen.

»Ach ja. Wenn es doch nur so einfach wäre«, murmelte er.

»Wie bitte?« Die junge Frau, die gerade an ihm vorbeijoggte, dachte anscheinend, er meinte sie.

»Nichts. Ich habe nur laut gedacht. Einen schönen Tag noch.« Max lächelte ihr leicht wehmütig ins Gesicht.

»Oh, danke schön, ebenfalls.« Sie lächelte freundlich zurück.

Da soll noch mal einer sagen, dass in München die meisten Leute Muffel wären. Stimmt doch gar nicht, Raintaler. Wie man in den Wald hineinruft, so schallt es heraus. Die alten Sinnsprüche sind wirklich genauso einfach wie wahr. Sie bringen es immer wieder auf den Punkt. Eine Gruppe weißer Schwäne schwamm majestätisch auf ihn zu. Was für ein Bild von Erhabenheit und natürlichem Stolz. Schade, dass du deine neue Kamera nicht dabei hast. Die gefiederten Burschen hier wären ein absolutes Starporträt wert. Bist du eigentlich immer noch stolz auf dich? Oder hast du dich schon aufgegeben? Hast du das Ende deines Lebens bereits eingeläutet und steuerst ohne jede Gegenwehr darauf zu? Wie wäre es denn, wenn du dich mal wieder mit jemandem zum Tennis verabredest? Trotz deiner Schmerzen im Ellbogen. Oder dir ein ausfüllendes Hobby suchst? Das Detektivspielen allein ist doch kein Leben. Irgendein kluger Mensch hat einmal gesagt, dass man einfach nur loslassen müsse, dann ergäbe sich alles andere wie von selbst. Klingt ja nicht schlecht. Aber wie macht man das? Wie lässt man los. Springt man irgendwo hinunter? Oder hört man einfach auf zu denken? Was, wenn man dabei versehentlich das Atmen vergisst? Dann stirbt man doch. Heißt loslassen etwa sterben? Oder gibt es da noch etwas dazwischen?

»Gott sei Dank ist ›Monikas kleine Kneipe‹ gleich da vorne, Raintaler«, sagte er laut. »Sonst wirst du am Ende echt noch depressiv bei deinen trüben Gedanken.« Wenn du es nicht schon bist, dachte er weiter. Wie kann man bei einem so schönen Wetter nur so einen ausgemachten Schmarrn daher denken?

Als er vor Monikas Haustür stand, bemerkte er, dass er seinen Schlüssel vergessen hatte und klingelte. Gleich darauf öffnete sie.

»Hallo, Max. Schön, dass du da bist.« Sie strahlte ihn fröhlich an.

»Komm doch rein.«

»Alles klar. Gerne.« Er gab ihr ein Küsschen auf die Wange und stieg mit ihr die Treppe zu ihrer Wohnung hinauf.

»Na, wie geht es meinem Teilzeitlebensgefährten?«, fragte sie, als sie vor ihren gefüllten Kaffeetassen am Küchentisch saßen.

»Gar nicht schlecht, bei dem herrlichen Wetter. Nur mein Bein tut weh.« Max zeigte auf seinen rechten Oberschenkel.

»Was ist damit? Ich habe schon bemerkt, dass du humpelst.«

»Schmerzen ohne Ende.« Er machte ein leidendes Gesicht, um seine Aussage gleich noch mal aktuell zu belegen. »Ich habe gestern einen der Burschen, die Franzi und ich im Zusammenhang mit Giovannis Tod suchen, verfolgt. Tja, und dabei ist mir so ein blöder Hund in die Quere gekommen.«

»Ein Spaziergänger?«

»Nein, ein echter Hund. Keine Ahnung, was für einer es war. Auf jeden Fall war er groß und ich bin vom Fahrrad gesegelt. Und habe mir den Oberschenkel am Lenker geprellt. Aber sauber. Hoffentlich ist er nicht gebrochen.«

»Du warst gestern mit deinem Rad unterwegs? Schön.«

Sie geht gar nicht auf mein Gejammer ein. Wieso tut sie das eigentlich? Hat sie kein Mitleid mit mir? Herrschaftszeiten. Das stinkt mir ja gleich schon wieder gewaltig.

»Nein. Das Rad hatte ich mir vorher von einem Rentner geliehen!« Das muss als Information genügen. Schließlich sind es ja meine Ermittlungen. Und außerdem kann ich auch ignorant sein.

»Verstehe«, sagte Monika, die ihrem ratlosen Gesichtsausdruck nach gar nichts verstand.

»Ja, so war das eben. Leider ist mir der Kerl dann auch noch entwischt.«

»Ach je. So was Dummes. Soll ich mir das Bein mal anschauen? Hast du schon Salbe draufgetan?«

Sie sah ihn jetzt mit diesem gewissen, mütterlich besorgten Blick an, den er zwar immer gerne als Zeichen der Zuwendung herbeisehnte, aber, wenn er dann tatsächlich da war, doch wieder nicht mochte. Es hatte in seinen Augen nämlich gleichzeitig etwas unangenehm Inquisitorisches, wenn sie ihn so ansah. Und etwas Manipulierendes obendrein. Aber vielleicht bin ich da auch bloß zu empfindlich, räumte er in Gedanken ein. Und vielleicht erinnert sie mich dabei bloß zu sehr an meine Mutter. Die hat mich früher mit ihrer Art der Fürsorge schier wahnsinnig gemacht. Nie hat sie mir richtig zugehört. Immer wusste sie besser als ich, was ich hatte.

»Du hast doch diese Wundersalbe von deiner Tante aus Miesbach«, meinte er. »Meinst du, die hilft? Ich glaube es ja eigentlich nicht. Das Bein ist Schrott.«

»Bestimmt hilft sie. Übrigens. Clara macht in einer Woche das ›Da Giovanni‹ wieder auf. Georg wird sie dabei unterstützen, hat sie gemeint.«

»Na, das klingt doch super. Dann kommt sie ja bald wieder auf die Beine.«

Max zog mit schmerzverzerrter Miene seine Jeans aus, während Monika ins Badezimmer ging, um Tante Ernas großen Salbentopf zu holen. Als sie damit wieder bei ihm war und seinen Oberschenkel zum ersten Mal genauer betrachtete, zuckte sie erschrocken zurück.

»Oh, oh!«, meinte sie kopfschüttelnd. »Das ist ja ein schöner Bluterguss. Na ja. Wird schon wieder werden.«

»Hoffentlich«, erwiderte er. »Beim Spiel morgen kann ich wahrscheinlich gar nicht auflaufen. Das werden sie dann wohl verlieren, ohne Giovanni und mich. Der Gegner ist stark.«

»Ach, wer weiß. Bis morgen ist noch viel Zeit. Mag sein, dass du nicht der Schnellste bist. Aber laufen wirst du schon wieder können. Dank Tante Erna.« Sie kniete sich neben ihn, hielt den Salbentopf hoch wie in einem Werbespot und begann, den blauen Fleck mit sanften, kreisenden Bewegungen einzureiben.

»Autsch,« beschwerte sich Max währenddessen. »Du tust schon wieder so, als wärst du eine Ärztin. Genau wie gestern wegen dem Blutdruck. Ich glaube eben nicht, dass ich spielen kann. Das Bein tut echt verdammt weh.«

»Aber ich tu doch gar nicht, als wäre ich eine Ärztin«, protestierte sie. »Ich will dich doch nur ermutigen.«

»Ermutigen ist auch okay. Aber diese andauernde Art, dich in meine Krankheiten zu mischen, ist es nicht. Ich weiß schon selbst, was mir fehlt.« Er blickte auf einmal nur noch stur geradeaus.

»Was bist du denn schon wieder so grantig?«, wollte Monika wissen.

»Bin ich doch gar nicht«, widersprach er.

»Bist du eben schon.«

»Bin ich nicht!« Er wurde laut und begann rot anzulaufen.

»Doch. Eben schon!«, beharrte sie. »Schau doch bloß mal. Du wirst schon wieder ganz rot vor Ärger. Stell dich doch nicht immer so an.«

Genug. Herrschaftszeiten. Jetzt kommt sie mir auch noch mit Mutters Satz. Jahrelang durfte ich mir als Kind anhören, dass ich mich nicht so anstellen soll. Aber jeder andere in der Familie, und vor allem sie, durfte sich wegen jeder Kleinigkeit anstellen. Wegen jedem lächerlichen Schnupfen. Nichts für ungut, Mutter. Ich habe dich sehr geliebt. Aber diesen Satz vergesse ich dir nie.

»Na gut, wenn du meinst«, knurrte er beleidigt. »Dann stelle ich mich eben an. Und wenn das so ist, kann ich ja auch gleich wieder gehen. Oder?« Er schob unsanft ihre Hand von seinem Bein und zog seine Jeans wieder an.

»Was ist denn los? Was habe ich denn schon wieder Schlimmes gesagt?« Sie blickte ratlos auf ihren weiß gefliesten Küchenboden.

»Nichts, Monika! Rein gar nichts!«, brüllte er unvermittelt los. »Mir geht nur deine bevormundende Art manchmal gewaltig auf die Eier. Entweder du meinst, mir sagen zu müssen, wie viel ich trinken soll, räumst mir meinen Kleiderschrank ein, wie du willst, motzt rum, wenn ich nicht andauernd Sport treibe, verarschst mich wegen meinen Blutdrucktabletten, redest mir in meinen Job rein, oder du ermahnst mich, dass ich mich nicht so anstellen soll, weil du ja anscheinend ganz genau weißt, wie schlimm meine Schmerzen sind. Aber heiraten willst du mich seit Jahren nicht. Du scheinst mich mit einem Kind zu verwechseln. Und außerdem ist mein bester Freund gestorben. Eigentlich bin ich hergekommen, um mich wieder mit dir zu versöhnen. Aber wenn du jetzt schon wieder so anfängst, gehe ich halt wieder. Außerdem stelle ich mich nicht an! Herrschaftszeiten noch mal!« Er bekam fast keine Luft mehr, nachdem die ganze, lange Zeit aufgestaute Wahrheit sich derart vehement den Weg aus seinem tiefsten Herzen über die Zunge nach draußen gebahnt hatte.

»Aber ich habe doch nur gesagt, dass du nicht so grantig sein sollst.« Sie sah ihn an, als käme er von einem anderen Planeten.

»Schon recht, Monika. Rede nicht weiter! Ich ruf dich wieder an. Irgendwann! Vielleicht denkst du inzwischen ja mal darüber nach, wie man mit jemandem umgeht, vor dem man wirklich Respekt hat.« Er stapfte wütend und eingeschnappt wie selten zur Tür hinaus und rumpelte die Treppe hinunter.

Was ist denn mit dem los?, fragte sich Monika, die immer noch auf ihrem Küchenboden kniete. Empfindlich war er ja schon immer. Aber so zickig wie zurzeit hat er sich noch nie aufgeführt. Wegen nichts und wieder nichts. Hat es etwa mit Giovannis Tod zu tun? Oder liegt es wirklich an mir?

Sie zog sich langsam an der Tischplatte hoch und brachte kopfschüttelnd den Salbentopf ins Badezimmer zurück. Dann trank sie ihren Kaffee aus und überlegte, was sie falsch gemacht haben könnte. Hatte er am Ende doch etwas mit einer anderen? Mit der Blonden aus dem Biergarten? War er deswegen so aufgebracht? Weil er nicht wusste, für wen von beiden er sich entscheiden sollte?

Max stakste währenddessen kochend vor Wut zu seiner Wohnung zurück. So ein Dreck. Jetzt reicht es aber endgültig, schimpfte er innerlich. Ich werde doch wohl noch selbst wissen, wie weh mir mein eigenes Bein tut. Andauernd hat sie was an mir auszusetzen. Bisher habe ich nichts Ernstes mit Annika gehabt, aber heute Abend werde ich sie zum letzten Mal vor ihrer Heimfahrt treffen. Kann gut sein, dass ich bei der Gelegenheit mehr daraus werden lasse. Herrschaftszeiten.

Sein Handy klingelte.

»Hallo, Max. Franz hier.«

»Ja, Servus. Was gibt es, alter Kämpfer?« Max ließ sich seinen Groll auf Monika nicht anmerken, obwohl es ihm verdammt schwerfiel.

»Leider nichts Gutes, alter Freund. Ich fürchte langsam fast, dass der Mordfall Giovanni im Moment nicht so schnell wie gedacht zu lösen ist.«

»Was ist denn los?«

»Dieser Mario Albertini hat kein Alibi für die Zeit, in der Giovanni umgebracht wurde. Niemand hat ihn in der ›Alten Maus‹ gesehen. Es wurden aber auch definitiv keine Fingerabdrücke von ihm in Giovannis Lokal gefunden.« Franz räusperte sich ein paar Mal kräftig. »Also haben wir nichts weiter als unsere Vermutungen und deinen Satz über Giovanni, den einer aus der Bande gesagt haben soll«, fuhr er danach fort, »dass er es nicht anders gewollt habe. Und der Kleine mit der großen Zahnlücke, dieser Marco, der in der ›Bar Verona‹ zu uns an den Tisch kam …« Er hustete und röchelte jetzt, als würde er dafür bezahlt werden.

Wahrscheinlich raucht er gerade wieder wie ein Schlot, dachte Max.

»Was ist mit ihm?«, fragte er dann.

»Er war nirgends aufzutreiben«, sagte Franz, als er seine Stimme wiedergefunden hatte. »Der ist genauso spurlos verschwunden wie die vier anderen sauberen Herren. Für den Angriff auf dich kriegen wir Albertini dran. Aber der Mord an Giovanni … Keine Ahnung. Jetzt können wir wirklich nur noch auf die Fahndung hoffen. Doch das kann dauern. Da ist Geduld gefragt.«

»Egal, Franzi. Dann warten wir eben. Wie die Spinne in ihrem Netz. Wäre ja nicht das erste Mal.«

»Hast recht, Max. Ich bleib auf jeden Fall dran. Was treibt so ein Frühpensionär wie du eigentlich bei diesem Superwetter?«

»Spazieren gehen, Franzi. Mit der Freundin streiten. Und das Leben genießen. Was man halt so tut in unserer schönen Stadt.«

»Hätte ich mir auch denken können. Übrigens, was sagt man von einem Spanner, der gestorben ist?«

»Keine Ahnung. Ruhe in Frieden?«

»Nein. Der ist weg vom Fenster. Also, Servus.«

»Servus, Franzi. Und gute Besserung.«

Wie konnte ein Mensch bloß immer wieder dermaßen saublöde Witze erzählen. Wohl nur, weil er selbst bei der Polizei war und deshalb keine Angst haben muss, dass man ihn dafür einsperrte. Anders konnte das gar nicht sein.

29

Zu Hause angekommen legte sich Max für eine Stunde auf seine gemütliche rote Couch im Wohnzimmer. Dann fuhr er in die Stadt, um sich einen Stretchverband für sein Bein zu besorgen. Und zwar einen ganz festen. Am besten so einen speziellen, elastischen Strumpf für Sportler, den man nur drüberziehen musste, und wie man ihn in der Apotheke um die Ecke nicht bekam. Wenn ich schon mal hier bin, dachte er, als er das erledigt und sein Bein gleich damit versehen hatte, kann ich auch gleich noch auf den Viktualienmarkt schauen. Er flanierte liebend gern an den bunten Ständen voller Käse, Fisch, Fleisch, Wein, Gemüse, Fruchtsäften, Brot, Blumen, Gewürzen und Obst aus aller Welt entlang und erschnupperte dabei mit höchstem Entzücken die verschiedenen, teils exotischen Gerüche. Und einen dieser Stände liebte er ganz besonders. Die Bratwurstbude, gleich hinter dem Eingang zu dem weitläufigen Paradies der Genüsse. Während den letzten Jahren seiner Dienstzeit war er hier beinahe täglich mit Franz auf eine Rote mit viel Senf vorbeigekommen. Und genau dasselbe hätte er jetzt am liebsten auch schon wieder getan. Doch dann besann er sich darauf, dass er heute schon eine Wurst gehabt hatte, setzte sich an einen der Biertische, die neben dem Stand aufgebaut waren und beobachtete das bunte Treiben rundum.

»Das gibt es doch gar nicht«, vernahm er auf einmal eine Stimme hinter sich. »Max? Bist du das?«

Er drehte sich um. Mike stand in schwarzer, glänzender Nappaledermontur samt Käppi vor ihm und kaute genüsslich eine Wurst.

»Ja, so ein Zufall. Servus, Mike. Wir haben uns letztes Mal doch nicht hier verabredet, oder?« Was ist denn das schon wieder für ein Outfit. Ist er am Ende schwul? Aber er hat doch Jane. Die ist doch seine Freundin und Managerin. Oder etwa nicht? Egal. Wen juckt's.

»Nein, Max. Haben wir nicht. Zumindest soweit ich mich erinnern kann. Wie geht es dir?«

»Ganz gut. Und dir? Ist Jane wieder trocken?« Max grinste.

»Die ist wieder trocken, ja. Und mir geht es auch gut.« Mike grinste ebenfalls.

»Irgendetwas scheint uns das Schicksal wohl mitteilen zu wollen. Sich dreimal kurz hintereinander zu treffen, ohne Verabredung. Ist das noch reiner Zufall oder schon eher Bestimmung? Also, ich finde es zumindest bemerkenswert. Was meinst du?« Max blickte seinen jungen Musikerkollegen neugierig an.

»Mir ist es, ehrlich gesagt, langsam unheimlich«, erwiderte der und biss ein Stück von seiner Wurst ab. »Und dann auch noch an total verschiedenen Stellen in der Stadt. Das geht doch nicht mit rechten Dingen zu. Du bist nicht zufällig Polizist, oder?«

Da wird doch jemand nicht paranoid sein, dachte Max. Hat er vielleicht Angst vor der Drogenfahndung? Kann sein. Seine Jane raucht ja auf jeden Fall Gras. Dann tut er es bestimmt auch.

»Polizist war ich mal«, antwortete er. Während er Mike essen sah, bekam er selbst immer mehr Appetit auf eine Rote. Mit viel Senf natürlich. »Aber das war in einem anderen Leben«, fuhr er fort. »Vielleicht sollten wir mal zusammen ein Konzert geben. Kann doch sein, dass es genau das ist, was uns der große Manitu mitteilen will.«

Er nahm die Sache mit Mike gelassen. Das mit der Wurst in dessen Hand weniger. Das Wasser lief ihm immer mehr im Mund zusammen.

»Das ist eine Hammeridee. Geil! Da habe ich ja sofort Bock drauf. Wann? Wo?« Mike beförderte den letzten Wurstzipfel mit Senf in seinen Mund und stopfte den Rest seiner Semmel nach.

»Also, ich kenne da ein paar Kneipen, wo wir das versuchen könnten«, meinte Max, während er nach seinem Geldbeutel tastete. Und was, wenn ich mir doch eine Rote hole? Eine vertrage ich bestimmt noch. Eigentlich sind die doch ganz mager. »Lass uns doch einfach spontan mal telefonieren und was ausmachen. Sobald mein Finger wieder ganz in Ordnung ist. Okay?«, fuhr er fort.

»Klar, Mann. Jederzeit. Hier meine Karte. Habe ich bisher ganz vergessen, dir zu geben.« Mike wischte sich mit seiner Serviette den Senf aus den Mundwinkeln und reichte ihm einen bunt bedruckten, kleinen Karton.

»Danke«, sagte Max und steckte das auffällige Adresspapier in seine Jackentasche. »Ich stehe übrigens dick und fett im Telefonbuch. Max Raintaler mit ›a‹ , Thalkirchen. Habe gerade keine Karte dabei.«

»Alles klar. Ich freue mich darauf.« Mike schüttelte ihm überschwänglich die Hand. »Also gut, Max«, fuhr er dann fort. »Ich muss los. Bin mit ein paar Anwälten verabredet, die einen Musikverlag aufgemacht haben. Ich hoffe, ich kann denen ein paar meiner Songs verkaufen. Könnte mal wieder etwas Kohle gebrauchen.«

»Ja, ja, das liebe Geld. Glücklich macht es nicht unbedingt. Aber es beruhigt ungemein. Stimmt's?«

»Du sagst es, Max. Also mach's gut. Bis demnächst. Ich melde mich bei dir.«

»Wenn wir uns vorher nicht wieder zufällig treffen.«

Dann trennten sie sich. Schon komisch, dachte Max. Der Bursche taucht jetzt seit ein paar Tagen regelmäßig wie eine schrille Fata Morgana vor mir auf. Verfolgt er mich? Schmarrn, nur nicht selbst paranoid werden. Das hätte ich als alter Profi doch gemerkt. Bestimmt ist das Ganze bloß ein äußerst seltener Zufall. Wie dem auch sei, vielleicht trete ich ja wirklich mal mit ihm gemeinsam auf. Aber jetzt … geht es erst mal um die Wurst, Herr Raintaler.

Nachdem er seine Rote mit viel Senf gierig verschlungen hatte, spazierte er ein Stück weiter in Richtung Jakobsplatz und setzte sich vor einem kleinen Café in die Sonne. Perfekt. Hier bleibe ich die nächsten zwei Stunden sitzen. Danach ist es sowieso an der Zeit, zu Rosi rüberzugehen, um Annika zu treffen. Er bestellte einen doppelten Espresso und schlug die Abendausgabe der Tageszeitung auf, die er vorher einem Pakistani oder Inder auf dem Mofa abgekauft hatte. Als er beim Lokalteil angelangt war, blieb sein Blick an dem Bild eines Toten haften. ›Mann ertrunken. Mysteriöser Todesfall bei der Tierparkbrücke‹ stand darüber. Er sah genauer hin und erkannte Marco, den kleinen Italiener mit der Zahnlücke aus der ›Bar Verona‹. Ja, da schau her. Da hat einer wohl zu viel gewusst. Oder sich mit den Falschen angelegt. Wieso hat mir Franzi eigentlich nichts davon erzählt? Er rief seinen Freund auf dem Handy an.

»Servus, Franzi. Du hast doch heute Vormittag gesagt, dass dieser Marco, der uns vor der Bande in der ›Bar Verona‹ gewarnt hat, verschwunden wäre«, sagte er, als sein Freund sich meldete. »Jetzt ist er wieder aufgetaucht. Und zwar aus der Isar. Bei der Tierparkbrücke.«

»Ich weiß, Max. Wir waren vorhin dort. Ich hatte noch keine Zeit, dich anzurufen. Ja, schöner Mist. Der hilft uns jetzt auch nicht mehr weiter in seinem erbärmlichen Zustand. Höchstens, wenn die von der Forensik noch irgendwelche Spuren an ihm finden. Was nach seinem ausgiebigen Vollbad unwahrscheinlich erscheint.«

»Herrschaftszeiten. Das Ganze wird immer kniffliger, Franzi. Ich bin gespannt, wie das noch weitergeht.«

»Das bin ich auch. Im Moment schaut es wirklich düster aus. Nicht mal das Zipfelchen einer Spur von Giovannis Mörder. Außer Albertini, der sich aber an nichts erinnern kann oder will. Ich mache für heute auf jeden Fall Feierabend. Habe keine Lust, schon wieder das ganze Wochenende durchzuarbeiten.«

»Kann ich dir nicht verdenken. Mach's gut, Franzi. Auf jeden Fall bis morgen beim Spiel.«

»Mal sehen. Pass auf dich auf, Max. Servus.«

Max legte auf und bestellte noch einen Espresso bei der vorbeieilenden, kurzhaarigen Kellnerin. Na sauber. Der kleine Marco tot. Sicher war das die Drecksbande aus der ›Bar Verona‹. Hoffentlich bringen die mich nicht auch noch um, dachte er. Zuzutrauen wäre es ihnen allemal. Gedroht haben sie mir ja schon zweimal.

30

Max saß am gleichen Ecktisch in ›Rosis Bierstuben‹ wie die letzten beiden Male und wartete dort seit einer halben Stunde auf Annika. Wahrscheinlich hat sie es sich anders überlegt, sagte er sich. Bestimmt meint sie endgültig, dass sie in meiner Begleitung in zu großer Gefahr schwebt, und traut sich nicht herzukommen. Verstehen würde ich es. Man muss sich das doch bloß mal vorstellen. Da kommt sie in eine fremde Stadt und kennt dort natürlich erst mal so gut wie niemanden. Dann lernt sie jemanden kennen, findet ihn sogar nett, unternimmt was mit ihm, doch plötzlich soll sie eine Drohbotschaft an den neuen Bekannten ausrichten. Und wird zu allem Überfluss noch von einem Kampfhund gekratzt. Ich würde mir auch meinen Teil denken, wenn mir so was passieren würde. So gesehen könnte ich es ihr nicht mal übel nehmen, wenn sie heute nicht käme.

»Na, Fremder, so ganz alleine am Tisch?«

Er schreckte aus seinen Gedanken hoch und blickte auf.

»Annika? Schön, dass du da bist«, stieß er überrascht hervor. »Ich dachte schon, du kommst nicht.«

»Hallo, Max. Bitte entschuldige die Verspätung. Aber wir hatten doch heute unseren letzten Kurstag. Und da gab es noch eine kleine Abschiedsfeier mit Sekt und der Verleihung der Teilnahmeurkunden, zu der ich natürlich hinmusste. Ich hoffe, ich bin nicht allzu spät. Wie viel Uhr ist es denn?« Sie war außer Atem und sprach total gehetzt.

Wahrscheinlich ist sie das letzte Stück hergerannt, vermutete er.

»Ach, kaum der Rede wert. Halb neun. Außerdem hatte

ich ja massenhaft Gesellschaft, wie du siehst.« Er deutete grinsend auf die anderen Gäste im Saal.

»Spinner!« Sie grinste auch, beugte sich zu ihm hinab und gab ihm einen zärtlichen Kuss zur Begrüßung.

»Oh, là là! Womit habe ich das denn auf einmal wieder verdient?«, fragte Max, der wirklich überrascht war.

Nach dem Biergarten gestern hatte er eher das Gefühl, dass sie ihm aus dem Weg gehen wollte. Geküsst hatte sie ihn von da ab jedenfalls den ganzen gestrigen Tag nicht mehr. Und jetzt das? Er wurde einfach nicht schlau aus ihr.

»Verdient hast du es überhaupt nicht«, scherzte sie zurück. »Aber da du mir einfach nun mal so gut gefällst, dachte ich mir, dass ich mir so ein kleines Küsschen ruhig mal gönnen darf. Reiner Egoismus.«

»Na, wenn das so ist, würde ich dich hiermit gerne bitten, noch mal egoistisch zu sein. Wäre das möglich?«, sagte er.

»Max Raintaler, du bist wirklich unverbesserlich«, entgegnete sie ihm. »Aber nur weil du es bist. Okay?«

Sie küsste ihn noch mal. Etwas länger und etwas inniger. Tja Moni. Sieht ganz so aus, als hättest du gerade ziemlich schlechte Karten.

»Absolut okay«, sagte er, sobald er wieder Luft holen konnte. »Was möchtest du trinken? Einen Weißwein? Oder zum letzten Mal ein schönes Münchner Bier?«

»Ein Bier wäre nicht schlecht. Aber bestimmt nicht zum letzten Mal. Ich komme wieder bei euch Sturköpfen hier unten vorbei. Auf jeden Fall.«

»Das würde uns Sturköpfe natürlich freuen«, antwortete Max und rief Rosi an den Tisch, um zu bestellen.

»Noch zwei Bier, Max? Kommt sofort.« Die fesche Wirtin, heute ausnahmsweise im minirockkurzen, roten Dirndl, das ihre wohlgeformten, langen Beine zur Geltung brachte, rauschte geschäftig wieder davon.

Max fiel bei der Gelegenheit ein, dass Annika auch schöne Beine hatte, und dass eins davon verletzt war. »Wie geht es deiner Kratzwunde?«, erkundigte er sich.

»Gut«, antwortete sie. »Letzte Nacht hat es noch ein bisschen wehgetan, aber jetzt spüre ich sie kaum noch. Sie ist gut versorgt worden von diesem gut aussehenden, jungen Notarzt.«

»Ach, da war ein gut aussehender Notarzt? Ist mir gar nicht aufgefallen.« Er grinste frech.

»Weil ihr Männer auf solche Dinge nicht achtet.«

»Stimmt. Gott sei Dank. Sonst wäre die ganze Männerwelt schwul. Und wo sollen dann noch Kinder herkommen?«

»Spinner! Und was macht dein Bein?«

»Es geht! Was denn sonst?« Er lachte und schlug dabei mit der flachen Hand auf den Tisch. Ein Burner, Raintaler! Ein echter Burner! Endlich fällt dir so was auch mal ein und nicht immer nur dem Franzi.

»Totaler Spinner! Kann man mit dir heute auch ein einziges ernsthaftes Wort reden?« Sie musste auch lachen.

»Ja! Nein! Doch! Ja!«

Max wusste selbst nicht, woher seine gute Laune auf einmal kam. Schließlich drückte die Sache mit Giovanni seit Tagen auf seine Stimmung. War es ihre Gegenwart? Der Kuss? Oder das viele Bier in der letzten Zeit? Sei's drum.

»Na, da bin ich jetzt aber mal gespannt«, zweifelte sie.

»Welches Thema hättest du denn gerne?«, fragte er. »Das Ozonloch? Abschmelzende Polkappen? Kapitalismuskritik? Kafka?«

»Oh, Mann. Gebt diesem Kerl so schnell wie möglich noch ein Bier, dass er wieder normal wird. Das ist doch nicht zu fassen. So kenne ich dich ja gar nicht.« Ihr Blick umwölkte sich leicht.

»Soll ich dir was verraten, Annika? Ich kenne mich so auch nicht.« Er prustete und wieherte, bis ihm der Bauch wehtat.

»Soll ich lieber wieder gehen?« Sie grinste zwar immer noch, aber sie klang jetzt auch leicht sauer.

Die Situation drohte ins Negative zu kippen. So wie bei ihren letzten Treffen.

»Um Gottes willen, nein. Bitte nicht. Bleib bei mir. Es ist gleich wieder vorbei.« Max wischte sich mit beiden Händen die Lachtränen aus dem Gesicht. Herrschaftszeiten, ist die schnell beleidigt. Hoffentlich dreht sie nicht gleich wieder durch.

»Ich glaube, es war alles ein bisserl viel in den letzten Tagen. Ich habe mich gleich wieder gefangen«, versprach er.

»So ihr zwei Hübschen. Hier ist euer Bier.« Rosi war zurück und stellte ihnen die Getränke vor die Nase.

»Jetzt hör dir das doch bloß mal an, Max«, meinte sie dann. »Da kommt doch gerade eine alte Bekannte rein, die hier mal im Service gearbeitet hat und fängt das Herumstreiten mit mir an. Ich hätte das Rezept für meine Leberknödel von ihr geklaut. Kannst du dir eine solche Frechheit vorstellen?«

»Ich kann mir alles Mögliche vorstellen, Rosi. Wie du weißt, war ich lange genug bei der Kripo.«

Wenn er jemandem zutraute, ein Rezept zu klauen, um sich einen persönlichen Vorteil zu verschaffen, dann war es die geschäftstüchtige, bayrische Wirtin. Auf der anderen Seite konnte er natürlich nicht wissen, ob es wirklich so gewesen ist. Also hielt er sich diplomatisch zurück und grinste nur.

»Na, also wirklich«, echauffierte sie sich weiter. »Als hätte ich so was nötig. Eine Frechheit von der! Ich habe sie natürlich rausgeworfen. Soll sie ihr Geld doch woanders schnorren.«

»Hast ja recht, Rosi. Aber sieh es doch so. Manche probieren es einfach.«

»Das stimmt wohl, Max. Ich brauch jetzt erst mal einen Schnaps auf den Schreck. Wollt ihr auch einen?« Sie blickte die beiden fragend an.

»Da sagen wir nicht nein. Oder, Annika?« Max nickte ihr aufmunternd zu.

»Klar. Ich bin dabei«, antwortete seine blonde Nordseefee wieder etwas besser gelaunt. »Wundert mich eh, dass ihr hier unten das Bier meistens ohne hochprozentige Begleitung trinkt. Bei uns ist das anders. Da gehört der Schnaps dazu.«

»Also gut. Bin gleich zurück.« Die fesche Wirtin fegte im gewohnten Schnellzugtempo quer durch den Saal hinter ihren Tresen.

»Rezepte klauen. Was es nicht alles gibt? Ich lach mich schlapp«, gackerte Max, als sie wieder allein waren.

»So lustig ist das gar nicht«, meinte Annika. »In Hamburg hatten wir mal einen ähnlichen Fall. Ich habe das neulich auch schon mal erwähnt. Erinnerst du dich?«

»Dunkel.«

»Jedenfalls hat da ein angesagter Starkoch ein Rezept von seinem härtesten Konkurrenten gestohlen. Und der hat ihn daraufhin von ein paar Russen regelrecht hinrichten lassen. Wenn es ums Essen geht, geht es auch immer um die Kunden und ums Geld. Um viel Geld.«

Max wusste auf einmal wieder genau, wovon sie sprach. Es war während des Sommerlochs gewesen. Im August vor vier Jahren. Eine gute Woche lang war es das Tagesgespräch in den Medien gewesen.

»Stimmt«, murmelte er abwesend. »Jetzt, wo du es sagst,

erinnere ich mich auch wieder. Eine ganz üble Sache war das.«

Raintaler, du alter Depp. Wo hattest du bloß die ganze Zeit über dein Hirn? Hat Clara nicht vor ein paar Tagen gesagt, dass etliche Leute hinter Giovannis Rezept für die feurige Pizza her gewesen seien? Und hat sie neulich am Telefon in diesem Zusammenhang nicht auch noch diesen Luigi erwähnt, der sogar deswegen mit ihm gestritten hat. Herrschaftszeiten. Das hast du bei deinen bisherigen Ermittlungen total vernachlässigt. Wolltest ja unbedingt nur diese Burschen aus der ›Bar Verona‹ festnageln. Auf deinen vagen Verdacht hin. Wegen eines albernen Spruchs! Aber das hier ist doch jetzt wirklich eine echte Spur. Denk doch bloß mal nach. Warum soll denn so eine Sache wie damals in Hamburg nicht auch hier in deinem schönen München passieren? Gleich morgen machst du dich auf den Weg in dieses ›Da Luigi‹ und schnappst dir den Mörder deines Freundes. Gleich morgen? Schmarrn. Warum nicht jetzt? Und Franzi rufst du auch an. Der kann den Kerl dann gleich mitnehmen. Er stand unvermittelt auf.

»Es tut mir leid, Annika. Wir müssen unser Treffen auf morgen früh verschieben. Wann geht dein Flieger?«

»Äh, wie … um vierzehn Uhr. Wieso?« Sie sah ihn verwirrt an.

»Sag ich dir alles morgen. Frühstück um neun in deinem Hotel?«

»Ja, ja. Okay. Aber was ist denn auf einmal los, Max? Was hast du denn? Musst du zu deiner schwarzhaarigen Bekannten?«

Da war es wieder, das ätzende Gift der Eifersucht.

»Nein. Mir ist gerade eingefallen, wer meinen Freund umgebracht haben könnte«, antwortete er schnell. »Ich muss da sofort mit meinem Exkollegen hin. Hoffentlich ist es noch nicht zu spät. Erledigst du das mit der Rechnung? Bekommst das Geld morgen von mir zurück.« Er nahm geschwind seine Jeansjacke von seiner Stuhllehne und schlüpfte hinein.

»Ja, klar. Aber warum hast du es denn so eilig? Dein Verdächtiger wird dir doch nicht davonlaufen, nur weil er dir gerade eingefallen ist.«

Dem vorwurfsvollen Klang ihrer Stimme nach schien sie überhaupt nicht mit seinem plötzlichen Aufbruch einverstanden zu sein. Schau mal an, Raintaler. Will sie am Ende was von dir? Letzter Abend in München und so? Egal. Keine Zeit. Jetzt zählt nur die Jagd nach Giovannis Mörder. Sonst nichts.

»Stimmt. Aber ich muss da jetzt einfach hin. Wenn du willst, rufe ich dich nachher noch auf deinem Handy an. Wir können ja später noch ein Glas in deiner Hotelbar trinken. Okay?«

»Mal sehen. Ist schon okay, Max.« Sie nickte sichtlich enttäuscht mit dem Kopf.

»Also dann, Servus.« Er eilte humpelnd zur Tür hinaus. Fand nicht mal mehr Zeit, um ihr ein Abschiedsküsschen zu geben.

»Ja, Tschüss. Viel Glück.« Du altes, dummes Huhn, Annika, dachte sie, während sie ihm verdattert nachblickte. Das hast du jetzt davon. Sitzt alleine an einem riesigen Kneipentisch und weißt nicht, wo du mit dir und deiner Aufgekratztheit hin sollst. Dabei hattest du dir doch geschworen, dich nie wieder mit einem Polizisten einzulassen. Und ein Expolizist macht da anscheinend auch keinen großen Unterschied. Also lass es doch einfach bleiben. Es gibt ja wirklich genug andere gut aussehende Männer. Zum Beispiel junge Notärzte.

»Wo ist Max?«, fragte Rosi, als sie mit dem Schnaps eintrudelte.

»Dringende Geschäfte«, erwiderte Annika und zuckte frustriert die Achseln.

»Männer!«, schnaubte Rosi und stellte das Tablett mit den Gläsern auf dem Tisch ab. »Dann trinken wir seinen eben mit. Prost, Engelchen.«

»Prost, Rosi.«

31

Max stieg in das nächste Taxi, das die Straße herunterkam. Er nannte dem Fahrer die Adresse des ›Da Luigi‹. Dann rief er Franz auf seinem Handy an.

»Servus, Franzi, Max hier. Wo bist du gerade?« Er sprach leise, so dass der Fahrer ihn nicht hören konnte.

»Ich bin bei Moni in der Kneipe. Habe endlich mal Feierabend. Und wo bist du? Wieso bist du nicht hier?«

»Weil wir nicht dort verabredet waren. Pass auf, Franzi. Es gibt eine neue Spur im Fall Giovanni. Im Moment bin ich ins ›Da Luigi‹ unterwegs. Es könnte gut sein, das dieser Luigi unser Mörder ist. Er schien großes Interesse an Giovannis geheimem Pizzarezept zu haben, und einen Riesenstreit hat es deswegen zwischen ihm und Giovanni auch gegeben. Du musst da unbedingt auch hinkommen.«

»Und wieso kommst du da ausgerechnet am Samstagabend drauf?«

Franz hatte sicher nicht die geringste Lust, seinen gut gewärmten Barhocker aufzugeben, das wohlverdiente Wochenendbier einfach so auf dem Tresen stehen zu lassen und in die Stadt zu fahren. Max wusste das. Aber er würde es seinem alten Freund und Exkollegen nicht durchgehen lassen.

»Ist doch jetzt egal, Franzi. Mach lieber schnell!«, zischte er ärgerlich.

»Okay, wenn es dir so wichtig ist, komme ich hin. Es kann aber zwanzig Minuten dauern, bis ich bei dir bin.«

»Alles klar. Ich warte dort auf dich.« Max legte auf.

»Da vorne rechts können Sie mich rauslassen«, wies er den Taxifahrer an, als sie vor dem Lokal angelangt waren.

Er stieg aus und setzte sich auf der Straßenseite gegenüber dem Lokal auf eine braune Holzbank unter einen der Laubbäume, die dort die Straße säumten. Dann beobachtete er den hell beleuchteten Eingang des Restaurants. Wie es schien, gab sich hier die Prominenz die Klinke in die Hand. Er erkannte einen bekannten Tennisspieler, eine berühmte Schauspielerin in unbekannter männlicher Begleitung und einen megaerfolgreichen Popmusikproduzenten aus Hamburg, der offenbar gerade zu Gast in München war. Aha. Wieder mal einer dieser Münchner Schickimickiläden, in die du selbst in hundert Jahren nicht reingehen würdest, Raintaler, sagte er sich. Ist dieser Luigi wirklich so sehr auf Giovannis Rezept angewiesen, dass er ihn deswegen umgebracht hat? Na klar. Zweifele nicht schon wieder. Aus Geldgier tun die Leute alles. Das hast du als Polizist doch oft genug erlebt. Es gibt Länder, da wirst du für zehn Euro oder eine Armbanduhr um die Ecke gebracht. Warum also soll nicht auch dieser Luigi Giovanni wegen eines Pizzarezeptes getötet haben?

Zehn Minuten später schlug ihm jemand von hinten auf die Schulter und rief laut: »Aufstehen! Polizei!« Er fuhr erschrocken hoch und blickte direkt in Franz' Gesicht.

»Herrschaftszeiten. Schleicht sich der Depp an wie ein Apache auf Kriegspfad«, beschwerte er sich. »Willst du, dass ich einen Herzinfarkt kriege?«

»Was ist los? Du warst doch früher nie so schreckhaft«, wunderte sich Franz. Er setzte sich mit einem scheppernden Lachen neben ihn.

»Und der Wirt von dem Lokal da drüben soll ernsthaft Giovanni auf dem Gewissen haben?«, fragte er dann erstaunt. »Bist du sicher? Ich glaube, da ist gerade einer unserer besten Fußballer reingegangen. Kann das sein?«

»Logisch«, entgegnete ihm Max. »Ich habe ihn auch gesehen. Das scheint hier so eine Art Promitreff zu sein.«

»Na, da passen wir zwei ja hervorragend dazu, in unserem feschen Dinneroutfit.« Franz zeigte kopfschüttelnd auf Max, der seine alte Jeansjacke offen über einem ausgebleichten, hellblauen T-Shirt mit der Aufschrift ›Biertrinker leben länger‹ trug, und dann auf seinen eigenen, abgetragenen Lodenjanker, Marke Jägerlust.

»Wieso? Was soll daran falsch sein?«, wollte Max wissen. »So laufen doch heutzutage alle rum. Gut. Deine braune Cordhose und deine Jacke sind wirklich nicht der letzte Schrei, aber ich reiße uns dafür garantiert wieder raus. Allein schon mit meinem durchtrainierten Körper.« Er schlug seine Jacke zurück und zuckte zum Beweis ein paar Mal mit seinen Brustmuskeln.

Franz, dem ihre außerdienstliche Unternehmung hier nach wie vor nicht ganz geheuer war, starrte nachdenklich auf die andere Straßenseite. »Und was hast du jetzt vor, nachdem du mich von meinem schönen Bier weggelockt hast?«, fragte er. »Den Laden zu zweit stürmen?«

Er kannte Max' Vorliebe für unorthodoxe Ermittlungsmethoden zur Genüge. Schließlich waren sie lange genug Kollegen bei der Kripo gewesen. So gemütlich der Raintaler als Privatmensch auch daherkam, sobald er Witterung aufnahm, konnte er zum Tier werden. Das wusste noch heute jeder auf dem Revier.

»Nicht unbedingt«, erwiderte Max. »Wir gehen rein und setzen den Typen unter Druck. Und wenn er sich verdächtig macht, nehmen wir ihn gleich mit.«

»Reicht es nicht, wenn wir ihn morgen ins Revier bestellen? Denk doch bloß an die ganzen bekannten Leute da drinnen. Es könnte gewaltigen Ärger geben, wenn wir den Chef quer durch sein Lokal hindurch abführen.«

»Jetzt sei doch nicht so eine Tussi, Franzi. Der Polizeipräsident wird schon nicht drinnen sitzen. Außerdem haben die sicher einen Hinterausgang.« Er schlug seinem Freund ermutigend mit der flachen Hand auf den kräftigen Schenkel.

»Na gut«, meinte Franz. »Also, dann. Worauf warten wir noch? Gehen wir.«

Sie überquerten die hell beleuchtete Straße. Im Lokal blickten sie zunächst unauffällig über die vielen bekannten Köpfe, unter denen Franz den Polizeipräsidenten zu seiner großen Erleichterung nicht entdeckte, und gingen dann zum Tresen, der rechts von ihnen lag.

»Luigi ist in Küche«, erklärte ihnen der gut aussehende Barmann auf Max' Frage nach dem Chef. »Ich gehe holen.«

»Na gut. Wir warten hier«, antwortete Franz und lehnte sich lässig gegen die mit Handschnitzereien verzierte, dunkelbraune Mahagonitheke.

Als der glatt gestriegelte Südländer nach drei Minuten immer noch nicht zurück war, wurde Max unruhig.

»Ich glaube, der verarscht uns, Franzi. So weit kann die Küche doch gar nicht entfernt sein. Komm. Wir gehen hinter und sehen selbst nach.«

Er rutschte von seinem Barhocker und hielt auf den Gang zu, in dem der Mann ein paar Minuten zuvor verschwunden war. Zur Küche ging es offensichtlich rechts herum. Max folgte dem Geruch. Franz blieb direkt hinter ihm. Als sie ein paar Meter weiter durch die offenstehende Tür auf der linken Seite traten, drehten sich die fünf Personen, die hier mit Kochen beschäftigt waren, neugierig zu ihnen um.

»Was wollen Sie hier? Sie haben hier nichts zu suchen.« Ein sehr dicker, schwitzender Koch kam mit einem riesigen Fleischermesser in der Hand auf sie zu.

»Kripo München. Wir suchen Luigi. Wo ist er?« Franz hielt ihm seinen Ausweis unter die Nase. »Vorne hat man uns gesagt, dass er hier sei.«

»Hier gibt es keinen Luigi«, raunzte der Mann mit der hohen weißen Mütze, schaute noch grimmiger drein und hob bedrohlich sein Messer.

»Passen Sie auf, mein Freund. Sie haben genau zwei Möglichkeiten«, klärte ihn der gut einen halben Meter kleinere Franz mit schneidender Stimme auf. »Entweder Sie sagen uns auf der Stelle, wo Ihr Chef ist. Oder Sie kommen mit uns auf das Revier und wir führen unser nettes, kleines Gespräch dort fort. Und wenn Sie nicht umgehend Ihr Messer da herunternehmen, fahren wir gleich dorthin und Sie können ein paar Monate lang darüber nachdenken, wie man sich einem Polizeibeamten gegenüber benimmt. Was meinen Sie?«

Der Furcht einflößende Speisenzubereiter schnaufte resigniert auf und legte sein Messer auf der stählernen Arbeitsfläche neben sich ab. »Verzeihung, Commissario«, flötete er, jetzt deutlich um einen freundlicheren Ton bemüht. »Luigi ist gerade mit unserem Barmann in sein Büro nach hinten gegangen. Ich weiß nicht, ob sie noch da drinnen sind. Sie müssen einfach nur den Gang hinuntergehen. Die letzte Tür links ist es dann. Gleich neben dem Notausgang.«

»Na also, geht doch«, stellte Max fest, grinste und klopfte ihm aufmunternd auf die Schulter. »Tschau, die Herrschaften! Und bloß nichts anbrennen lassen!«

»Tschau!«, kam ein vielstimmig geleiertes Echo zurück.

»Da lang, Max!«, flüsterte Franz, als er hinter ihm den spärlich beleuchteten Flur betrat. »Da hinten muss es gleich sein.«

»Na schau mal an. Da haben wir ihn ja«, zischte Max.

Der verschollene Barmann kam aus der besagten Tür auf der linken Seite am Ende des Ganges. Und entdeckte die beiden. Er riss eilig seinen Kopf herum, brüllte etwas in den Raum, aus dem er gerade herausgekommen war und stürzte anschließend wie ein geölter Blitz zu dem Notausgang gleich neben ihm.

»Halt, Polizei!«, rief Franz.

Zu spät. Er war weg. Keine zwei Sekunden darauf nahm ein zweiter, groß gewachsener Mann im Anzug denselben Weg. Im selben Affenzahn. Franz und Max waren immer noch zu weit entfernt, um ihn festhalten zu können. Franz zog seine Dienstwaffe, die er vorhin noch extra aus dem Büro geholt hatte.

»Halt, Polizei!«, befahl er erneut. »Hände hoch und stehen bleiben!«

Doch der Anzugträger ließ sich davon nicht im Mindesten beeindrucken. Er stürmte samt der dicken Aktentasche, die er fest gegen seine Brust presste, ohne sich noch einmal umzusehen, geradewegs hinaus.

»Bleiben Sie stehen, Luigi!«, rief Max ihm jetzt nach. »Wir kriegen Sie doch sowieso!«

Er erreichte trotz seines schmerzenden Beines als Erster von beiden den Notausgang und öffnete die schwere Metalltür. Er musste sich dazu mit aller Gewalt dagegen stemmen. Als er draußen stand, wusste er auch warum. Die beiden hatten einen schweren Müllcontainer auf Rädern davor geschoben. Max sah sich kurz um und entdeckte sie, als sie gerade in die nächste Seitenstraße zur Linken einbogen. Er nahm die Verfolgung auf. Wartet nur, ihr Mistkerle, sagte er sich. Euch kriege ich. Auch mit meinem wehen Bein. Und dann gnade euch Gott. Dann dürft ihr für den Mord an meinem Freund büßen. Hinter Gittern sitzen, bis ihr schwarz werdet. Als er bei der Seitenstraße, in der sie gerade verschwunden waren, ankam, waren sie nicht mehr zu sehen.

»Herrschaftszeiten!«, schimpfte er laut. »Franzi, lauf du rechts rum. Ich folge ihnen hier lang.«

»Alles klar. Bin schon weg«, rief Franz zurück und rannte, so schnell es seine kurzen Beine und sein dicker Bierbauch zuließen, los, um ihnen an der nächsten Kreuzung den Weg abzuschneiden.

Max spurtete den Flüchtigen hinterher, und auf einmal sah er sie wieder. Streng dich an, Raintaler, feuerte er sich an und erhöhte noch einmal das Tempo. Die Schmerzen in seinem Bein spürte er jetzt fast nicht mehr. Offensichtlich hatte Tante Ernas Wundersalbe ganze Arbeit geleistet. Kurze Zeit später hatte er sie fast eingeholt. Franz kam mit der Waffe in der Hand von rechts. Dann konnten sie beide aufhören zu rennen. Sie hatten sie in der Zange. Der Restaurantchef und sein Barmann ergaben sich.

»Okay, nicht schießen. Wir sind unbewaffnet«, rief der große Mann im Anzug, den Franz und Max für Luigi hielten, und hob die Hände.

Die Aktentasche stellte er vorher schnell auf dem Boden ab. Auch sein Barmann streckte eilig die Hände in die Luft.

»Wenn ihr unser Geld wollt, hier bitte«, bot ihnen der Mann im Anzug dann an. »Nehmt alles. Aber knallt uns nicht ab. Okay?« Er schob die Aktentasche ein Stück weit mit seinem Fuß nach vorne.

»Lasst bloß eure Hände oben, sonst passiert wirklich noch was«, keuchte Franz schwer schnaufend, während er sich den beiden zusammen mit Max näherte. »Wer von Ihnen ist Luigi, der Besitzer des Restaurants? Sind Sie das?« Er nickte dem Mann im Anzug zu.

»Ja. Ich bin Luigi. Was wollen Sie von uns? Geld? Ich habe Geld. Hier in diesem Aktenkoffer. Ihr könnt alles haben. Mehr ist im Moment nicht im Tresor.«

»Wir wollen kein Geld von Ihnen.« Franz rang immer noch nach Luft.

»Ja, Mamma mia. Was denn dann? Wollen Sie uns töten? Na gut. Dann tun Sie es doch. Wir fürchten den Tod nicht.« Natürlich hatte Luigi Angst. Das Zittern in seiner Stimme verriet ihn.

»Auch das wollen wir nicht. Wir sind von der Polizei. Hat Ihnen das Ihr Barmann nicht gesagt?« Endlich konnte Franz wieder einigermaßen ruhig atmen. Scheißraucherei! Scheißbierbauch! Er zeigte ihm seinen Dienstausweis. »Der spricht kaum Deutsch«, meinte Luigi. »Er hat nur gemeint, neue Schutzgelderpresser wären da. Würden aussehen wie zwei brutale Schlägertypen. Dann sind wir gerannt, um das Geld in Sicherheit zu bringen.«

»Passen Sie auf, Herr Luigi oder wie auch immer Sie heißen mögen. Wir wollen Ihr Schwarzgeld nicht. Wir sind wegen eines Mordes hier und haben diesbezüglich ein paar Fragen an Sie.«

Franz nahm seine Dienstpistole herunter, nachdem Max

die beiden nach Waffen abgetastet hatte, und zeigte Luigi seinen Dienstausweis.

»Können Sie sich auch ausweisen?«, fragte er die beiden Verdächtigen.

»Ja, hier bitte. Alles in Ordnung.« Der lange, schmale Luigi gab ihm einen Reisepass.

»Aha, Luigi Danoni«, las Franz laut vor, als er das Dokument geöffnet hatte. »Und wie heißt Ihr Angestellter? Hat der auch einen Ausweis?«

»Das ist Marco Limocelli. Barkeeper. Ausweis hat er zuhause.«

»Stellen Sie sich vor, dass er Barkeeper ist, haben wir uns fast gedacht!« Franz musste sich fast ein Lachen verbeißen, weil der schwitzende Restaurantbesitzer jetzt gar so devot und eilfertig versuchte, alles richtig zu machen.

»In Ordnung«, fuhr er fort und gab ihm seine Papiere zurück. »Dann darf ich uns auch kurz vorstellen, Herr Danoni. Das hier ist Herr Raintaler und ich bin Hauptkommissar Wurmdobler. Aber wollen wir nicht lieber wieder reingehen? In Ihrem Büro spricht es sich bestimmt bequemer als hier draußen auf der dunklen Straße. Was meinen Sie?«

»Gerne, Herr Kommissar.«

»Hauptkommissar bitte. So viel Zeit muss sein.« Franz wischte sich, immer noch schwer atmend, den Schweiß von der Stirn. Er war todfroh, dass sie die beiden so schnell am Wickel gehabt hatten. Mit den drei Halben intus, die er sich bei Monika gegönnt hatte, hätte er nicht mehr recht viel länger laufen können.

Max, der lange nicht so schwer wie sein Freund und wesentlich besser trainiert war, bemerkte das natürlich. Er selbst hätte noch ewig lang weiterrennen können. Sogar mit dem wehen Bein. Genial, da kann ich morgen auf jeden Fall mitspielen, dachte er. Hat Moni also doch wieder mal recht gehabt. Wie meistens. Egal. Genervt hat sie mich trotzdem.

»Na, das hat doch wieder mal perfekt geklappt,« wandte er sich leise an Franz. »So bringt der Raintaler die bösen Buben zur Strecke. Meistens geht denen ja wirklich vor mir die Luft aus. Wie so manch zu schwerem Exkollegen auch.« Er grinste seinem Freund gutmütig ins Gesicht.

In Danonis Büro setzten sich alle vier in die gemütlichen braunen Ledersessel, die rund um einen kleinen, goldverzierten Glastisch gruppiert waren. Dann führte Franz sein Verhör durch. Er stellte dazu sein kleines Diktiergerät, das er immer dabeihatte, auf den Tisch und schaltete es ein.

»Herr Danoni. Stimmt es, dass Sie Giovanni Vitali kannten, den Wirt des ›Da Giovanni‹ beim Tierpark?«, begann er.

»Natürlich kannte ich Giovanni. Fast jeder hier in München kannte ihn. Armer Giovanni. Erschlagen wie ein Hund. Er war ein harter Konkurrent. Aber so einen Tod hat er nicht verdient. Niemals.«

»Haben Sie Herrn Vitali jemals Geld für ein spezielles Pizzarezept angeboten?«, fuhr Franz fort.

Luigi zündete sich mit zitternden Händen eine Zigarette an und atmete den ersten Zug tief in seine Lungen hinunter.

»Ja, natürlich. Für seine feurige Pizza, nach Großmutters Art. Jeder wollte das Rezept. Es ist eine köstliche Pizza.«

»Aber Sie konnten sich nicht mit ihm einigen. Richtig?« Auch Franz steckte sich eine Kippe ins Gesicht.

»Richtig. Er wollte es auf keinen Fall herausgeben. Wir haben neulich sogar einmal deswegen gestritten.«

»Und weil er Ihnen das Rezept nicht geben wollte, haben Sie ihn umgebracht.«

»Was habe ich?« Luigi verschluckte vor Schreck fast seinen Glimmstängel und bekam dabei den Rauch in die falsche Kehle.

»Wie kommen Sie denn auf so etwas, Herr Hauptkommissar?«, fragte er ächzend, als sein Hustenanfall wieder einigermaßen vorüber war. »Man streitet, gut. Man macht sich Konkurrenz, auch gut. Aber man bringt sich doch nicht wegen eines Rezeptes fürs Essen um. Stellen Sie sich nur mal vor, das würde jeder tun. Da gäbe es ja bald keine Köche mehr in München.«

»Aber für ganz besondere Rezepte würde sich ein Mord doch durchaus lohnen. Oder nicht?« Franz ließ nicht locker.

»Wenn Sie mich fragen, nicht. Die Liebe könnte ein Grund sein. Und viel Geld. Aber ein Pizzarezept. Nein. So toll war Giovannis Pizza nun auch wieder nicht. Fragen Sie doch nur mal unsere Gäste, was sie von unserer Quattro stagioni halten. Sie werden staunen, wie gut sie ankommt.« Luigi drückte seine halb heruntergerauchte Zigarette fahrig in einem der teuren Kristallaschenbecher auf dem Tischchen aus.

Der ist immer noch sauber nervös, dachte Franz. Wahrscheinlich hat er Angst, dass wir ihm sein schönes Schwarzgeld in letzter Sekunde doch noch wegnehmen.

»Aber wenn Ihre Pizza so köstlich schmeckt, wie Sie sagen, wieso haben Sie dann überhaupt mit Giovanni Vitali wegen seines Rezeptes gestritten?« Auch Franz drückte seine Zigarette in dem gläsernen Behältnis mit Goldrand aus.

Max blickte gespannt von einem zum anderen, während der Barmann eingeschlafen zu sein schien. Offenbar war die ganze Aufregung zu viel für ihn gewesen. Oder er hatte lange nicht mehr geschlafen. Das kam ja oft genug vor bei Barmännern, noch dazu, wenn sie gut aussahen.

»Giovanni war der Preis, den ich ihm dafür angeboten hatte, nicht hoch genug. Er wollte das Doppelte. Da habe ich zu ihm gesagt, dass er verrückt sei. Für so viel Geld bekäme ich zwanzig andere Geheimrezepte. Daraufhin hat er zu schreien angefangen. Ich solle sein Lokal nie wieder betreten, weil Ganoven und Verbrecher bei ihm keinen Zutritt hätten und ich wäre einer von der schlimmsten Sorte.«

»Und dann?« Franz glich jetzt einem dicken Frosch, der gleich seine Zunge herausschnalzen und sein Opfer fressen würde.

»Dann bin ich gegangen und seitdem nie wieder dorthin zurückgekehrt.« Luigi zuckte unschuldig mit den Achseln.

»Aha. Na gut, Herr Danoni. Wo waren Sie am letzten Montag zwischen kurz vor neun und zehn Uhr vormittags?«

»Am Montagvormittag, meinen Sie? Moment mal. Ja, jetzt weiß ich es wieder. Da war ich in der Großmarkthalle und dann noch bei meinem speziellen Fischhändler einkaufen. Und dann sind wir alle hier gewesen und haben das Lokal für das Mittagsgeschäft vorbereitet. Sehen Sie, Herr Hauptkommissar. In meinem Job hat man keine Zeit für einen Mord. Glauben Sie mir.« Er schlug seine rechte Handoberfläche mit heruntergezogenen Mundwinkeln in die linke Handinnenfläche, um die Wahrheit seiner Antwort zu belegen.

»Kann das jemand bezeugen?« Franz war Polizist. Und Polizisten glaubten generell erst mal gar nichts. Egal wie oft einer mit seiner einen Hand in die andere haute.

»Ja sicher. Alle möglichen Leute im Großmarkt, mein Fischhändler, zwei meiner jungen Köche und meine Frau, die ausnahmsweise auch mitgefahren ist, weil wir am Abend einen Empfang für den Herrn Oberstaatsanwalt gegeben haben.«

»Für den Herrn Oberstaatsanwalt?«

»Ja, Sie dürfen ihn gerne fragen.« Luigi hatte sich wieder gefangen. Mit einem arroganten Lächeln demonstrierte er dem kleinen, dicken Polizisten vor sich, wie wichtig ein Wirt ist, dessen Restaurant jeden Tag von den bedeutendsten Leuten der Stadt besucht wird.

»Vielleicht tue ich das sogar. Und mache ihn bei der Gelegenheit auf das Geld in Ihrer Aktentasche aufmerksam. Was meinen Sie, Herr Danoni?«

»Herr Hauptkommissar, bitte. Ich habe Giovanni wirklich nicht umgebracht«, entgegnete ihm Luigi daraufhin gleich wieder ganz und gar unterwürfig. Von seiner gerade noch so selbstbewusst zur Schau getragenen Überheblichkeit war keine Spur übrig. »Glauben Sie mir doch«, fuhr er fort. »Und bitte befragen Sie alle Zeugen, die ich Ihnen genannt habe. Streiten ja, aber töten niemals. Ich bin kein Mörder. Ich bin Gastwirt. Ich will den Menschen Gutes tun.«

»Und vor allem sich selbst«, stellte Max mit einem kurzen Blick auf die Aktentasche trocken fest.

»Na gut, Herr Danoni«, brummte Franz, während er den kleinen Rekorder ausschaltete. »Dann war es das vorerst. Bitte schicken Sie Ihre Frau und Ihre zwei jungen Köche am Montag um neun zu mir aufs Revier, damit wir dort ihre Zeugenaussagen aufnehmen können. Für unsere Akten. Und Sie kommen am besten gleich mit und unterschreiben bei der Gelegenheit Ihre eigene Aussage.«

Mehr holst du aus dem hier und heute nicht heraus, Wurmdobler. Man wird ja sehen, ob er lügt, wenn die Frau etwas anderes sagt als er. Aber so wie es im Moment aussieht, ist er es wohl wirklich nicht gewesen. Und aufgrund von Hörensagen, ohne den geringsten Beweis, darfst du ihn natürlich nicht festnehmen. Da wird dir Max wohl oder übel recht geben müssen.

»Vielleicht kann ich Ihnen ja doch helfen, Commissario«, meinte der Patron noch, als sie sich bereits aus ihren Sitzen erhoben hatten. »Wie man hört, hatte Giovanni mit seinem jungen Meisterkoch, diesem Paolo Gianni, einen großen Streit. Giovanni hatte ihm wohl ohne Claras Wissen eine Menge Geld geliehen. Und wie es heißt, wollte er dieses Geld letzte Woche auf einmal wieder zurückhaben, um Clara ein neues Auto zu schenken. Wie es aussieht, hatte Paolo das Geld aber schon für seine Familie ausgegeben.«

»Woher willst du das denn wissen? Hat Paolo es dir etwa selbst erzählt?«, knurrte Max mit aggressivem Unterton, während er Luigi am Kragen packte. Lass bloß meinen Paolo zufrieden, du widerwärtiger Schleimer, dachte er. Wer so gut kocht wie der, kann gar nicht böse sein. Niemals.

»Hör auf, Max. Lass ihn los. Das bringt doch nichts.« Franz legte seinem alten Freund und Exkollegen sanft die Hand auf die Schulter.

»Wissen Sie, Herr Hauptkommissar, in unseren Kreisen spricht sich alles immer gleich herum«, wandte sich der Lokalbesitzer mit seiner Antwort an Franz, nachdem Max wieder einen Schritt zurückgetreten war. »Wir sind eine große Familie. Meine Frau hat es mir kürzlich erzählt. Sie hat es von einer Freundin erfahren, die Giovanni gut kannte.«

»Aha. Na gut, Herr Danoni. Dann war es das wohl wirklich für den Moment.« Franz wechselte einen kurzen Blick mit Max. Er hatte die Nase von der aalglatten Art des italienischen Kneipiers genauso voll wie der. »Alles klar«, fuhr er fort. »Wenn Ihnen noch etwas einfällt, rufen Sie mich bitte an.« Er warf seine Karte mit einer lässigen Handbewegung auf den Glastisch.

»Und am Montag kommen Sie auf jeden Fall mit Ihrer Frau und Ihren zwei Jungköchen zu uns aufs Revier. Auf

Wiedersehen«, fügte er dann noch hinzu und drehte sich zur Tür um.

Max folgte ihm schweigend.

»Tschau. Bis Montag, Commissario. Und wenn ich Sie und Ihre Freunde einmal auf ein schönes Menü einladen dürfte, wäre ich sehr glücklich.« Luigi winkte ihnen freundlich lächelnd nach.

»Da ist aber einer erleichtert, dass ihm keiner an den Sparstrumpf geht«, brummte Max, als sie wieder draußen auf der Straße standen.

»Das darfst du laut sagen«, stimmte Franz zu. »Was für ein ausgewachsenes Arschloch. Aber sag mal. Das mit dem Geld von diesem Paolo klingt mindestens nach einem ebenso guten Motiv wie ein geklautes Rezept. Wenn nicht noch viel, viel besser. Meinst du nicht, wir sollten dem jungen Mann diesbezüglich ganz kräftig auf die Finger klopfen? Und zwar schleunigst.«

»Und ihn dabei fragen, warum er uns das mit dem Geld bisher verschwiegen hat? Das würde mich allerdings auch interessieren.«

»So in der Art dachte ich mir das.«

»Na, dann los. Obwohl ich nicht an seine Schuld als Mörder glaube. Dazu kenne ich ihn zu gut.«

Max winkte ein Taxi herbei und sie stiegen ein.

32

»Und dann ist er einfach davongelaufen. Woher sollte ich denn wissen, dass er gleich dermaßen beleidigt ist, bloß weil ich etwas wegen seinem Bein sage?«

Monika spülte Biergläser und unterhielt sich währenddessen mit Anneliese, die auf einen Weißwein bei ihr in der kleinen Kneipe vorbeigekommen war. Sie waren allein.

»Du kennst doch die Männer, Moni. Auf der einen Seite sind sie unselbstständig wie sonst noch was und leiden in einer Tour. Aber andererseits machen wir ihnen anscheinend nur böse Vorschriften, wenn wir es dann wagen, ihnen zu helfen. Bei meinem Bernhard war es genau das Gleiche. Und heute bin ich ehrlich gesagt todfroh, dass ich ihn wieder los bin. Am Anfang war es zwar etwas gewöhnungsbedürftig, in dem großen Haus mit Sabine ganz alleine zu sein. Aber jetzt möchte ich mit niemandem auf der Welt mehr tauschen.« Anneliese atmete einmal tief ein und aus, nahm ihr Glas in die Hand und trank einen Schluck. »Gibst du mir bitte ein Wasser dazu«, bat sie ihre Freundin dann. »Ich habe Durst. Und immer, wenn ich Wein gegen den Durst trinke, endet das ganz schrecklich.«

»Aber ich will Max gar nicht endgültig verlieren. Ich mag ihn doch. Vielleicht kritisiere ich ihn wirklich zu oft.« Monika füllte ein großes Glas mit Mineralwasser, gab eine halbe Zitronenscheibe hinein und stellte es vor Anneliese auf den Tresen.

»Vorhin war Franzi da«, fuhr sie dann fort. »Und dann hat er einen Anruf von Max bekommen und ist verschwunden. Er hat so geheimnisvoll getan. Wahrscheinlich ging es um den Mord an Giovanni. Ich weiß es aber nicht genau.

Mein Gott, was mache ich denn, wenn Max überhaupt nicht mehr wiederkommt? Er war so was von sauer. Ganz anders als sonst, wenn wir gestritten haben.«

»Der kommt schon wieder, Moni. Wenn nicht wir ihnen endgültig den Laufpass geben, kommen sie immer wieder. Außer sie haben eine andere. Dann hast du die Arschkarte gezogen.« Anneliese machte ein Gesicht, als würde sie einen Vortrag im Fernsehen halten. Sie war wie meistens hundertprozentig von der Richtigkeit ihrer Ansichten überzeugt.

»Trotzdem will ich nicht, dass Max mich verlässt. Muss er ja auch gar nicht. Schließlich lasse ich ihm doch alle Freiheiten. Er darf sogar fremdgehen, wenn er unbedingt meint. Das haben wir ja extra von Anfang an so ausgemacht. Aber danach soll er wieder zu mir zurückkommen.« Monika wischte sich schnell die Tränen weg, die ihr gerade in die Augen geschossen waren. »Ich habe ihn doch lieb«, flüsterte sie noch.

Dann brachen alle Dämme. Sie schlug die Hände vors Gesicht und begann laut zu schluchzen. Anneliese stöckelte eilig um den Tresen herum und nahm ihre beste Freundin in den Arm.

»Der Max kommt schon wieder, Moni«, sagte sie tröstend, während sie Monikas Rücken streichelte. »Bisher ist er noch immer wiedergekommen. Und das hat auch seinen Grund. Was Besseres als dich findet er nämlich nicht. Da kann er überall suchen.«

»Meinst du wirklich?« Monika richtete sich auf und blickte Anneliese unsicher durch ihren Tränenschleier hindurch an.

»Ganz bestimmt. Und am besten hörst du wirklich mal eine Weile lang damit auf, an ihm herumzunörgeln. Zumindest so lange, bis er sich wieder beruhigt hat. Mir hast du diesen Tipp bezüglich Sabine schon hundertmal gegeben. Dann wende ihn halt auch mal bei dir selbst an.«

»Hast recht, Annie. Das mache ich. Ich werde mir alle Mühe geben.« Monika schnäuzte sich kräftig in eine der neben ihnen auf dem Tresen gestapelten, weiß-blau karierten Papierservietten.

»Obwohl es wirklich nicht einfach ist«, fuhr sie dann fort. »Weil … es ist doch so. Da sieht man genau, wie jemand etwas falsch macht und sich selbst keinen Gefallen damit tut. Und eigentlich will man ihm nur helfen. Aber man merkt anscheinend gar nicht, dass der andere gar keine Hilfe will, sondern dass er glaubt, dass man versucht, ihn zu manipulieren. Aber so ist es gar nicht. Man will doch einfach nur helfen. Ist das denn so falsch?« Sie riss die Augen auf, schüttelte den Kopf und begann wieder zu weinen. Aus vollstem Herzen. Alles, was sich in den letzten Jahren bezüglich ihrer Beziehung und der damit verbundenen Gefühlslage bei ihr aufgestaut hatte, brach jetzt auf einmal aus ihr heraus.

Normalerweise heulte sie nicht gleich los, wenn irgendetwas nicht lief. Ganz im Gegenteil. Für gewöhnlich vertrat sie bewunderungswürdig das Modell ›starke Frau der Neuzeit‹: selbstständig, geschäftstüchtig, wagemutig und tapfer. Aber ganz tief drinnen sind halt auch die Stärksten von uns verletzbar. Und genau das wurde ihr nun seit langer Zeit wieder einmal bewusst.

»Natürlich ist es nicht falsch, anderen helfen zu wollen«, erwiderte Anneliese. »Und wenn unsere geliebten Herren der Schöpfung nicht immer so stolz wären, würden sie das auch ganz schnell merken. Aber du lässt ihn, ehrlich gesagt, auch zu wenig an dich ran. Zeig ihm doch mal, wie verletzlich du bist. Und sag ihm, dass du ihn wirklich brauchst. Vielleicht ist es gerade das, was ihm fehlt.

Letztlich wollen die Kerle doch alle immer den starken Beschützer mimen.«

»Da könntest du recht haben.« Monika schnäuzte sich noch einmal in eine neue Serviette und warf sie zu der anderen in den Mülleimer unter den Zapfhähnen. Er hat mich ja auch schon oft gefragt, ob ich ihn heiraten will, dachte sie währenddessen. Und ich habe ihn immer nur ausgelacht und geglaubt, dass er einen seiner albernen Scherze macht. Bestimmt habe ich ihn damit viel mehr verletzt, als ich jemals gedacht hätte. Und vielleicht geht so eine Beziehung, in der jeder tun und lassen kann, was er will, auch gar nicht. Vielleicht muss es wirklich ›entweder oder‹ heißen.

»Danke, Annie.« Sie schniefte ein letztes Mal. »Ich könnte jetzt gut einen Schnaps gebrauchen. Du auch?«

»Igitt, igitt. Mit dem Zeug kannst du mich hundert Meilen weit um die Häuser jagen. Das weißt du doch.« Ihre blonde Freundin verzog angewidert das Gesicht.

»Na gut. Dann noch einen Weißwein?«

»Gerne, Moni. Und ein Wasser.«

»Kommt sofort. Meinst du, er mag mich noch?«

»Bestimmt.«

33

Max und Franz stiegen vor dem renovierungsbedürftigen, grauen Altbau, in dem Paolo seine Wohnung hatte, aus ihrem Taxi. Es war kurz nach zehn und immer noch angenehm warm. Eigentlich eher eine Nacht, um verliebt Arm in Arm mit seiner Freundin durch die Straßen zu schlendern, als hektisch irgendwelchen Verdächtigen hinterherzujagen. Der Sommer nähert sich mit Riesenschritten und das ist gut so, dachte Max. Draußen ist es halt doch am schönsten. Da kann deine Wohnung noch so gemütlich sein, du fühlst dich dort immer eingesperrt. Es sei denn, du hast viel Geld und kannst dir eine riesige Dachterrasse leisten. Oder ein kleines Häuschen. Egal. Hadere nicht mit deinem Schicksal, Raintaler. Genau genommen hast du es doch ganz gut erwischt. Es könnte auf jeden Fall schlimmer sein. Aber wirklich.

»Ich glaube einfach nicht, dass Paolo etwas mit dem Mord zu tun hat«, wandte er sich an Franz. »Egal, was uns dieser schmierige Promiwirt vorhin erzählt hat. Erstens hat Paolo ein wasserdichtes Alibi, und zweitens traue ich ihm das prinzipiell nicht zu. Ich kenne ihn schließlich seit Jahren. So was macht der nicht.« Er beendete sein Statement mit einem entschiedenen Blick.

»Und warum hat er uns dann das mit dem Geld und seinem Streit mit Giovanni verschwiegen? So ein Alibi kann auch falsch sein. Das weißt du doch selbst. Vielleicht hat seine Frau ja gelogen. Haben wir doch schon oft genug erlebt. Oder?« Franz zündete sich nach der langen Taxifahrt erst mal in aller Ruhe eine schöne Zigarette an.

»Du mit deinen Stinkstängeln. Ekelhaft«, schimpfte Max.

»Mag ja sein, dass seine Aussage nicht ganz stimmt. Aber trotzdem. Alles in mir sträubt sich dagegen, ihn als Mörder zu sehen.«

»Warten wir's ab.« Franz machte einen tiefen Lungenzug, stieß den Rauch genießerisch in die milde Nachtluft über ihnen und keuchte anschließend wie ein schwer Lungenkranker.

»Na gut. Warten wir's ab. Aber du wirst sehen, dass ich recht habe.« Max blickte kurz, voller Unverständnis den Kopf schüttelnd, auf seinen zusammengekrümmten, hustenden Exkollegen hinab. Dann drückte er den verschmierten Knopf neben Paolos vergilbtem Klingelschild. Der automatische Türöffner summte und sie gingen hinein. Sie mussten in den fünften Stock hinauf. Max stieg, jetzt wieder leicht hinkend, voraus.

Franz quälte sich ächzend und stöhnend hinterher. Sollte ich am Ende doch bald das Rauchen aufgeben, fragte er sich, während ihm der Schweiß über das Gesicht und in den Kragen hineinlief. Oder mal ein paar Kilos abspecken? Nicht, dass ich meine Fälle irgendwann nur noch von zuhause aus lösen kann. Wie der dicke Typ in diesen Krimis aus Amerika, die ich früher immer so gern gelesen habe. Der mit den Orchideen.

Paolo erwartete sie oben vor seiner geöffneten Tür.

»Hallo, Max«, flüsterte er. »Was wollt ihr denn noch so spät? Die Kinder schlafen schon.«

»Tut mir leid, Paolo«, erwiderte Max. »Aber wir haben da noch ein paar wichtige Fragen an dich im Zusammenhang mit Giovannis Tod. Wo können wir uns kurz unterhalten?«

»Am besten gehen wir in meine Stammkneipe ums Eck. Dort sind wir ungestört. Ich hole nur schnell meine Sachen.« Paolo drehte sich um und verschwand im Inneren seiner Wohnung.

»Verdammter Mist«, keuchte Franz. »Da hätte ich mir die Scheißtreppe ja auch sparen können.«

»Sieh es als Training, Franzi. Ein bisserl Bewegung schadet deiner Wampe gar nicht. Ich sag bloß Bluthochdruck. Und das Rauchen darfst du auch bald aufgeben. Ist doch sowieso rausgeschmissenes Geld.«

»Ach, wirklich? Wie wär's denn, wenn du mir mal was Neues erzählst. Ich geh schon mal runter und zünde mir eine an. Bis gleich.«

»Alles klar. Bis gleich.« Max grinste. Unbelehrbar, dieser Franzi. Genau wie du selbst halt auch. Denk bloß mal an Moni. Die hat in so vielen Dingen recht, die sie sagt. Aber du fühlst dich immer gleich angegriffen und glaubst, dass sie dich nur gängeln will. Vielleicht solltest du dich morgen wieder mit ihr versöhnen. Eigentlich magst du sie doch total gern. Auch wenn sie dich nicht heiraten will. Aber was wird dann mit Annika? Die ist natürlich schon auch eine ganz Besondere. Sie hat das gewisse Etwas, das dich schwach machen könnte. Obwohl sie natürlich auch einen gewaltigen Hau hat. Willst du sie sausen lassen? Abwarten. Auf jeden Fall triffst du sie morgen zum Frühstück. Und wer weiß? Mit etwas Glück klappt es sogar noch heute Abend. Die Sache mit Paolo sollte schnell vom Tisch sein.

Als der junge Meisterkoch wieder herauskam, eilten sie gemeinsam nach unten zu Franz und machten sich auf den Weg.

»Da vorne linksrum. Da ist es dann gleich«, sagte Paolo.

Sie betraten eine nahezu unbeleuchtete, kleine Gasse. Weit und breit war keine Kneipe zu sehen. Nichts als dunkle Nacht und gedämpfter Autolärm, der von der Schnellstraße herüberdrang. Eine schwarze Katze sprang von einer mannshohen Mauer und flitzte laut miauend davon. Franz legte seine Hand an das Halfter mit der Dienstwaffe. Sicher ist sicher, sagte er sich. Noch mal lass ich mir bei diesem Fall keine verpassen. Mein Auge tut immer noch weh, von dem Schlag dieses dicken Monsters in der ›Bar Verona‹.

»Hier ist es.« Paolo öffnete eine alte, verwitterte Holztür in der Reihe der kleinen, alten Häuschen auf der linken Straßenseite. Kein Schild darüber, keine besondere Beleuchtung. Nichts ließ darauf schließen, dass sich dahinter ein Lokal verbarg.

»Na, da bin ich jetzt aber wirklich gespannt«, murmelte Franz, als sie hineingingen.

»Ja, der Wahnsinn. Dass es so was in dieser lausigen Gegend gibt. Unglaublich!«, rief Max überrascht aus.

Er und Franz sahen sich in dem gerade mal vierzig Quadratmeter großen Raum um und kamen nicht mehr aus dem Staunen heraus. Einige wenige, perfekt mit Silberbesteck und teurem Porzellan eingedeckte Tische aus dunklem, altem Holz standen großzügig verteilt an der Fensterfront. Ihnen gegenüber befand sich eine sehr gepflegte Bar, die nur so glänzte und gleißte. Dazwischen hatte man Platz für eine winzige Tanzfläche gelassen. Niemand war zu sehen.

»Was ist denn das hier?«, wandte sich Franz an Paolo. Er war genauso baff wie Max. Alles Mögliche hätte er hinter der vergammelten Fassade draußen erwartet, nur nicht ein derart vornehmes Restaurant.

»Es gehört Lucio, einem Freund von mir«, verkündete Paolo mit vor Stolz geschwellter Brust. »Er ist durch dieselbe Kochschule gegangen wie ich. Schön, oder?«

»Verdammt schön«, bestätigte Max. »Da muss ich ja glatt mal mit einer schönen Frau zum Essen hergehen.«

»Natürlich. Komm doch einfach mal mit Monika vorbei. Dann wird es noch schöner.« Paolo lachte ihn unbefangen an.

»Und deinen Freund und seine Frau nimmst du mit«,

fuhr er mit einem Blick auf Franz fort. »Ich lade euch ein, wenn ihr wollt.«

»Sapperlot. So oft an einem Abend bin ich wirklich noch nie eingeladen worden«, staunte Franz und stieß Max in die Seite.

»Ich auch nicht«, meinte der grinsend. »Aber du weißt ja. Es gibt für alles ein erstes Mal.«

»Was wollt ihr trinken, Max?«, fragte Paolo.

»Gibt es hier auch Bier?«

»Natürlich. Zwei?« Paolo sah Franz fragend an.

»Ja«, antwortete der.

»Bin gleich wieder da. Setzt euch doch so lange schon mal an die Bar.« Der junge Koch ging um den Tresen herum und verschwand in einer kleinen Tür dahinter.

Franz legte erneut seine Hand auf die Waffe an seiner Seite.

»Ganz geheuer ist mir das hier nicht«, raunte er Max zu, während sie sich an die Bar setzten. »Du wirst sehen. Gleich stehen drei bis elf finstere Schlägertypen um uns herum und wollen uns fertigmachen.«

»Ach, Schmarrn«, entgegnete ihm sein alter Freund. »Du wirst es schon sehen, Franzi. Paolo hat mit dem Mord an Giovanni nichts zu tun. Ich glaube eher, dass dieser Luigi ein ganz schlimmer Finger ist. Warum hat er uns die Sache über Giovanni und Paolo wohl erzählt? Denk doch mal nach. Der will bestimmt nur einen weiteren Konkurrenten aus dem Weg schaffen. Und sonst nichts. Und das hier könnte richtig harte Konkurrenz für ihn werden. Glaube mir.« Er zeigte mit der rechten Hand in das kleine, aber feine Lokal hinein.

»Trotzdem werden Sie mir wohl erlauben, unserem jungen aufstrebenden Freund ein paar Fragen zu stellen, Herr Exkollege Raintaler.«

»Aber sicher, Herr Hauptkommissar Wurmdobler. Fragen Sie nur. Aber sei nicht enttäuscht, wenn du deinen Mörder danach nicht gleich mitnehmen kannst.«

Paolo kam mit dem Wirt zurück, der nach einer kurzen, aber sehr herzlichen Begrüßung die Getränke einschenkte.

»Also, Herr Gianni«, begann Franz sein Verhör, als Lucio ihnen die Getränke hingestellt hatte und gleich darauf wieder in seiner Tür hinter dem Tresen verschwunden war. »Uns ist zu Ohren gekommen, dass Giovanni Vitali Ihnen eine große Geldsumme geliehen hat. Stimmt das?« Er schaltete sein kleines Diktiergerät ein und hielt es vor Paolos Brust.

»Wer hat das gesagt?« Paolo, der jetzt zwischen ihnen am Tresen saß, blickte erstaunt und erschrocken drein.

»Wer das gesagt hat, tut nichts zur Sache. Ich möchte im Moment lediglich von Ihnen wissen, ob es stimmt.« Franz zündete sich eine Zigarette zu seinem Bier an und blickte den Koch erwartungsvoll an.

»Na gut. Es stimmt«, gab der schließlich zu, nachdem er eine Weile von einem zum anderen geschaut hatte. »Giovanni hat mir dreißigtausend Euro geliehen. Ich habe das Geld gebraucht, um Schulden zu bezahlen. Aber das muss ja nicht jeder wissen.«

Wenn du wüsstest, wer das alles bereits weiß, dachte Max. Dann hörte er Franz weiter zu.

»Und was hatten Sie mit ihm über die Rückzahlung vereinbart?«

»Ich sollte ihm jeden Monat fünfhundert Euro zurückgeben. Er wollte mir das Geld von meinem Lohn abziehen.« Paolo ging kurz zu einem kleinen Tischchen seitlich der Bar und schnappte sich den winzigen Aschenbecher, der darauf stand.

»Eigentlich ist Rauchen hier drinnen verboten. Aber für einen Freund von Max machen wir eine Ausnahme«, meinte er, während er ihn vor Franz auf den Tresen stellte. Dann setzte er sich wieder auf seinen Platz.

»Danke. Ich bin sowieso fast fertig«, erwiderte Franz. »Und was geschah dann? Wir wissen nämlich außerdem, dass Sie einen heftigen Streit wegen des Geldes mit Giovanni hatten. Warum haben Sie uns das eigentlich alles bei Ihrer Aussage verschwiegen?« Gleich habe ich dich an der Angel, dachte er und zog noch einmal kräftig an seiner Zigarette, bevor er sie hustend ausdrückte.

»Ich habe nichts gesagt, weil ich dachte, es ist nicht wichtig. Ich habe Giovanni nichts getan. Freunde streiten, aber sie bringen sich deswegen nicht gleich gegenseitig um.« Paolo zuckte nur mit den Achseln.

»Und wieso gab es diesen Streit überhaupt?« Franz ließ nicht locker.

»Giovanni wollte auf einmal das ganze Geld von mir zurück. Alles. Obwohl wir vorher die Ratenzahlung abgemacht hatten. Er hat gesagt, er wolle Clara ein neues Auto kaufen und deshalb müsse ich ihm sein ganzes Geld auf einmal und sofort zurückgeben. Und da gab es dann eben Streit.«

»Und dabei haben Sie Giovanni in Ihrer Wut erschlagen. So war es doch, oder?«

»Nein, um Gottes willen. Was denken Sie da bloß?« Paolo raufte sich genervt seine schwarzen Rastalocken. »Wir haben gestritten und dann bin ich wütend nach Hause gegangen«, fuhr er fort. »Meine Arbeit war an diesem Tag ja auch schon erledigt.« Er sah nicht so aus, als würde er jetzt immer noch mit irgendetwas hinter dem Berg halten.

»Und dann?«, fragte Franz weiter.

»Wie und dann? Nichts. Ich habe Giovanni nicht getötet.«

»Haben Sie ihm das Geld zurückgegeben?«

»Bis jetzt nicht. Ich hatte ja meine anderen Schulden damit bezahlt. Es war alles weg. Aber ich habe noch in der gleichen Nacht meine Eltern zu Hause in Italien angerufen, und sie versprachen mir, die Summe zu überweisen. Das haben sie auch getan. Heute Nachmittag. Und morgen gebe ich Clara Giovannis Geld zurück. Dann kann sie endlich ihr neues Auto kaufen. Wenn sie es jetzt, wo er tot ist, überhaupt noch braucht. Sie hat ja seins.«

Tja, damit entfällt dieses Motiv wohl. Oder? Franz sah zu Max hinüber. Der nickte nur langsam mit dem Kopf, als hätte er die Gedanken seines Freundes gehört und wollte ihm sagen, dass er es ja gleich gesagt habe.

»Werden Sie weiter bei Clara Vitali arbeiten?«, erkundigte sich der kleine, dicke Hauptkommissar etwas freundlicher als bisher. Wieso interessiert ihn denn das jetzt, wunderte sich Max. Das hat doch nichts mit dem Streit zu tun. Aber halt. Vielleicht will er einfach nur ganz sichergehen, dass Paolo kein schlechtes Gewissen hat. Wenn er der Mörder wäre, würde er wohl bestimmt nicht für die Frau seines Opfers arbeiten wollen, oder? Respekt. Gar nicht mal so dumm, Herr Wurmdobler.

»Mal sehen. In der nächsten Zeit schon noch«, antwortete Paolo und trank einen Schluck aus seinem Weinglas. »Aber sobald das Lokal meines Freundes hier etwas besser läuft, so dass zwei Leute genug Arbeit haben, werde ich wohl bei ihm einsteigen. Dein eigener Chef sein ist immer besser als alles andere.«

»Wo waren Sie letzten Montag zwischen kurz vor neun und zehn, Herr Gianni?«

»Zu Hause. Das habe ich Ihnen doch schon alles gesagt. Und meine Frau hat es bestätigt.«

Man merkte Paolos Stimme jetzt deutlich an, dass er keine Lust mehr auf die nervende Fragerei hatte.

»Erzählen Sie es mir trotzdem noch einmal.« Franz war es längst gewohnt, die Lustlosigkeit seiner Verdächtigen zu ignorieren. Er wollte sehen, ob der junge Mann das Gleiche sagte wie bei seiner ersten Aussage, oder ob er mit einer neuen Geschichte aufwartete. Und er würde es sehen. Auf jeden Fall. Logisch.

»Also gut. Wir sind zur selben Zeit aus dem Haus gegangen, weil meine Frau einen Friseurtermin hatte. Bis dahin waren wir zusammen. Und die Kinder waren auch da. Außerdem schaute ich auf dem Weg in die Arbeit noch kurz hier bei Lucio rein und holte mir ein ganz besonderes Messer, das ich ihm manchmal für seine Arbeit leihe. Es war sehr teuer. Das muss um kurz vor zehn gewesen sein.«

Alles klar, Wurmdobler. Genau dasselbe hat er das letzte Mal auch erzählt. Test bestanden. Der war es wohl wirklich nicht. Er schaltete das kleine Bandgerät ab.

»Na gut. Danke, Herr Gianni. Ich bin fertig. Wenn ich noch etwas wissen möchte, gebe ich Ihnen Bescheid. Sehr gutes Bier übrigens.« Franz hob sein Glas und die drei stießen miteinander an.

Als er wenig später mit Max im Taxi auf der Fahrt nach Hause saß, blieb es zunächst eine Weile still zwischen ihnen. Keiner wollte ein Gespräch über die neuerlichen falschen Spuren im Mordfall Giovanni Vitali führen. Bis Max auf einmal doch zu reden begann.

»Satz mit x, das war wohl nix«, murmelte er.

»Kann man so sagen«, bestätigte Franz.

»Dabei war ich mir so sicher, dass es dieser Schmierlappen Luigi gewesen ist.« Max wollte immer noch nicht ganz glauben, dass der aalglatte Promiwirt unschuldig an Giovannis Tod sein sollte.

»Und ich hatte Paolo im Verdacht«, brummte Franz.

»Am besten vergessen wir das Ganze, warten die Fahndung nach den Burschen aus der ›Bar Verona‹ ab und lassen es ansonsten mit den Ermittlungen erst mal gut sein! Macht keinen Sinn im Moment.«

»Hast recht«, meinte Max. »Man soll Toten ja nichts Schlechtes nachsagen. Und toten Freunden erst recht nicht. Aber vielleicht war Giovanni doch nicht nur ein netter Mensch. Vielleicht hatte er auch Seiten, die ihm Feinde eingebrockt haben. Leute, von denen wir bisher nichts wissen können. Und über die wir in hundert Jahren nichts herausfinden werden. Weil sie zum Beispiel in Italien leben oder sonst wo.«

»Mag alles sein. Keine Ahnung. Ich steig jedenfalls hier aus, Max. Mir reicht's. Ich bin todmüde. Übernimmst du das Taxi?«

»Logisch. Servus, Franzi. Und nichts für ungut. Du weißt schon, wegen der Störung bei deinem wohlverdienten Feierabendbier.«

»Passt schon, Max. Bis demnächst. Servus.«

Max wollte erst weiter zu sich nach Hause fahren, bat den Fahrer aber dann, kurz zu warten. Er rief Annika auf ihrem Handy an. Hoffentlich ist sie noch irgendwo unterwegs. Dann fahre ich gleich zu ihr.

»Hallo, Annika«, sagte er, als sie sich meldete. »Max hier. Wo bist du gerade?«

»Ich bin schon in meinem Hotel im Bett, Max. Hast du deinen Mörder erwischt?«

Sie hörte sich verschlafen an.

»Nein, leider nicht. Ich hatte gehofft, wir könnten uns noch irgendwo kurz treffen. Tut mir leid wegen vorhin.«

»Heute nicht mehr, Max. Ich bin zu müde. Wenn du willst, können wir uns ja wirklich morgen um neun zum Frühstück hier im Hotel treffen. Okay?«

»Alles klar. Schlaf gut!« Er legte verschnupft auf, ohne

sich noch lange von ihr zu verabschieden. Selber schuld, dachte er dann. Lass nie eine Frau sitzen, die gerade scharf auf dich ist. Sie wird sich zu rächen wissen. Das hättest du auch vorher wissen können. Trotzdem blöd. Hätte sie nicht später ins Bett gehen können? Ihr Flug ging doch erst um zwei Uhr nachmittags. Egal. Was soll's?

»Ich steige auch gleich hier aus und laufe den Rest«, teilte er dem freundlichen, älteren Taxifahrer mit und gab ihm einen Zwanzigeuroschein. »Der Rest ist für Sie.«

»Danke, der Herr. Auf Wiederschauen«, antwortete der.

»Auf Wiederschauen.« Max marschierte die gut beleuchtete Isarpromenade entlang südwärts. Er blickte dabei gelegentlich hinter sich, um sich zu vergewissern, dass ihm niemand folgte. Sicher war sicher. Komm schon, Raintaler. Sei nicht so paranoid. Wird schon nichts passieren, sagte er sich nach einer Weile. Außerdem ist es keine große Strecke bis nach Hause. In einer halben Stunde liegst du gemütlich in deinem Bett. Und bis dahin tut es bestimmt ganz gut, den Kopf auszulüften. Herrschaftszeiten. Nichts als falsche Spuren. Das ist ja oft so. Aber wenn du ganz ehrlich bist, hast du im Moment die Schnauze endgültig voll davon.

Er ließ die Wittelsbacher Brücke und die Großmarkthalle hinter sich. Und weit und breit immer noch niemand zu sehen, der ihm gefährlich werden konnte. Heute würde ihm sicher nichts zustoßen. Mal sehen, ob wenigstens bei dem Frühstück mit Annika etwas herauskommt. Wer weiß? Am Ende steht sie ja doch total auf dich und will ihren Aufenthalt noch verlängern. Oder sie bleibt hier und heiratet dich. Kann doch alles sein.

34

Max schreckte hoch. Der Wecker schrillte erbarmungslos. Er hatte tief und fest geschlafen und tastete mit seiner rechten Hand auf seinem alten Nachtkästchen herum, um die störende Lärmquelle abzustellen. Endlich. Er hatte das nervende Teil gefunden und schlug mit aller Kraft drauf.

»Au. Verdammt noch mal!«, rief er laut. »Kaum ist man wach, verletzt man sich schon wieder selbst. Halb so wild. Stell dich nicht so an.«

Halt mal. War das nicht der Satz, wegen dem er gestern beleidigt aus Monis Wohnung geflüchtet war? Und jetzt sagte er ihn selbst. Wenn sie das wüsste, würde sie endgültig nicht mehr wissen, was sie von ihm halten sollte. Egal. Es war halb neun. Frühstück mit Annika stand an. Also nichts wie ab ins Bad und geduscht. Dann noch schnell anziehen, Blutdrucktablette einnehmen und los ging's.

Als er aufstand, fiel ihm auf, dass sein Oberschenkel inzwischen fast nicht mehr wehtat. Die Salbe von Monikas Tante hatte offensichtlich beste Arbeit verrichtet. Super. Umso besser. Dann konnte er heute auf jeden Fall beim Spiel antreten.

Nachdem er fertig angezogen war, öffnete er schwungvoll seine Wohnungstür, um die Treppen hinunterzueilen.

»Guten Morgen, Herr Raintaler. Ja, Sie sind heute aber früh unterwegs. Und das auch noch am Sonntag. Da schlafen Sie doch sonst immer ganz lange.« Frau Bauer fegte vor ihrer Wohnung ein paar Krümel und Kieselchen zusammen.

Das Licht war optimal dafür. Die Sonne stand um diese Uhrzeit im Frühjahr und im Sommer so günstig über den gegenüberliegenden Bäumen, dass sie geradewegs durch die kleinen Fenster hereinschien und das alte Treppenhaus hell erleuchtete. Was dem alten Gemäuer gar nicht schlecht zu Gesichte stand, wie er fand.

»Der frühe Vogel fängt den Wurm, Frau Bauer«, erklärte er ihr. »Das haben Sie doch selbst einmal zu mir gesagt, als ich Sie um halb sieben zum Arzt brachte. Wissen Sie noch? Zu diesem Internisten Dr. Müller, bei dem Sie eine Weile lang waren.«

Er schloss seine Tür ab. Zweimal. Wie immer. Damit es die Einbrecher nicht ganz so leicht hatten.

»Stimmt genau, Herr Raintaler. Ja, dass Sie sich daran noch erinnern. Ein netter Mensch war er, der Dr. Müller. Er hat sich immer alle meine Sorgen angehört. Und nach meinem Bertram hat er auch immer gefragt. Und gemahnt hat er mich, dass ich mir nicht zu viel Arbeit aufhalsen soll in meinem Alter. Leider ist er ja dann verzogen. Ach ja. Geht es Ihnen gut?« Frau Bauer bückte sich stöhnend mit ihrer Kehrschaufel in der Hand zum Boden, um den Schmutz, den sie gerade zu einem kleinen Haufen zusammengefegt hatte, damit aufzunehmen.

»Ganz gut, Frau Bauer. Ganz gut. So gut, wie es einem halt geht, wenn man einen Freund verloren hat.« Max blickte nachdenklich auf seine Schuhspitzen. Er kam gar nicht auf die Idee, der alten Dame zu helfen.

»Ja, ja, Herr Raintaler. Es ist nicht leicht, wenn man jemanden verliert. Da kann ich ein Lied davon singen. Fast unsere ganzen Freunde sind inzwischen schon verstorben.« Sie machte ein unglückliches Gesicht.

Max kannte die Geschichten natürlich alle im Einzelnen. Ob nun die von Ernst Hartmann, der an Lungenkrebs verschieden war, oder die von Hansi Holzbauer, den ein Auto direkt vom Zebrastreifen gefegt hatte. Genau wie die der vielen Anderen. Und da er sie im Moment auf keinen Fall schon wieder alle hören wollte, sprach er einfach beschwingt weiter.

»Ja, Frau Bauer, schlimm. Aber heute wollen wir nicht traurig sein. Heute begrüßen wir fröhlich den Tag und leben auf der Sonnenseite. Stimmt's?«

»Jawohl, Herr Raintaler. Sie haben ganz recht. Lassen wir uns den schönen Tag nicht von traurigen Erinnerungen verderben. Auf Wiederschauen.« Wie wunderbar, dass er endlich wieder bessere Laune hat, freute sie sich. In den letzten Tagen hat er mir gar nicht gefallen.

»Auf Wiederschauen, Frau Bauer.«

Herrschaftszeiten. Das Wetter wird ja immer besser, genial, bemerkte Max, als er auf den sonnigen Gehsteig vor dem Haus trat. Es hat bestimmt schon zwanzig Grad. Und das so früh am Tag. Er sah auf seine Uhr. Viertel vor neun. Oh, da darf ich mich jetzt aber sputen. Nicht, dass ich auch noch zu spät zum Frühstück mit ihr komme. Er legte einen Zahn zu und ließ die inzwischen immer bunter blühenden Isarauen schnell hinter sich. Keine zehn Minuten später gelangte er vor Annikas Hotel an. Er trat ein und fragte beim Empfang nach dem Frühstücksraum.

»Gleich da vorne rechts«, erklärte ihm die adrett gekleidete, dunkelhaarige Frau hinter ihrem großzügigen Tresen freundlich.

Er folgte ihrer Anweisung und gerade, als er den kleinen Saal betreten wollte, stand auf einmal Annika neben ihm.

»Guten Tag, Herr Expolizist«, begrüßte sie ihn, freundlich aber neutral lächelnd wie eine Stewardess.

»Hallo, Annika.« Er lief rot an, ohne es zu wollen.

»Oh, wie süß. Ich habe gar nicht gewusst, dass so harte Verbrecherjäger wie du auch rot werden können.« Der beißend ironische Unterton in ihrer Stimme war nicht zu überhören.

Verdammt, die ist immer noch stinksauer, weil ich gestern abgehauen bin. Max wurde noch roter.

»Tut mir leid wegen gestern«, haspelte er. »Ich war sicher, dass ich den richtigen Verdächtigen im Visier hatte. Dann war es aber doch nichts. Wie schon die ganze Zeit über. Und jetzt lasse ich die Sache erst mal eine Weile lang ruhen.«

»Bis du deinen nächsten Geistesblitz hast?« Sie sah ihn weiter an, als würde sie ihn gar nicht sehen.

»Nein, bis ich einen wirklich überzeugenden Verdacht und Beweise habe. Oder ein Geständnis.« Max suchte ihre Augen. Doch sie wich seinem Blick aus. Ist sie wirklich diejenige welche? Die Frau, die ich immer gesucht habe? Oder ist sie auch bloß wie alle anderen bisher? Hübsch, verführerisch, klug und nett auf der einen Seite und grantig und besserwisserisch auf der anderen. Da kann ich auch gleich bei Moni bleiben. Der ihre Macken und Launen kenne ich wenigstens schon. Herrschaftszeiten. Was bin ich bloß für ein berechnendes Arschloch. Aber was bleibt einem auch anderes übrig in dieser komplizierten Welt?

»Sollen wir uns da drüben setzen?« Sie zeigte auf einen eingedeckten Tisch für zwei Personen gleich beim Fenster.

»Gerne. Dann haben wir es nicht so weit zum Büffet.« Er lächelte freundlich.

Sie holten sich ihre Teller und begannen, die herrlichsten Sachen aufzuladen: Schinken, Lachs, Eier, Heringssalat, Käse, Salami und Früchte. Es gab wirklich alles, was das Herz begehrte. Man sollte nie wieder zu Hause frühstücken und schon gar nicht alleine, dachte Max.

»Einfach köstlich!«, stöhnte er mit vollem Bauch, als sie fertig gegessen hatten. »Ich glaube, wenn ich das jeden Tag hätte, könnte ich bald keinen Sport mehr treiben, so dick und rund würde ich werden.«

»Ja. Gott sei Dank hat man es nicht jeden Tag«, leierte Annika, als würde sie ein Interview im Fernsehen geben oder mit ihrem Friseur tratschen. »Ich fürchte, ich muss zu Hause auch erst mal wieder etwas kürzer treten, was das Essen betrifft. Stell dir vor, ich habe doch glatt zwei Kilo zugelegt in den zwei Wochen, die ich jetzt hier bin. Jede Woche ein Kilo. In ein paar Jahren hätte ich das Gewicht einer Elefantenkuh, wenn es so weiterginge.«

Von was redet ihr da gerade eigentlich, Raintaler? Vom Essen und vom Dickwerden. Der reinste oberflächliche Small Talk wie bei irgend so einem bescheuerten Sektempfang. Das ist ja furchtbar. Willst du im Ernst immer noch ihr Herz gewinnen? Oder hast du nicht schon längst resigniert? Mit einem kurzen Tête-à-tête auf ihrem Zimmer wird es ja wohl sowieso nichts mehr, so unterkühlt wie sie tut. Außerdem muss sie bestimmt noch packen, bevor sie zum Flughafen fährt. Und mal ehrlich. So toll, wie du gedacht hast, ist sie auch wieder nicht. Schau dir bloß mal Moni dagegen an. Die hat doch viel mehr Klasse. Also komm. Verschieb das Ganze lieber auf eine unbestimmte Zukunft. Das ist im Moment wirklich das Beste, was du tun kannst.

»Annika, ich wollte dich mal was fragen«, begann er.

»Na, dann frag doch. Wir sind unter uns.«

Da war sie schon wieder. Diese ganz bestimmte, schnippische Art von ihr, die einfach nur nervte. Komisch. Das war ihm am Anfang noch gar nicht so aufgefallen. Sollte er etwa blind vor Verliebtheit gewesen sein?

»Also gut. Ich wollte dich fragen, ob du dir vorstellen könntest, dass ich mal zu dir nach Hamburg komme?«

»Na klar, Max. Wieso denn nicht? Ruf einfach vorher an. Würde mich freuen. Natürlich nur, wenn du da oben nicht einen deiner gefährlichen Fälle lösen musst. Ganz in der Nähe von meinem Haus gibt es eine nette, kleine Pension …«

»Wenn ich dich besuche, komme ich natürlich nicht in offizieller Mission, sondern privat«, beruhigte er sie. »Und wenn du mich mal wieder besuchen willst, bist du auch immer willkommen. Jederzeit.«

»Ich würde gerne noch ein bisschen rausgehen. Du auch?«, erwiderte sie, ohne auch nur im Mindesten auf sein Angebot zu reagieren.

»Das klingt nach einer vernünftigen Idee, Annika. Die frische Luft wird uns nach diesem opulenten Mahl guttun. Gehen wir für ein paar Minuten an die Isar?« Alles klar, dachte er. Die Sache ist gelaufen. Deutlicher geht es nicht. Vergiss sie einfach. Aber bleib höflich.

»Prima. Gute Idee.«

Sie saßen noch eine Weile lang mehr oder weniger schweigend auf einer Bank beim Fluss. Dann meinte Annika, dass es höchste Zeit für sie wäre, ihre Sachen zu packen. Sie küssten sich zum Abschied auf die Wangen wie gute Bekannte. Danach eilte sie in ihr Hotel und Max machte sich langsam auf den Heimweg. Um halb zwölf würden sich alle zum Fußballspiel treffen. Und vorher musste er nur noch seine Schuhe und das Trikot von zu Hause holen.

35

Sonntag, Viertel nach zwölf Uhr mittags. Halbzeitpause. Die üblichen gut 30 Zuschauer auf dem städtischen Sportplatz in den südlichen Isarauen diskutierten enttäuscht das bisherige Geschehen. Es stand zwei zu null für die Gäste aus dem Münchner Westend. Der FC Kneipenluft, der sein erstes Spiel ohne seinen besten Stürmer Giovanni Vitali bestritt, war so gut wie chancenlos. Auch der härteste Verteidiger des Vereins, Max Raintaler, konnte daran bisher nichts ändern. Aufgeben wollte er aber trotzdem nicht.

»Herrschaftszeiten. Reißt euch doch endlich zusammen. Wir müssen gewinnen, Jungs!«, brüllte er, als er mit den anderen in der Garderobe saß und ärgerlich die Trauerbinde an seinem linken Arm zurechtzupfte. »Unsere Fans da draußen glauben an uns. Und Giovanni sind wir es auch schuldig.« Er war die ganze erste Halbzeit über mit gutem Beispiel vorangegangen und hatte sich trotz seiner für jeden erkennbaren Verletzung voll reingehängt.

»Und für uns wollen wir es schließlich auch gewinnen. Oder etwa nicht?«, setzte Georg die Gardinenpredigt fort und erntete, wie Max vor ihm, zustimmendes Gemurmel für seinen Aufmunterungsversuch. »Wir müssen denen allen zeigen, dass mit uns weiterhin zu rechnen ist. Auch ohne italienischen Superstürmer. Jetzt sind unsere guten alten, deutschen Tugenden gefragt. Kondition und Willenskraft, verdammt noch mal.«

»Aber die sind einfach zu stark«, widersprach Josef, der ansonsten immer lustige Torwart, resigniert. »Ohne Giovanni packen wir das nicht, fürchte ich. Wir brauchen jemanden, der Tore schießt.«

»Es gibt auch noch andere Stürmer als Giovanni. Zum Beispiel mich«, entgegnete ihm Georg mit erhobenem Zeigefinger.

»Stimmt. Aber Tore müssten halt auch fallen«, meckerte Josef weiter und trat ärgerlich mit dem Fuß gegen seinen Spind.

»Lass du lieber nicht noch mehr Tore rein. Für den Rest sorgen wir dann schon, Josef.« Georg gab nicht klein bei. Und es traute sich auch niemand, ihm zu widersprechen. Schließlich war er der Hauptsponsor. Und der Hauptsponsor hatte immer recht. Alte Fußballerregel. Nicht nur an der Isar. Sondern auch im ganzen Rest der Welt.

»Also los, Männer! Gebt alles!«, feuerte Max seine Kameraden noch mal an, als es wieder zurück aufs Spielfeld ging. »Kämpfen! Kämpfen! Und noch mal kämpfen. Für Giovanni und für uns!«

Anstoß zur zweiten Halbzeit. Der gegnerische Mittelstürmer schnappte sich das Leder und tanzte wie ein Brasilianer durch die Abwehrreihen des FC Kneipenluft. Kurz vor dem Strafraum zog er ab. Josef sprang dem Ball entgegen. Und verfehlte ihn. Drei zu null. Jetzt verließ die Truppe aus Thalkirchen der letzte Mut. Das Spiel wurde einseitig. Fast nur noch der Gegner war am Ball. Das vier zu null ließ nicht lange auf sich warten. Und kurz vor dem Schlusspfiff fiel noch ein weiteres Tor. Endstand fünf zu null für die Gäste. Die Fans des FC zogen enttäuscht ab.

»Wären wir doch lieber gleich in den Biergarten gegangen«, meinte ein übergewichtiger junger Jeansjackenträger mit rotem Gesicht und leerer Bierflasche in der Hand.

»Ohne den Giovanni kommen die nie wieder auf die Beine«, unkte der kurz geschorene Managertyp im dunklen Sonntagsanzug, der neben ihm ging.

Zurück in der Garderobe warf Josef wütend seine Torwarthandschuhe in die Ecke und fluchte lauthals über grottenschlechte, kreuzlahme Verteidiger und blinde Stürmer, die über ihre eigenen Füße stolperten, statt Tore zu schießen.

»So sehen keine Sieger aus!«, plärrte er stocksauer. »So sehen Verlierer aus! Beschissene Verlierer, die keinen Funken Mumm in den Knochen haben!«

»Jetzt mach aber mal halb lang, Josef«, entgegnete ihm Georg, während er sich auszog, um unter die Dusche zu gehen. »Wer hat denn fünf Tore reingelassen. Wir etwa?«

Die zahlenmäßig höchste Niederlage seit Jahren. Die Stimmung war auf dem absoluten Nullpunkt.

»Eins davon geht klar auf mein Konto, Schorsch. Das gebe ich zu. Aber die anderen vier hat die Mannschaft zu verantworten. Dem Max kann man keinen Vorwurf machen. Der hat trotz Verletzung sein Bestes gegeben. Aber der Rest der Truppe war einfach nur abgrundtief schlecht. Kein Pass ist angekommen. Kein Zweikampf wurde gewonnen. Leck mich doch alles am Arsch. Soll ich denn die Spiele demnächst alleine gewinnen?« Josef zog immer noch wütend seine Schuhe aus und schleuderte sie zu den Handschuhen in die Ecke. Trikot, Hose, Strümpfe und Unterhose folgten auf dem Fuße.

»Es ist einfach nicht so leicht ohne Giovanni. Unser ganzes Spiel war auf ihn aufgebaut«, warf Max ein gutes Stück ruhiger als seine beiden Vorredner ein. »Und bis wir wieder genauso gut sind wie mit ihm, wird es garantiert eine Weile dauern. Im nächsten Training organisieren wir uns erst mal völlig neu. Wir müssen nach vorne schauen, Leute. Das ist alles, was zählt. Lasst uns den heutigen Tag abhaken. Okay?«

Zustimmendes Gemurmel aus rauen Männerkehlen.

Dann ging es, schon wieder etwas besser gelaunt, ab unter die Dusche. Mit den üblichen blöden Sprüchen.

»Schaut mal dem Hansi sein Ding an! Wenn ihr es sehen könnt!«, krakeelte Josef, der sich immer noch nicht ganz beruhigt hatte.

»Du musst gerade reden, Stirner Bub. Hast du deinen Mini etwa unter deiner Speckschwarte versteckt?«, bekam er es prompt von Hans Voss, dem rechten Verteidiger, zurück. »Ein Wunder, dass du mit deinem Gewicht überhaupt noch von der Torlinie abhebst!«

»Giovanni hatte mit Abstand das größte Ding«, meinte jemand.

»Und trotzdem hat ihn seine Frau beschissen, die kleine sizilianische Hure«, krähte Hans.

»Was war das?« Georg brüllte seine Frage quer durch die Dusche.

»Beschissen hat sie ihn«, wiederholte Hans. »Hast du doch gehört.«

»Woher willst du das wissen, du Arschloch? Redet man so über die Witwe eines Kameraden?« Georg lief mit geballten Fäusten auf ihn zu und erwischte ihn mit dem ersten Schlag am Kinn. Als der kleine Verteidiger zu Boden ging, setzte Georg nach und schlug ihm wieder ins Gesicht. Und noch mal. So oft, bis Max und Josef endlich dazwischen gingen und ihren zweitbesten Stürmer von dem blutenden Häuflein Elend auf dem nassen Fliesenboden herunterzogen.

»Du spinnst doch, Schorsch. Was willst du eigentlich? Du hast sie doch auch gefickt!«, plärrte Hans vom Boden aus. »Gleich am Anfang. Du hast es mir doch sogar noch ganz stolz beim Bier erzählt.«

»Stimmt das, Schorsch?« Max blickte seinen Freund erstaunt und verwundert an.

»Was?«

»Dass du was mit Clara gehabt hast?«

»Blödsinn. Na ja. Ein einziges Mal ganz am Anfang. Auf einer Vereinsfete. Ich war mit ihr hinter dem Bierzelt. Zuerst wusste ich ja gar nicht, dass es Giovannis Frau war. Das habe ich erst danach von ihr erfahren. Aber sonst war da nichts. Nie wieder. Ich will nichts von ihr.«

»Na, sauber. Wer solche Freunde hat, braucht keine Feinde.« Max ließ Georg, der sich inzwischen einigermaßen beruhigt zu haben schien, wieder los. Armer Giovanni, dachte er. Hatte er wohl doch wieder nur eine gefunden, die ihn betrog. Dabei hat er so große Stücke auf Clara gehalten. Ja mei, Raintaler. So ist das nun mal und so wird es wohl auch bleiben. Er zog sich an und ging hinaus auf die Straße, um seine Gedanken zu ordnen. Clara hat Giovanni mit Schorsch betrogen. So was kommt natürlich vor. Aber war es wirklich nur eine einmalige Sache? Oder läuft da immer noch was? Wenn man sich nur mal ansieht, wie er ihr bei der Beerdigung geholfen hat, könnte man es fast meinen. Hat er dann auch Giovanni umgebracht? Um ihn aus dem Weg zu haben? Blödsinn. Oder? Die Sache ließ ihm keine Ruhe. Er rief Clara an.

»Hallo, Clara. Max hier.«

»Hallo, Max. Und? Habt ihr gewonnen?«

»Nein, leider nicht. Ohne Giovanni hatten wir keine Chance.«

»Dachte ich mir schon. Er war einfach der Beste.« Sie klang immer noch traurig.

»Ja, das war er, Clara. Ich habe eine Frage an dich.«

»Na klar, Max. Was gibt es denn?«

»Bist du jemals mit Schorsch hinter einem Bierzelt gewesen?«

Längere Stille.

»Äh, wie meinst du das jetzt, Max?«, fragte sie dann.

»Also, wenn es wirklich so war, dann nehme ich mal an, dass du ganz genau weißt, wie ich es meine.«

Sie schwieg erneut. Erst als Max schon dachte, sie hätte aufgelegt, begann sie wieder zu sprechen. Sehr leise und zögernd, so als wäre ihr jedes einzelne Wort peinlich.

»Es stimmt, Max. Es war vor ein paar Jahren bei einer Vereinsfeier. Ich war zum ersten Mal dabei und betrunken. Und Giovanni war schon zu Hause. Und da ist es dann passiert. Ein dummer Ausrutscher. Danach ist so was aber nie wieder vorgekommen.«

»Weil Schorsch nichts mehr von dir wollte?«

»Nein, weil ich nichts von ihm wollte. Immer wieder hat er mich bedrängt, ich sollte mich von Giovanni trennen und mit ihm zusammen sein. Er würde mir die Welt zu Füßen legen, hat er gemeint. Ohne Ehevertrag. Sogar bei den Vorbereitungen zur Trauerfeier hat er damit weitergemacht. Er sei immer noch total verrückt nach mir, hat er gesagt. Und ich sei so wunderschön wie keine andere Frau auf der Welt. Aber ich wollte das nicht. Er war noch nie mein Typ. Ich war damals hinter dem Bierzelt einfach nur betrunken. Ich wollte immer nur bei meinem Giovanni bleiben.«

»Er ist bis heute verrückt nach dir? Das hat er wirklich gesagt?«

»Ja. Aber wieso willst du das alles wissen, Max?«

Ihre Stimme klang weniger neugierig als verwundert.

»Na ja. Mir hat er da vorhin was ganz anderes erzählt. Nämlich, dass er nicht mehr das Geringste von dir will. Seit damals hinter dem Bierzelt.«

»Aber wieso sagt er so was?«

»Das ist genau die Frage, die ich mir gerade auch stelle.«

Eine erneute kleine Pause entstand.

»Du meinst doch nicht etwa, dass er Giovanni …« Sie wagte es nicht, den Gedanken bis zu seinem Ende auszusprechen.

»Na ja, Clara«, sagte Max. »Komisch kommt mir das Ganze zwar schon vor. Aber dass er Giovanni getötet hat, kann ich mir eigentlich nicht vorstellen. Ich kenne ihn schließlich seit meiner Kindheit.«

»Um Himmels willen, Max. Und wenn es doch so ist? Das wäre ja schrecklich. Er hat mir doch so viel geholfen. Und immer nur gut über Giovanni gesprochen.« Ihre Stimme klang sehr aufgeregt.

»Vergiss es schnell wieder, Clara. War nur so ein komischer Geistesblitz. Wahrscheinlich höre ich langsam schon das Gras wachsen. Mach's gut. Bis bald.«

»Na gut. Bis bald, Max.«

Er legte auf und betrat das mit Hunderten von Wimpeln und Pokalen verzierte Vereinslokal, das zur Sportanlage gehörte. Franz wartete schon an einem großen Ecktisch auf ihn.

»Da habt ihr euch heute ja nicht gerade mit Ruhm bekleckert«, meinte er und klopfte seinem Freund tröstend auf die Schulter, als der sich neben ihn setzte. »Mein Beileid zur Niederlage.«

»Servus, Franzi. Schön, dass du es trotz Brunch doch noch geschafft hast. Ja, ohne Giovanni ist die Mannschaft bloß noch die Hälfte wert. Das wird eine Zeitlang dauern, bis wir diese Lücke wieder geschlossen haben.« Er bestellte ein Bier.

Als die Kellnerin es gebracht hatte, stießen sie miteinander an.

»Auf Giovanni!«, murmelte Max.

»Auf abwesende Freunde!«, sagte Franz.

Kurze Zeit später setzten sich Georg und Josef zu ihnen.

»Und? Habt ihr euch wieder vertragen?«, erkundigte sich Max.

»Wir? Ja, sicher.« Georg zeigte auf sich selbst und Josef.

»Ihr natürlich auch. Ich meinte aber eher dich und Hansi.«

»Ach, der. Ja, ja. Ich habe ihm gesagt, dass es mir leidtut. Bin einfach ausgerastet, weil er Clara so beleidigt hat. Und dann kommt er mir auch noch mit solchen uralten Kamellen.« Georg bestellte sich eine Maß.

Komisch. Normalerweise trinkt er nach dem Spiel doch nur Spezi, dachte Max. Ist ihm wohl doch etwas aufs Gemüt geschlagen, die ganze Geschichte?

»Habe ich was verpasst?«, wollte Franz wissen.

»Nein, nur einen Streit frustrierter Fußballerkollegen«, antwortete Max. »Hansi Voss hat vorhin gemeint, dass Schorsch etwas mit Clara hatte. Und der hat es zugegeben. Was er allerdings nicht zugegeben hat, war, dass er bis heute verrückt nach ihr ist. Stimmt's, Schorsch?«

»Wer hat dir denn diesen Blödsinn erzählt, Max?« Georg bekam einen roten Kopf.

»Clara!«, antwortete Max.

Na, da bin ich jetzt aber gespannt, auf was Max rauswill, dachte Franz. Hat es am Ende etwas mit dem Mord zu tun?

»Die lügt«, behauptete Georg und saß auf einmal stocksteif da.

»Sie mag zwar eine kleine Nutte sein, die ihren Mann mit anderen Männern bescheißt. Aber mich lügt sie ganz bestimmt nicht an. Da bin ich mir sicher. Sie hätte ja gar keinen Grund dazu.« Max versuchte Georg gezielt aus der Reserve zu locken. Er wusste ja bereits, dass sein baumlanger Stürmerkollege und alter Schulfreund nicht die Wahrheit sagte. Aber er würde ihn schon noch dazu kriegen. Bisher hatte er noch jeden dazu gebracht. Franz konnte das bestätigen.

»Sprich nicht so über sie«, presste Georg wütend zwischen seinen Lippen hervor. »Sonst bist du der Nächste, der eine aufs Maul kriegt, Max.«

»Ach, wirklich. Na, da bin ich aber gespannt. Nur zu.« Max grinste provozierend. »Wenn du meinst, dass du ausrasten musst, bloß weil die kleine Schlampe mit jedem ins Bett steigt, dann lass dich nicht aufhalten«, fuhr er fort. »Aber vergiss nicht, dass ich im Gegensatz zu Hansi eine Ausbildung in Selbstverteidigung habe.«

»Halt doch endlich dein Maul, Max! Du hast ja keine Ahnung!« Georg war aufgestanden und schrie sein Gegenüber mit hochrotem Kopf an, so dass man ihn im ganzen Lokal hören konnte.

»Von was habe ich keine Ahnung. Von miesen Schlampen?« Max provozierte immer weiter. Er ahnte instinktiv, dass er auf der richtigen Spur war.

»Du sollst nicht so über sie reden, verdammt noch mal. Sie ist keine Schlampe. Sie ist die schönste Frau der Welt. Sie ist eine Göttin. Ich lasse es nicht zu, dass man so über sie spricht. Ich schwöre dir, ich mache dich fertig, wenn du nicht damit aufhörst, Max.«

»So, wie du den armen Giovanni fertiggemacht hast.« Max ließ sich nicht im Geringsten von Georgs Drohungen beeindrucken. Er wollte die Sache jetzt und hier zuende bringen, und genau das würde er auch tun.

»Von wegen, der arme Giovanni. Ein absolutes Arschloch war der Typ«, plärrte Georg. »Ihr habt doch keine Ahnung. Ein mieser Despot, der seine Frau schikaniert hat, war er. Sonst nichts. Er hat sie nur im Lokal eingespannt und ihr nicht mal was von dem Geld abgegeben. Frag sie doch selbst.« Er war jetzt völlig außer sich. Sein Kopf lief knallrot an. Er zitterte und spuckte wie ein Lama, während er sprach.

»Ich sage es noch mal. Clara ist eine Göttin«, fuhr er fort.
»Und Göttinnen muss man beschützen. Sonst können sie
uns nicht mehr beschützen.«

Oh je, was wird denn das jetzt? Hat der gute Schorsch
sie nicht mehr alle? Am Ende hat er Giovanni wirklich
erschlagen, dachte Franz.

»Giovanni hat sie nicht beschützt«, fuhr Georg leiser
fort und setzte sich wieder. »Und deshalb musste er sterben. Ja, ich war's. Ich habe ihm einen Killer auf den Hals
gehetzt. Na und wenn schon. Er hatte es mehr als verdient.«
Er sank in sich zusammen und starrte mit leeren Augen an
die Wand hinter Franz.

»Also doch«, sagte Max. »Habe ich es doch geahnt.
Nicht zu fassen. Herrschaftszeiten, Schorsch. Warum denn
bloß?« Er sah seinen alten Kumpel mit großen Augen an.

»Ich wollte Clara von ihm befreien. Versteht ihr? Sie
sollte meine Frau werden.« Jetzt war alles raus. Es gab endgültig kein Zurück mehr für Georg, und er selbst wusste
es am besten.

Er redete weiter wie ein Wasserfall. Der von ihm bezahlte
Killer sollte nach dem Mord verschwinden und nicht zu finden sein, erklärte er. Und so war es ja dann auch gewesen.
Er sollte maskiert sein. Und Clara sollte er nicht verletzen,
sondern höchstens fesseln. Das sei dann aber wohl aus dem
Ruder gelaufen, weil er vergessen gehabt hätte, seine Maske
aufzusetzen. Der Killer habe also auf die beiden gewartet,
als sie vom Großmarkt kamen. Dann habe er zuerst Clara
kräftig eins von hinten mit dem Baseballschläger verpasst,
damit sie ihn nicht wiedererkennen könne, und habe sie
in die Gaststube gezogen und dort erst mal ohnmächtig
auf dem Boden liegen lassen. Anschließend habe er sich
hinter der Tür versteckt und Giovanni, als dieser hereinkam, erschlagen. Danach habe er die ohnmächtige Clara auf

einen Stuhl gefesselt, damit er genügend Vorsprung hätte. Außerdem habe er noch die Kasse ausgeräumt, damit es wie ein Raubüberfall aussah.

»Es war so ein riesiger Kerl mit einer Narbe im Gesicht. Er hieß Mario mit Vornamen«, gestand er zum Schluss.

Franz blickte Max ahnungsvoll an.

»Mario? Narbe? Das kommt uns doch bekannt vor. Mario Albertini! Herrschaftszeiten, Max. Der Mörder ist also gar nicht verschwunden. Wir waren einfach nur blöd und blind.«

»Wo du recht hast, hast du recht, Franzi«, stimmte Max ihm zu.

»Ja, Schorsch. Was soll ich da noch sagen?« Franz sah Georg mit einer Mischung aus Abscheu und leisem Bedauern an. Schließlich ging es hier nicht um einen wildfremden Schwerverbrecher aus dem Hauptbahnhofviertel, sondern um einen alten Schulfreund. »Du bist verhaftet. Wegen Anstiftung zum Mord«, fuhr er fort. »Damit es hier keinen Aufruhr gibt, werden wir das jetzt folgendermaßen handhaben. Du kommst mit mir und Max vor die Tür. Und dort werden dich gleich ein paar Beamte in Empfang nehmen. In Ordnung?«

»Tut, was ihr nicht lassen könnt, Leute. Auf jeden Fall hat es dieser miese Hund mehr als verdient.« Georg war jetzt offensichtlich alles egal.

Ja mei, so geht's. Du hast dein Spiel gespielt und verloren, mein Freund, dachte Max. Hätte nie gedacht, dass wir die ganze Zeit über einen derart begabten Schauspieler in unseren eigenen Reihen hatten. Aber so ist das im Leben. Man lernt anscheinend nie aus.

Sie standen auf und gingen zu dritt auf die Straße hinaus. Dort rief Franz über sein Handy eine Streife, die den Gefangenen mitnehmen sollte. Als Georg sicher verwahrt im Wagen der Uniformierten saß, setzten sich Max und Franz in Franz' schnellen Dienst-BMW und fuhren ihnen hinterher.

»Der große Geschäftsmann Georg Schießler dreht wegen einer kleinen Italienerin durch. Hättest du das gedacht?«, fragte Franz seinen alten Freund und Exkollegen.

»Nie!«, antwortete Max. »Er war immer der coolste Bursche, den man sich nur vorstellen kann. Mit allen Wassern gewaschen, erfolgreich, beliebt ohne Ende, stinkreich … Aber es nützte ihm alles nichts. Letztlich hat ihm die Liebe einen dicken Strich durch die Rechnung gemacht.« Wie so manchem von uns, dachte er, schüttelte zuerst den Kopf und nickte dann nur noch schweigend, während sich Franz nachdenklich eine Zigarette ins Gesicht steckte.

36

Auf dem Revier legte Georg ein volles Geständnis ab. Er identifizierte Mario Albertini bei einer Gegenüberstellung als den Killer, den er beauftragt hatte. Er sei auf den Tipp eines Bekannten hin ein paar Mal in der ›Bar Verona‹ gewesen und habe ihn dort aufgetan, erklärte er. Endlich haben wir den Beweis, den wir so lange gesucht haben, dachte Franz. Dieser Albertini wird die nächste Zeit nicht mehr aus dem Knast rauskommen. So soll es sein. Und nicht anders.

Mit der belastenden Aussage seines steinreichen Auftraggebers konfrontiert, legte Albertini ebenfalls ein umfangreiches Geständnis ab. Er habe Handschuhe bei der Tat getragen, fügte er zum Schluss noch hinzu. Deswegen wären auch keine Fingerabdrücke von ihm zu sehen gewesen. Und den Baseballschläger, den er benutzt habe, habe er in die Isar geworfen. Vielleicht würde man ihn ja in Freising finden oder in Wien. Bevor er wieder in seine Zelle gebracht wurde, ließ er Georg diabolisch grinsend ausrichten, dass er ihn im Gefängnis garantiert wiedersehen würde. Und der feine Herr würde sicher selbst wissen, was ihm dann blühe. Er solle sich doch nur an dem kleinen, naseweisen Marco aus der ›Bar Verona‹ ein Beispiel nehmen. Der sei ja zum Beispiel abgesoffen, weil er seinen Mund zu weit aufgerissen habe. Wer dazu wohl den Auftrag gegeben habe? Sogar noch aus dem Gefängnis heraus? Na?

»Was sollte eigentlich heißen, Giovanni habe es nicht anders gewollt, Herr Albertini?«, erkundigte sich Max noch, der während des ganzen Verhörs still neben Franz gesessen hatte, bevor der riesige Italiener in seine Zelle zurückgebracht wurde. »Einer Ihrer Leute in der ›Bar Verona‹ hat das am Abend vor unserer kleinen Auseinandersetzung gesagt. Meinte er Giovanni Vitali damit?«

»Ach das. Nein, Pietro meinte seinen Cousin Giovanni in Neapel. Dem seine Geliebte ist schwanger geworden und seine Frau hat ihm ein Auge ausgeschlagen, als sie es erfahren hat. Wir haben uns kaputt gelacht. Das ist italienisches Temperament. So etwas habt ihr hier nicht in eurem langweiligen Deutschland.«

Wenn dieser Depp wüsste, was für ein hirnloser Schafskopf er ist, würde er bestimmt nie wieder sein Maul aufreißen. Aber zur Selbsterkenntnis gehört das Denken. Und das zählt ganz offensichtlich nicht zu seinen Stärken. Max schüttelte den Kopf.

»Allerdings, Herr Albertini«, sagte er. »Gott sei Dank. Ach, und noch was. Das mit dem Zettel an meiner Windschutzscheibe ›wir wissen, wo du wohnst‹ waren nicht zufällig Sie oder einer Ihrer Freunde?«

»Windschutzscheibe? … Ach so, das mit deinem Auto. Das war nicht ich. Das war Pietro. Ich habe dich in der Großmarkthalle bei den Lucabrüdern gesehen. Die haben mir erzählt, dass du Giovannis Mörder suchst. Und als ich dich dann in der ›Bar Verona‹ wiedergesehen habe, habe ich Pietro gesagt, er soll dich bis nach Hause verfolgen und dir Angst machen. Ist mir auch gelungen, stimmt's?« Albertini lachte dröhnend. Seine Augen lachten jedoch nicht mit.

Hatte er etwa doch Angst vor dem Gefängnis? Na logisch. In den härtesten Schalen steckten bekanntlich oft die weichsten Nüsse.

»Aber woher wusste er, welches Auto meins ist?«

»Keine Ahnung. Vielleicht hast du was rausgeholt.«

Verdammt, er hat recht, fiel es Max siedend heiß ein. Ich habe meine Sonnenbrille aus dem Handschuhfach geholt, bevor ich ins Haus gegangen bin. Die lag noch von dem Ausflug letzte Woche in die Berge mit Moni drin.

»Und warum haben Sie mich damals nicht gleich überfallen lassen?«

»Da hast du ja keine Fotos von mir gemacht.«

»Aha. Na dann. Danke, Herr Albertini. Schönen Lebensabend hinter Gittern.«

Max wendete sich kopfschüttelnd ab.

»Fühlt euch nicht zu sicher, Bullen. Ich weiß, wo ihr beide wohnt. Und es gibt für mich keine Mauern und keine Gitter. Nicht für Mario Albertini. Merkt euch das.«

»Da haben wir jetzt aber Angst. Buhu!«, witzelte Franz. »Bringt den schrägen Vogel endlich weg, Leute. Ich will ihn nicht mehr sehen.«

Albertini drehte sich an der Tür noch einmal zu Max und Franz um und warf ihnen einen letzten, finsteren Blick zu. Sie lachten nur.

»Was für ein Volldepp!«, rief Max laut, so dass es auch der Italiener hören konnte. »Dabei wissen wir doch erst recht, wo er die nächsten Jahre wohnt. Stimmt's, Franzi?«

»Stimmt auffallend, Max.«

Später war Clara noch vorbeigekommen, um ihre Aussage zu Protokoll zu geben. Als sie von Georgs Schuld hörte, wurde sie blass und musste sich erst einmal setzen. Sie konnte es einfach nicht glauben. Klar hätte sie sich am Anfang bei ihm ein paar Mal über Giovannis Art, sie herumzuhetzen, beschwert, räumte sie dann ein. Aber das sei doch nie schlimm gewesen. Alltag im Restaurantbetrieb halt. Deswegen bringt man doch niemanden um. Sie hätte das Georg wirklich niemals zugetraut. Gerade nach allem, was er in letzter Zeit für sie getan hatte. An das Gesicht des Killers konnte sie sich beim besten Willen nicht erinnern. Da sei alles wie ausgelöscht in ihrem Kopf, meinte sie.

»Gratuliere, Max«, freute sich Franz, als sie wieder alleine waren. »Diesmal hat dich dein berühmt-berüchtigter Riecher nicht im Stich gelassen. Wie bist du überhaupt auf Schorsch gekommen?«

»Es war seine übertriebene Reaktion auf die Bemerkung von Hansi Voss über Clara. Da ahnte ich schon, dass etwas nicht stimmte. Und als ich mich dann noch bei Clara erkundigte, war mir klar, dass es eine Verbindung zwischen dem Mord und dem Seitensprung hinter dem Bierzelt geben könnte. Aber sicher war ich mir nicht. Der Rest war mehr

Intuition und Profiarbeit. Wie entlocke ich einem Lügner die Wahrheit? Kennst du ja selbst.«

»Riesig, Max. Ganz der Alte. Darauf müssen wir heute Abend unbedingt einen trinken. Treffen wir uns bei Moni in der Kneipe.«

»Sehr gerne, Franzi. Bei der guten Frau Schindler habe ich nämlich sowieso noch was gutzumachen.«

»Na dann. Nur zu. Eure Liebesdinge gehen mich nichts an. Bis später. Ich erledige hier noch den gröbsten Papierkram und komme so um sechs Uhr hin. Okay?«

»So machen wir es, alter Freund. Servus.«

»Servus, Max. Und danke noch mal. Superarbeit!«

»Alles klar.«

Als Max auf die Straße trat, atmete er kräftig durch. Na siehst du, Raintaler, geht doch, sagte er zu sich selbst. Wie war das alte Indianersprichwort noch? Du musst nur so lange am Ufer sitzen und warten, bis die Leichen deiner Feinde vorbeischwimmen. Er entschied sich dafür, zu Fuß zu gehen. Selbst wenn er ein gemütliches Tempo einschlug, würde er in einer knappen dreiviertel Stunde vor ›Monikas kleiner Kneipe‹ stehen. Trotz seines immer noch leicht schmerzenden Beines. Er legte den Kopf zurück und blickte in den weiß-blauen, bayrischen Himmel hinauf. Endlich habe ich deinen Mörder, Giovanni. Wie versprochen. Nur schade, dass es ein alter Bekannter von uns beiden ist. Daran werde ich wohl noch eine Weile lang kauen. Er lief geradewegs über den Marienplatz durch das Tal zur Isar hinunter. Vorbei an geschlossenen Geschäften und bunt gekleideten Strömen von Touristen, die München anscheinend auch schon im Frühjahr kennenlernen wollten. Wenn ihr wüsstet, was ihr für ein Glück mit dem Wetter habt, dachte er und grinste.

»Max? Bist du das? Nein, oder?«

Mike und Jane kamen ihm kurz vor der Museumsbrücke in dunklen Nadelstreifenanzügen und grauen Hüten auf derselben Straßenseite entgegen. Ihren ungläubigen Gesichtern nach schienen sie mindestens genauso überrascht wie er darüber zu sein, dass sie sich nun schon zum vierten Mal innerhalb kürzester Zeit über den Weg liefen. Zumindest Mike und Max. Jane war letztes Mal ja nicht dabei gewesen.

»Schon wieder! Ich glaube es einfach nicht«, fuhr Mike fort. »Was ist mit deinem Bein? Du humpelst ja immer noch.«

»Geht schon wieder, Mike. Habe sogar Fußball gespielt. Leider verloren. Aber sag mal: Es ist doch schon sehr seltsam, dass wir uns alle naselang über den Weg laufen? Oder?«

»Seltsam? Es ist total übernatürlich und völlig rätselhaft!« Mike deutete in den Himmel hinauf, als wäre nur dort eine Erklärung dafür zu finden.

Jane machte große Augen, schaute ebenfalls hinauf und nickte bestätigend. Sie muss es wissen, Raintaler. Sie ist cool, sie sieht gut aus, und sie ist Managerin.

»Und jedes Mal habt ihr was anderes an.«

»Unsere Klamottenordnung macht Jane. Sie meint, ein Star müsse auffallen.«

»Genau«, bestätigte Jane abwesend lächelnd.

»Pass auf, Mike. Ich habe da eine Idee.« Max legte seinem Gegenüber freundschaftlich die Hand auf die Schulter. »Damit wir diesen wiederkehrenden Bann des Zufalls endlich durchbrechen«, fuhr er fort, »treffen wir uns heute Abend in der kleinen Kneipe meiner Freundin und spielen dort ein paar Songs. Hast du Lust?«

»Ob ich Lust habe? Was für eine Frage! Ich freue mich total drauf. Geil, Max! Ich geh gleich nach Hause und übe noch ein bisschen. Aber geht das überhaupt mit deinem verletzten Finger?« Mike zeigte besorgt auf Max' kleinen Verband.

»Wird schon hinhauen. Lass es uns locker angehen, Alter. Wir spielen in einer winzigen Kneipe, nicht im Olympiastadion.« Max grinste lässig.

»Echt cool«, meinte Jane und sah gleich noch mal in den Himmel hinauf.

Ich würde ja nur allzu gern wissen, was sie dort zu entdecken hofft, dachte Max. Ufos? Die Wahrheit? Erleuchtung? Er gab ihnen immer noch grinsend die Adresse von ›Monikas kleiner Kneipe‹, und sie verabschiedeten sich bis später.

Max genoss es, nach der turbulenten Woche endlich mal wieder unbelastet durch sein geliebtes München spazieren zu können. Zum ersten Mal in diesem Frühjahr nahm er bewusst wahr, dass die Singvögel aus dem Süden zurückgekehrt waren und die Welt rund umher mit ihrem fröhlichen Pfeifen und Quietschen zum Leben erweckten. Er genoss die warmen Strahlen der Nachmittagssonne in seinem Gesicht und erkannte das Lächeln in den Augen der vorbeieilenden Menschen. Er hatte das Gefühl, nach langer Zeit aus einem tiefen, dunklen Moor an die Oberfläche zurückzukehren.

Im Flussbett der Isar standen seit ein paar Jahren die Bagger und gruben alles um. Renaturierung war das Zauberwort. Je weiter man Richtung Süden ging, umso besser konnte man das voraussichtliche Endergebnis begutachten. Das ehemals gerade Ufer zeigte sich nun mit kleinen Buchten und Einschnitten. Inseln aus Stein thronten mitten im Wasser. Stellen zum Baden waren ausgehoben worden. Und überall fand man die schönsten Plätze, um sich mitten in der Stadt mit einer Decke oder einem Handtuch in aller Ruhe zu sonnen.

Was für ein genialer Tag, Raintaler. Du hast zwar eine hübsche Frau aus dem Norden und ein Fußballspiel verloren. Dafür hast du zwei Gangster überführt und geschnallt, dass deine bisherige Lebensabschnittsgefährtin am Ende wohl doch die Beste von allen ist. Jetzt musst du ihr das bloß noch sagen. Und wie sagt man so etwas? Am besten mit Blumen. Also, nichts wie her damit. Er hatte auf der anderen Straßenseite einen Floristen entdeckt und ging hinein. Fünf Minuten später kam er mit drei weißen Callas, Monikas Lieblingsblumen, wieder heraus.

Na, wenn sie das nicht von deinen guten Absichten überzeugt. Was dann? Außerdem warst du zu Recht beleidigt. Oder etwa nicht? Eigentlich müsste sie dir Blumen schenken. Na ja. Wohl doch eher nicht. Wollen wir den Siegestaumel mal nicht übertreiben, Raintaler, rief er sich gleich darauf wieder zur Ordnung. Schließlich warst du es, der mit einer anderen herummachen wollte. Und wenn die mitgemacht hätte, wärst du vor lauter Sturheit und Eingeschnapptheit wohl sicher auch noch viel weiter gegangen. Also, ruhig, Brauner. Nur nicht übertreiben. Und außerdem, woher willst du eigentlich wissen, dass Monika dich überhaupt noch will? Vielleicht reicht es ihr ja langsam auch mit dir und deiner andauernden Überempfindlichkeit. Während er weiter so vor sich hindachte, stand er auf einmal vor ihrer Tür. Er öffnete und ging hinein.

»Moni!«, rief er. »Hallo! Ist jemand zu Hause?«

»Max? Bist du das?« Ihre Stimme kam aus der Küche.

»Na, klar. Oder kennst du sonst noch jemanden mit so einem wunderschönen, kräftigen Bariton?« Er ging nach hinten. Gerade als er durch die Tür hinter dem Tresen treten wollte, tauchte ein schwarzes Gesicht vor ihm auf. »Hilfe! Tun Sie mir nichts. Ich bin unbewaffnet«, rief er.

»Ach, Max. Gut, dass du kommst«, antwortete Monika

und ließ lächelnd ihre weißen Zähne blitzen. »Ich habe gerade versucht, den Ofen zu reparieren, und kriege es einfach nicht hin. Kannst du dir das mal anschauen?«

Er entdeckte zwei kleine Tränen in ihren Augen.

»Na klar. Aber vorher würde ich mich gerne bei dir für mein kindisches Theater entschuldigen. Ich gelobe hoch und heilig Besserung. Sind wir wieder gut?«

Sie blickte ihn an und es kamen gleich noch ein paar Tränen hinzu. Sie zogen kleine, helle Sträßchen über ihre rußigen Wangen, während sie darüber hinwegkullerten.

»Natürlich sind wir wieder gut, Max. Ich wollte dich doch auch gar nicht bevormunden. Mir kommen die Gedanken halt manchmal einfach zu schnell über die Lippen. Und ich meine es doch auch überhaupt nicht böse. Nie.«

»Ich weiß, Moni. Und glaube mir: Ich würde im Moment nichts lieber tun, als dich zu küssen. Aber hast du schon mal in den Spiegel geschaut?«

»Nein, wieso?«

»Na, dann tu das mal.«

Sie stellte sich vor das Regal mit den kleinen Spiegeln hinter ihrer Bar. »Ach, du lieber Himmel. Wie schaue ich denn aus? Hilfe! Warte ganz schnell, Max. Das haben wir gleich.« Sie eilte zum Wasserhahn und wusch sich gründlich. »Ist es so besser?«, fragte sie, als sie wieder vor ihm stand.

»Viel besser.« Er nahm sie in seine Arme und küsste sie so lange und fest, wie schon seit Jahren nicht mehr. »So und jetzt schau ich mir den Ofen an«, meinte er danach. »Ich würde heute Abend gerne mal wieder hier aufspielen, Moni. Spricht irgendwas dagegen?«

»Nein, natürlich nicht, großer Meister. Gibt es einen besonderen Anlass?«

»Mehrere würde ich sagen. Der Wichtigste ist natürlich, dass wir uns wieder vertragen. Aber dann habe ich auch noch einen genialen Gitarristen kennengelernt, der heute unbedingt mitspielen will. Ach so. Und dann habe ich auch noch einen Mordfall gelöst. Das hätte ich fast vergessen.«

»Wie? Hast du etwa Giovannis Mörder erwischt? Wer war es denn? Sag schon.«

»Das wirst du nicht glauben.«

»Sag es trotzdem.«

»Schorsch.«

»Welcher Schorsch?«

»Na, unser Georg Schießler. Mein guter, alter Schulfreund. Er war scharf auf Clara und hat Giovanni deswegen erschlagen lassen. Von einem Profikiller.«

»Nicht zu glauben.«

»Sag ich doch.«

ENDE